女性短经典
何向阳 主编

北极光

张抗抗 著

江苏凤凰文艺出版社
JIANGSU PHOENIX LITERATURE AND ART PUBLISHING

图书在版编目（CIP）数据

北极光 / 张抗抗著. -- 南京 : 江苏凤凰文艺出版社, 2025.4. -- ISBN 978-7-5594-9427-6

Ⅰ. Ⅰ247.7

中国国家版本馆CIP数据核字第20252F488N号

北极光

张抗抗 著

出 版 人	张在健
策划统筹	孙 茜
责任编辑	张 婷
装帧设计	昆 词
责任印制	杨 丹
出版发行	江苏凤凰文艺出版社
	南京市中央路165号,邮编:210009
网 址	http://www.jswenyi.com
印 刷	苏州市越洋印刷有限公司
开 本	880毫米×1230毫米 1/32
印 张	9.5
字 数	213千字
版 次	2025年4月第1版
印 次	2025年4月第1次印刷
书 号	ISBN 978-7-5594-9427-6
定 价	56.00元

江苏凤凰文艺版图书凡印刷、装订错误,可向出版社调换,联系电话 025-83280257

序言

我们为什么写作？

何向阳

我们为什么写作？这几乎是每位作家都要问到自己的问题。但是扪心自问之时，女性的回答可能独辟蹊径，也更加与众不同。

1947 年 7 月 3 日，西蒙娜·德·波伏瓦在写给友人的信中言："生活中的一切我都想要。我想是女人，也想是男人，想有很多朋友，也想一人独处，想工作和写出很棒的书，也想旅行和享乐，想只为自己活着，又不想只为自己活着……你看，要得到我想要的一切，殊为不易。"[①] 七十七年之后我读到这段文字，心生感慨，我想，也许写作可以做到，写作使得我们暂时抛开性别，在"既是……""也是……"的结构中打破界限，使得"想""也想"和

---

① ［法］西蒙娜·德·波伏瓦、［德］爱丽丝·施瓦泽：《波伏瓦访谈录》新版序言，刘风译，北京联合出版公司 2024 年 3 月版。

"又不想"三者能够同时兼有而包容,从而避免波伏瓦所言的"疯狂",因为她紧接着下面一句就是:"要是做不到,我会气疯。"①

至于写作的状态,1976年5月在回答波尔特的关于写作与电影并行的创作问题时,玛格丽特·杜拉斯给出的言说似乎有些欲言又止:"只有当我停止写作,我才停止,是的,我才停止某种……呃……说到底,发生在我身上最重要的事情,也就是写作。但我最初写作的理由,我已经不知道是什么了。"② 这一回答模棱两可,但它肯定了一件事:写作,"是发生在我身上最重要的事情"。杜拉斯曾专门有一部书名曰《写作》,这种生命的纠结,令我想起1985年由法国巴黎图书沙龙向世界各地作家提出的问题及其答复,在上海文化出版社选编的中译本《世界100位作家谈写作》中,作家们对"为什么写作"这一问题莫衷一是,答案五花八门:法国女作家玛格丽特·杜拉斯的回答是"对此我一无所知";而英国女作家、后获得诺贝尔文学奖的多丽丝·莱辛的答案是,"因为我是个写作的动物"。③ 一晃,这场问答已是四十年前的事了。然而,问题

---

① [法]西蒙娜·德·波伏瓦、[德]爱丽丝·施瓦泽:《波伏瓦访谈录》新版序言,刘风译,北京联合出版公司2024年3月版。
② [法]玛格丽特·杜拉斯、[法]米歇尔·波尔特:《在欲望之所写作:玛格丽特·杜拉斯访谈录》,黄荭译,南京大学出版社2024年7月版,第5页。
③ 转引自何向阳:《我为什么写作》。见何向阳:《被选中的人》,花山文艺出版社2022年3月版,第8页。

似乎仍在我们心底，成为纠缠。

写作的动物。本能的表达。有些像杜拉斯书中转述的法国史学之父米什莱所谓的女巫，"因为孤寂，对今天的我们而言无法想象的孤寂，她们开始和树木、植物、野兽说话，也就是说开始进入，怎么说呢？开始和大自然一起创造一种智慧，重新塑造这种智慧。如果您愿意的话，一种应该上溯到史前的智慧，重新和它建立联系。"① 其实，杜拉斯于1976年5月的答波尔特问，关于居所中写作的主题，英国女作家弗吉尼亚·伍尔夫1928年写就的《一间自己的房间》已有类似答案。然而从1928年到1976年，四十八年过去，这个问题仍然能够在另一国度的女性写作者中产生共鸣，其意深远。

重新和它建立联系。没到终点。时间上也没有终点。事实是，距杜拉斯1976年之答问二十年后，1996年，苏珊·桑塔格在一篇题为《给博尔赫斯的一封信》的短文中，表达了她对写作的认识："你说我们现在和曾经有过的一切都归功于文学。如果书籍消失了，历史就会化为乌有，人类也会随之灭亡。我确信你是正确的。书籍不仅仅是我们梦想和记忆的随意总括，它们也给我们提供了自我超越的模型。有的人认为读书只是一种逃避，即

---

① 〔法〕玛格丽特·杜拉斯、〔法〕米歇尔·波尔特：《在欲望之所写作：玛格丽特·杜拉斯访谈录》，黄荭译，南京大学出版社2024年7月版，第7—8页。

从'现实'的日常生活逃到一个虚幻的世界、一个书籍的世界。书籍的意义远不止于此。它们是一种使人充分实现自我的方式。"①

一种充分实现自我的方式，是写作的意义所在。对于女性尤其如此。同时，一个作家写作，也是以梦想与记忆的方式，创生着人类及其历史。这是写作者的信仰，也是写作面对的最大现实。

但人类历史创生进程中，女性所起的作用往往并不常得到应有的重视。正如马克思在《致路·库格曼》中讲："每个了解一点历史的人也都知道，没有妇女的酵素就不可能有伟大的社会变革。"② 女性的进步是社会进步的尺度和镜子，女性更是创生人类及其历史的重要力量。这封信写于1868年12月12日的伦敦。可惜156年后的今天，这一思想仍然有待于人类全体的再度发现和更深认知。

《社会变革中的女性声音》③ 中，我曾表达这样一种观点，中国女性在20世纪经历了三次思想解放。1919年新文化运动，1949年新中国成立，1978年改革开放，每次解放都激发了作家的创造。活跃、敏感的女作家及其智慧、

---

① [美]乔纳森·科特、[美]苏珊·桑塔格：《苏珊·桑塔格访谈录：我创造了我自己》前言，栾志超译，广西师范大学出版社2023年10月版。
② [德]马克思：《致路德维希·库格曼》，见[德]马克思、[德]恩格斯：《马克思恩格斯全集》第三十二卷，人民出版社1974年10月版，第571页。
③ 何向阳：《社会变革中的女性声音——"中国当代著名女作家人系"》（小说卷）总序》。见何向阳：《似你所见》，中国书籍出版社2021年2月版，第39页。

灵性的表达，已成为人类文化书写力量中强大的一部分。

今日中国，正经历着历史上前所未有的深刻变革，作为中国社会变革的见证者、人类文化进步的推动者、中国式现代化进程的记录者，中国女作家们对于时代变革与文化进步的书写所留下的精神档案，弥足珍贵。

"女性短经典"的集结，是中国女作家历经20世纪三次思想解放基础之上新的思考与收获。当然，每部书从不同侧面各自回答了"我们为什么写作"的问题，同时，它们在艺术和心灵层面带给读者的，也比此前中国历史上任何一个时期女性的写作成果都更富足和丰硕。

成为这一成果的亲证者与创造者，十分幸运。

期待着您的加入。

是为序。

2024年7月22日　北京

（何向阳，诗人、作家、学者。出版有诗集《青衿》《锦瑟》《刹那》《如初》、散文集《思远道》《梦与马》《肩上是风》《被选中的人》、长篇散文《自巴颜喀拉》《镜中水未逝》《万古丹山》《澡雪春秋》、理论集《朝圣的故事或在路上》《夏娃备案》《立虹为记》《彼黍》《似你所见》、专著《人格论》等。作品译为英、意、俄、韩、西班牙文。获鲁迅文学奖、冯牧文学奖、庄重文文学奖、上海文学奖等。）

目录

北极光　001
芝麻　　131
荧惑　　185
夏　　　265

北极光

1

它们曾经是一滴滴细微的水珠，从广袤的大地向上升腾，满怀着净化的渴望，却又重新被污染，然后在高空的低温下得到貌似晶莹的再生——它们从茫茫的云层中飘飞下来，带回了当今世界上多少新奇的消息？自由自在，轻轻飔飔，好似无忧无虑的天使，降落在电视台那全城瞩目的第十四层平台上，覆盖了学院主楼前那宽大的花坛、废弃的教堂六角形的大层顶、马路边上一排排光秃秃的杨树，以及巍峨的北方大厦不远处，低矮的简易工棚……整个城市回荡着一曲无声的轻音乐。而它们，在自己创造的节奏中兴致勃勃地舞蹈，轻快、忘我……连往日凛冽而冷酷的北风也仿佛变得温和了。它耐心而均匀地将雪花撒落在各处，为这严寒的冰雪城市作着新的粉饰……

陆芩芩拉开二号楼那厚重的大门，望着外面漫天飞舞的雪花，惊喜得叫了一声。尽管在漫长的冬天里，雪花是这个城市的常客，她仍然像孩子一样对每场雪都感到新鲜，好奇。

大门乓乓乓乓地响，散课出来的同学们正在陆陆续续往外走。没有什么人同她打招呼，也没有什么人互相说一声再见。大家都是这样匆匆忙忙，女孩子们扣好大衣，拉严了头巾，小伙子们则把皮帽上的"耳朵"放下来，往脑袋上一扔，皮靴踩得雪地咔嚓咔嚓响,腋下还夹着书包,好有派的。假如骑车,车把上一定挂着饭盒,车座后面的架子上呢,或许是一只鼓鼓的面粉袋,或许是一只琴盒,或许是……有一次芩芩还看见有一个同学驮着一个三四岁的男孩,准是他的儿子。真没治,谁叫这是一所业余大学呢?你看前面这个人,连帽子都是油汪汪的,说不定是个食品厂的装卸工,走得那么急,难道还要赶回去上班不成?星期天的课,来的人不像平常晚上那么多,许多人要上班。芩芩恰好是星期天厂休。这业余大学,同正规大学就是不一样,在一起上课好几个月,彼此也不说一句话。下了课,各走各的,好像不认识,是现在的人同以前的那些同学不一样了呢,还是因为这是业大?她在心里轻叹:这辈子算是上不了名牌大学了,就像这落在地上的雪花,再也飞不起来……

"芩芩,还不走呀?"一个尖细的嗓音在她背后叫道。

芩芩眨眨眼睛,摘下手套用手背擦去睫毛上的霜花,转过脸去。叫她的是一个与她年龄相仿的胖姑娘,和芩芩坐一张课桌,笔记本和讲义上到处写着"苏娜"两个字。她好像知道今天要下雪,穿了一件米黄色连帽子的拉链滑雪衣,露出里面火红色的拉毛高领衫。

"在雪地里发什么愣?"她冲芩芩好意地一笑,把嘴贴在她耳朵上说,"走哇,今儿星期天,跟我去跳舞……"

芩芩轻轻地摇了摇头。

"昨夜的月色……"苏娜哼着歌,转身走了。铁门的拐角晃过一个人影,有人在等她。

芩芩跺了一下有点发冷的脚,扬起了脸,让冰凉的雪花落在她的脸颊上。……不去跳舞,谁说不去跳舞?跳舞有什么不好?优美的旋律可以使心灵得到宁静和休憩,疯狂的节奏可以使人忘却忧愁和烦恼。她是喜欢跳舞的,只是……唉,星期天,该死的星期天,从下午一直到晚上,都不属于她自己了。她愣在这雪地里干什么?再拖延下去,他又该气喘吁吁地跑来找她了……何必呢?还是快点走吧,乖乖地按时回到他那儿去,横竖要不了多久,准确地说,再有两个月,也就是当中国人欢庆一九八一年春节的时候,她就得永远地住在那儿了……

"永远?"她忽然让自己这个一闪而过的念头吓了一跳。再过两个月,难道她就真的要永远地和他生活在一起了吗?完成这项每个人都必须完成的"历史使命"——结婚。当然,毫无疑义,结婚的全部意义就是永远,不是永远又干吗要结婚呢?她不是已经在那张意味永远的证书上,签了自己的名字?否则没法登记购买家具呀,这就是他同意她继续上业大的"交换"条件……

芩芩不由快走了几步,好像要驱散这些天来总是纠缠着她的那些令人不快的念头和莫名其妙的问号。她最近是怎么了呢?一想到结婚,天空顿时就变成了铅灰色,雪地不再发出银光,收音机里的音乐好像在呜咽。似乎等待她的不是那五光十色的新房,而是一座死气沉沉的坟墓,用现在时髦的话来说,这就叫作"心理变态"。一个二十五岁的年轻姑娘怎么会不想结婚呢?说出来谁也不会相信……

她一不留神,闪身打了一个趔趄。新下的雪很松软,只是新雪底下的路面太滑。一到冬天,这个城市就像一个巨大的溜冰场。芩芩小时候学过花样滑冰,后来也一直爱滑花样。这两年冬天却很少有时间上冰场了,除了上班和去业大学习日语,还得正正规规地"谈恋爱",准确些说,无非是在一起消磨时间罢了。

电车慢吞吞地驶来了,在洁白的马路上无情地碾压出两道新的辙印。芩芩抖落着头巾和肩上的雪花,跳上了电车,心里不由对那些雪花有几分怜惜。它们从天上掉下来时,素白无瑕,把整个城市装点得像一座晶莹剔透的水晶宫,然而黑夜里吹过乌溜溜的风,白昼里践踏着无数车轮和脚印,使它们冻结、发黑、萎缩,变得残缺不全和难以辨认。只有当一场新雪重又降临,这美丽的冰城,才会显现出它银光璀璨的色彩。

电车尖叫着,停在一座电影院门口。车上的人,像一颗颗圆鼓鼓的土豆,从狭小的车门里掉出去。芩芩凝神望着人行道对面蓝色的木栅栏,夏天时,那栅栏里面的小院修饰得很漂亮,如今院子里那些金盏花、七月菊和马蹄莲的残叶都已被厚厚的白雪覆没了,宽大的彩色铁皮屋顶、高高的台阶、樱桃树下的石凳,都积着半尺厚的雪,干净得没有一个脚印,似乎这小院一冬天也不曾有人住过,静谧而又神秘,很像芩芩小时候读过的那些童话。要是以前,芩芩随口就会给它们编出一个动人的故事来,比如那古老的壁炉里,木柴在噼噼啪啪地燃烧,雪女王乘坐的十一匹马拉的雪橇轻轻停在门口……从雪橇上走下一个漂亮的公主,长裙上点缀着十二个月的鲜花,毛茸茸的帽子上,装饰着分叉的鹿角……

"筐里的啥玩意儿这么腥!"猛然,车厢里有人恶狠狠地骂起来,喷出一股刺鼻的大蒜味儿。

"你管是啥?有能耐屁股后边儿冒烟去!"旁边的人回敬。一拱身子,一只皮靴重重地踩在芩芩脚上,疼得她冒一身冷汗。

"你他妈的有能耐吃这臭鱼烂虾?!"

"早几年你想吃这臭鱼烂虾还没有哩!"

……什么古老的壁炉、雪橇、花篮、圣诞树……全消失得干干净净,只有眼前这拥挤不堪的电车、像罐头沙丁鱼似的被叠在一起的乘客、飞溅的唾沫、浑浊的空气……嘈杂、混乱。又到站了,人呼呼下去一大半,是秋林公司。星期天,响着银铃的雪橇该停在百货商店门口才对……从大门里涌出一对对穿得漂漂亮亮的男女青年,拎着大包小包,不是置办嫁妆,就是买送人的结婚礼品。他们挤在人流里,高喊:"我要!我要!"当然是最新式的、最时髦的,眉头也不皱,扔出去厚厚一沓钱。人们被关在"笼子"里那么多年,今天这些向往不是都很自然吗?古老的壁炉早已被淘汰了,暖气可以通到最高的一层楼,就是婚礼也用不着到树林子里去采十二个月的鲜花,那个刚走出商店的年轻妇女手里的塑料花,起码可以在新房里"开"到她的孩子谈恋爱……

过了这一站,车厢里空多了。从积满白霜的车窗玻璃望出去,芩芩忽然发现大街两边贴着许许多多大红色的喜字,在纷纷扬扬的雪花里闪闪烁烁。好些人在门里出出进进,忙碌——欢喜;欢喜——忙碌,一辆卡车停在一家大门口的"喜"字旁,几个青年往上搬着一大堆花花绿绿的东西,在芩芩看来,他(她)们大概都是"财贸(貌)战线"的。一个姑娘打扮得珠光宝气地坐在驾驶室里,表情漠然,好像不知道自己将要到什么地方去,也不知未来是什么命运在等待她。

芩芩用鼻子轻轻哼了一声。结婚,又是结婚!今天是什么黄道吉日?又是阴历阳历都逢双?人总是喜欢图吉利的,那些离了婚的人之所以不幸一定是当初结婚没留神阴历是单数。两个月以后的那一天,芩芩和他举行婚礼的时候,她同样也得听从人们的摆布:按照这个城市的风俗,乖乖地坐在床上,让他给她穿鞋。他一定会非常殷勤地弯下身子去，给她系好鞋带，然后坐上出租车……从前是绣花鞋，现在是皮鞋；从前是坐花轿，现在是乘轿车——生活的确在朝着物质文明发展，可她为什么觉得并不快乐呢？

当然车子开动的时候，新娘必须大哭，不哭就显得对娘家没有感情，显得太"贱"，要被婆家瞧不起的。无论四十年代还是八十年代，这条法则永远不会过时。芩芩参加过厂里不少姑娘们的婚礼，她们都嚎啕大哭，哭得很伤心，然而谁也无法断定她们内心是否真是那么悲伤。假如这意味着一种幸福生活的开始，有什么好哭的呢？对于很多人来说，结婚只是意味着天真无邪的少女时代从此结束，随之而来的便是沉重的婚姻的义务和责任。欢乐只是一顶花轿，伴送你到新房门口，便转身而去了。芩芩每次茫然地望着女友哭泣，心里倒比她们感到更加难过。她设想自己的婚礼那天，不知是否哭得出来……

但即使一路哭过去，下了车，随之而来的结婚典礼，新娘揉着红肿的眼，马上装出一副无限幸福的模样，羞羞答答地给客人点烟……芩芩参加过不少人的婚礼，大同小异，除了新娘新郎的长相不同，好像连服装、来宾的贺词、房间的陈设都一模一样。假如一年后再到那儿去，唯一的变化是多了一个既像新郎又像新娘的娃娃，走廊里挂着尿布，年轻的妈妈闪光的缎子棉袄的袖口抹得油亮，开始津津乐道地介绍她宝贝儿子今天的大便颜色，以及他刚发明的吐泡泡之类的新花样。于是，你就赶紧想出一句最得体的恭维话，然后尽快逃走……这就是"永远"吗？芩芩只要一闭上眼睛，两个月以后这样一种幸福小家庭的图景，便清清楚楚摆在面前。当然，他将会是姑娘们羡慕的模范丈夫，会把她照顾得无微不至。他曾经为了给她订做一双牛皮靴,而从南岗秋林跑到道里秋林,再从道里跑到香坊……哦,够了,就为了他会给她系鞋带?出嫁那天,芩芩偏要穿一双不系带的皮鞋,然后自己从床上一下蹦下来,很快把脚伸进鞋子里,她可不愿意让人给她穿鞋……

"哎,等一等……还有下车的……"她突然高声叫起来。售票员嘟哝了一句,"哗啦——"车门又打开了,她慌慌张张地跳下了车。路面很滑,她觉得自己险些要摔倒,却被一双大手紧紧拽住了。

"是你——"她回过身去,眼前就站着他。皮帽和肩头落了一层厚厚的雪,一双大眼睛热切地望着她。她明知道他会在这个车站等她,为什么差点坐过了站?

"才来?"他瓮声瓮气地问,手却没有松开。

"嗯……下雪……车……"她含糊其词地答道。

"妈包饺子等你呢,芹菜馅儿的。"他说。

"芹菜?冬天哪来的芹菜?"

"暖窖的,八毛一斤,还不好买。"

"是吗?"

"我请了几个朋友,一起吃饺子喝啤酒……"

"朋友?"

"可不,那都是些用得着的人。对了,今儿上午我买着落地灯架了,这回,全齐了……"

芩芩明白他说的"全齐了"是指什么。全齐了,就差一个黄道吉日,差十几桌热气腾腾的酒席,差一辆出租车……

"不高兴吗?"他有点摸不着头绪。

有什么可不高兴的呢?该办的,人家全办了。论家庭,他父亲是供销处长,你父亲才是个宣传科长,级别总是高那么一点儿吧；他只有一个姐姐，而你有两个弟弟；论工资，他是个三级木匠，而你是个二级装配工，也比你高那么一点儿吧；论学历，他是六九届的，而你却是七三届的；论长相，就算人家都说芩芩可以打上 90 分，可他傅云祥，高高大大的个头，大耳朵高鼻梁，招人喜欢，虽说粗蛮一点，却有男子汉的模样。还有什么可不高兴的？一间新房早准备妥了，粉墙带一圈云纹图案，一架十九英寸国产黑白电视，已放在新房里了。"别这山望那山高了，不知自己姓啥……"她自家妈妈爱这么嚷嚷。妈妈总随身带着一只袖珍标准秤，购买任何食品都经过复核，所以从来不吃亏上当。挑选女婿也当然精确无误。

"这雪，真大……"芩芩抱怨说，加快了脚步。

白茫茫的雪花中，她影影绰绰望见了前面傅云祥家的那幢刷着淡黄色与白色相间的二层楼房。狭长的楼窗，尖尖的三角形屋顶、突起的小阁楼、雕花的阳台……朦胧的雪色中，恍然给她一种童话的意境，使她想起许多美好的故事。然而每次只要她踏上台阶，听里面传来一阵乱七八糟的喧闹声、麻将牌哗啦哗啦的碰击声，她一走进房子里面，那个童话就倏地不见了。

2

"九筒!"

"一万!"

"碰!"

"出错牌了,妈的,重来!"

"王八悔牌,罚!"

"钻桌子呗!"

她真不愿跨进门去,不愿看见那一双双过于灵活的手指,用来在桌上徒劳无益地忙碌,那叠得整整齐齐的麻将"队列",像一堆永远在拆卸中而建不成墙的碎砖,叫人惆怅。对于这种娱乐活动,她无论如何也培养不起感情和兴趣,什么碰碰胡、一条龙、清一色、十三不靠……她总是搞不清彼此,被傅云祥嘲笑过好几次。她宁可去帮傅云祥的母亲包饺子或是洗碗,又哄又拽,也不肯在麻将桌前坐下……

"芩姐!"有人从桌边跳起来,咯咯笑着朝她扑来。呵,是"酒窝",一个漂亮姑娘。她总是无缘无故地笑起来,露出两腮上不大不小的酒窝。据说她很崇拜芩芩,因为芩芩的眼睫毛比她长一点五毫米。

"看你,念了大学,面都见不着了!"她亲热地搂住了芩芩的脖子。

"这叫什么大学呀,业余的……"芩芩苦笑了一下。

"嗨,好歹算是混一张文凭呗,以后换工作方便。"傅云祥替她解释说。他觉得自己能支持她去上业大,够仗义的了。"来,芩芩,给你介绍一下,这是我的两位新朋友——轻工业研究所的小赵,外号小跳蚤,他爸爸是市劳动局局长。"

芩芩看见一张白皙的脸,一双漫不经心的眼睛。

"这是肉联厂的推销员。"

"老甘!"那人恭恭敬敬地站起来,布满疙瘩和粉刺的脸不自然地笑着。

她点点头,坐在靠墙的一把软椅上。录音机在播放着一支芩芩早已听熟的曲子,却从来听不清它的歌词。她想起自己家的隔壁邻居,新近也买了一只录音机,总共就录了一支外国歌,凡有客人来,她们就放那支歌。所以,只要一听到那支歌,就知道她们家来了客人。不知为什么,芩芩没有从磁带里听到过自己喜爱的音乐,在这儿也一样。

"芩芩!"又有人叫她。

"噢,你也来了?海豚。"她回头打招呼。那是一个长头发的小伙子,是她同厂的工人,同傅云祥熟识,外号"海豚",因为他会用鼻尖和脑袋顶球,常常在众人面前露一手。

他们又埋下头去打麻将。看来酒窝也是个新加入的业余爱好者。芩芩坐在那儿,一时不便走开,只好打量着这个不久后将要属于自己的房间。确实什么都齐了,连芩芩一再提议而屡次遭到傅云祥反对的书橱,如今也已矗立在屋角,里面居然还一格格放满了书。芩芩好奇地探头去看,一大排厚厚的《马列选集》,旁边是一本《中西菜谱》,再下面就是什么《东方列车谋杀案》、《希腊棺材之谜》、《实用医学手册》和《时装裁剪》……

她抿了抿嘴,心里不觉有几分好笑。这个书橱似乎很像傅云祥朋友们的头脑,无论内容多么丰富,总有点儿杂乱无章。在这个到处充满混合物的时代里,连她自己不也学会了用牛肉炖西红柿吗?

"下回总要赢了你的!"那个老甘突然跳起来,怪声怪气地笑着,哗啦哗啦地洗牌。

傅云祥关掉了录音机,打开了电视,正在演一个芭蕾舞剧的片段。

"……哎呀,你瞧瞧,她跳得多美……"酒窝入迷地瞪大了眼睛,啧啧不已,"这样的女人,准保有好多少人追她呢!"

"她已经四十岁了。"小跳蚤冷冷地打断了她。"这是中国最有名的芭蕾舞演员"。

"什么叫有名?名气有啥用?"傅云祥在摆弄天线。

"像这样的名演员,甭说演出,就是排练也得给钱,给好多津贴,要不,能这么卖力?"老甘撅着一只发亮的打火机。

"喂,小跳蚤,能帮我买一只两个喇叭的三洋录音机不能?便宜点儿,我连录音机都没有,丢死人了!"酒窝忽然娇声娇气地说。

"今年三洋录音机不吃香啦,国外如今最红牌子是声宝,带电脑,双卡带,嚅,那个洋气,甭提了!"小跳蚤摇着肥大的裤腿,"买录音机,一句话!包我身上。我买个摩托,从广州运来,还有三天就到。只要弄到外汇,啥都能买到。"

酒窝惊呼一声,无限崇拜地瞪圆了眼睛。

"高级进口烟可是'红宝石'最棒?"

"我爱抽'银星'。"

"听说北京如今兴喝'格瓦斯',比啤酒来派。"

"找老甘弄几箱没问题。"

"光听这名儿也舒服。威士忌——格瓦斯——白兰地——嗬,洋名儿就是带劲!我听说美国的苹果,打了皮儿三天不变色……"

"哎,芩芩,上次同你说的东西带来没有?"傅云祥接住了老甘扔过去的一支烟,忽然想起来问道。

"带来了。"芩芩站起来走到衣架旁,伸手到大衣口袋里去摸钱包。他指的是芩芩妈妈求人弄来的几张侨汇券。可是芩芩的手却在衣袋里拿不出来了。

"钱包丢了?"傅云祥慌忙问。

芩芩点点头,她最初把手伸进衣袋而没有摸到钱包时,反应还不及傅云祥那么快。直到现在她还没有完全清醒过来,那个钱包是不是真的丢了?丢哪了?

"小偷!当然是你碰上小偷了!还发什么傻?不偷你这样的人偷谁的?成天好像丢了魂似的……"傅云祥嚷嚷起来,在屋地上来回走动,"那里头有多少钱?"

"就一块多钱饭菜票。"芩芩不情愿地回答。

他松了一口气,又走到电视机旁去调天线。

老甘打了一个哈欠,慢吞吞地说:"唉,小偷,真他妈的够缺德,准是待业青年干的。可他们下乡回城了没工作,咋办?也不是生来就想当'钳工'的,一年年待业,总不能老靠父母养活……这年头,人见了钱都像疯了似的……我们批发站的那些小摊贩,全家合伙做生意,卖红肠排骨,一天赚好几十块,挣钱都快挣红了眼……"

"他们匀你个块把,你就批给他们缺货的猪肝腰子啥的,是不?"酒窝没好气地瞪了他一眼。

"你还不是一样,忍痛割成双眼皮,还不是为嫁个港澳同胞,好当阔太太。京剧团那个唱青衣的小娘们,连那个香港老板的话也听不懂,就跟人家跑了,学了十几年戏,练了十几年功,说扔就扔了!"老甘嘘嘘吹着一支雪茄上的烟灰。

酒窝略略有点脸红,她转过身来向芩芩搬救兵说:"就算为了钱又咋样?也不碍着谁。现在不害人的人就是好人,芩芩你说是不是?"

芩芩"啊?"了一声。她在想什么,没听清他们的争论。

傅云祥插进来说:"你甭问她,她的上帝只有她自己认识,谁也读不懂她那本圣经。都啥年头了,还总念念不忘助人为乐呢。这个问题我有研究,一句话:婴儿都知道把糖塞进自己嘴里,而不会塞给别人。这就是人的自私,是本能,本能你懂吧?就是比本性更……"

"对对对……"老甘细细的腿不住地晃动,"我也这么看。你们以为世上真有什么大公无私的人吗?那是骗人的!至多是先公后私,再不就是公私兼顾……"

"照你这么说,张志新、遇罗克那样的烈士,为真理而献身,难道也是先公后私?说不通……"芩芩忍不住问道。她剥了一粒茶几上果盘里的黑加应子水果糖,剥开了又包起来,她并不想吃它。

"你以为我们不恨'四人帮'?"傅云祥"啪——"地关掉了电视,在沙发上重重地坐下来,"假如当初没有停课闹革命,我就能一气儿念到高三毕业,然后顺顺当当上大学。现在倒好,书本全忘完了,连个业大也考不上,能怪我吗?"

"听说明年国家的教育经费要大大增加,说不定……"海豚插嘴。

"那也轮不到咱头上。"傅云祥接着说,"你看老甘吧,下了乡,娶了个农村老婆,生一大堆孩子,四十几块工资,不想法子弄钱,日子咋过?要是不下乡,最少也能进厂子当个四级电工。你看酒窝姑娘,那学念的,连个欧洲在哪也不知道,写封信起码有一半错字儿,世上最亲的就是钞票……"

"呸!"酒窝朝他啐了一口。

"还有小跳蚤,他爸关了牛棚,姐姐得精神病淹死在松花江里……"

"我不问你这些,我是说……"芩芩分辩。她何尝不知,傅云祥说的都是实话。不是这十年空前绝后的大灾大难,青年们何以落得这个下场:该发芽的时候是干旱;该扬花的时候又遇暴雨。善良、纯真的感情被摧残,而人世间几乎一切卑鄙丑恶,却都赤裸裸展示在他们眼前。长大后多少人愚昧无知;即使活过来了,多少人神经折磨得不健全。我是说,生活呵,你把多大的不幸带给了这一代人,可是……

"比如说小跳蚤……"傅云祥拍了拍他的肩膀。

"呵,我腻了!听够了!"小跳蚤从自己的座位上跳起来,"别扯这些了行不行?吃饱了撑的,还讲什么十年、十年,我一听十年就头疼,就哆嗦。你们讲啥都没劲,什么四个现代化,如今地球上的核武器库存量,足够毁灭七个地球了,一打仗就完蛋!越现代化越完蛋!我每天坐办公室早坐够了,还不是你求我办事,我托你走个门子,互相交换,两不吃亏,我够了。活着干什么?活着就是活着,我想退休,最好明天就退休!"

"退休?"芩芩惊讶得叫起来,"你说什么?退休?"

"你奇怪吗?人生最后的出路,除了退休,还有什么?上班下班、找房子打家具、找对象结婚、计划生育、最后退休……还能有什么?我最关心的是松花江可别污染了,照这架势,等我退休以后,怕是连条小鱼苗也钓不上来了。我喜欢钓鱼,退休了,我骑摩托车上镜泊湖去钓鱼……"

"哈哈……真是好样儿的!"傅云祥大声笑起来,"我和你搭伴,这主意不错!"

"嘿嘿……"老甘眯起眼笑起来。"嘻嘻……"酒窝尖声尖气地笑着,连海豚也张开大嘴哈哈笑个不停。

芩芩用手捂住了自己的耳朵,她觉得刺耳,他们是在自寻开心呢,还是真心地觉得有趣?在傅云祥家里,只能听到这样叫人莫名其妙的笑声。如果在饭桌上,啤酒加烧鸡,再来几句相声小段,一定人人都变得生动活泼而又神采奕奕。一句丝毫没有幽默感的玩笑话会逗得人人眉开眼笑,低级的插科打诨脍炙人口。可真正讨论问题呢?却没有人听得懂,也没有人感兴趣……

"怎么,你认为我说得不对吗?"小跳蚤一双无精打采的眼睛眯眯着,显得朦朦胧胧,好像到底也看不清他的眼神。"你觉得难道不是这样的吗?那你以为生活会是什么样子?"

"是呀,你说,你希望生活是什么样子?"傅云祥走到她身边,把一杯热咖啡递在她手上。

芩芩望着咖啡上的腾腾热气,一时竟不知怎么回答才好,她想象中的生活应该是什么样子的呢?她想象过吗?好像没有。未来是虚无缥缈的,很像老甘指缝里的雪茄冒出来的烟雾,若无若有。但是无论以前在农场劳动的时候,或是后来返城进了工厂,岁月流逝,日复一日,尽管单调、平板、枯燥无味,她总觉得这只是一种暂时的过渡,是一座桥,或是一只渡船,正由此岸驶向彼岸。那平缓的水波里时而闪过希望的微光,漫长的等待中,夹杂着虽然可能转瞬即逝却是由衷的欢悦。生活总是要改变的,既不像芩芩在农场几里路长的田垄上,机械地重复着同一个铲草动作,也不是早出晚归地挤公共汽车,更不是提着筐在市场排队买菜……那是什么呢?是在夏天的江堤上弹弹吉他,在有空调的房间里看外国画报吗?不不,芩芩没有设想过这样一种生活,她要的好像还远不止这些,或者说根本不是这些……那是什么呢?她一时又说不出来,是连她自己也不清楚还是因为难以表述?咖啡在冒着热气,周围的人影在晃动,她越发觉得自己心烦意乱。

"反正,反正不是现在这个样子!"她忽然站起来,脱口而出,"一定不是像现在这个样子!"她喝了一大口咖啡,放下杯子,走到门边去穿大衣。

"你要干什么?"傅云祥诧异地问道。

"一个本子,笔记本,落在教室了。"她结结巴巴地说,有点难为情,"我忽然想起来,一定是落在教室了,业大借附中的教室上课,明天就找不回来了,我去看看,很快就回来……很快……"

"一个本子有啥了不起的?"他满不在乎地耸了耸肩膀,看了她一眼,改了口气说:"噢,去就去,我陪你,天晚了,又下雪……"

"不用了,你陪客人吧……"芩芩小心地围好围巾,朝客人们打了招呼,很快走了出去。

"你可快回来呀!"酒窝娇滴滴的声音在她身后喊,"要不我云祥哥连饺子下肚没下肚都没数了呢……"

离开那热烘烘的房间,芩芩顿觉头脑清醒了不少。屋外的空气虽然冷冽,却清新、鲜凉、沁人心脾。她的课堂笔记,是真的落在教室了,必须马上回去取,并不是她借故托词离席。她在农场待了三年,还没有学会撒谎就回城了,她同样不会对傅云祥撒谎。尽管她是多么不愿意在那儿继续扯那些无聊的闲话,宁可一个人在这夜晚的雪地里不停地走下去,走下去……

雪还在无声地下着,漫天飘飞,随着风向的变化不断改换着自己的姿态。时而有一朵六角形的晶莹的雪片,像银光似的从她眼前掠过,一闪身不知去向。大概它们也不愿就此落入大地,化作一摊稀水。可它们这样苦苦挣扎,究竟要飞去哪里呢?芩芩莫非也像它们一样:飞着,苦于没有翅膀,也毫无目标;而落下去,却又不甘心……

她突然觉得心里很难过。雪地的寒意似乎化作一股无可名状的忧伤,悄悄披挂了她的全身。那暖烘烘的小屋里充满了牢骚,夹杂着那么多的废话,使她厌倦、烦恼。可是她自己,不是连未来的生活应该是什么样子也答不上来吗?业余大学,她为什么要去念那个业余大学呢?赶时髦?还是希望?如果是希望,究竟希望什么?谁能告诉她呢?

3

  是冬老人从遥远的北极带来的礼物吗？圣洁、晶莹、透明。当早晨第一线阳光缓缓地从窗棂上爬过来，透过一层薄明的光亮，窗玻璃上的霜花，变得清晰而富有立体感……像南海清澈的海底世界，悠悠然游动着热带鱼，耸立着一丛丛精致的珊瑚，漂浮着水草和海星；像黄山顶峰翻腾的云海，影影绰绰地显现出秀丽的山峰；像白云飘过天顶，浩荡、坦然；像梨花怒放，纷繁、绚烂……呵，冰凌花，奇妙的冰凌花，你是雪女王的王冠上华丽的银饰……

  可你又像小时候玩耍过的万花筒，每天都在变幻着姿势，无穷无尽地变幻。你带给人多少美丽的想象，从夏天雨后草地上的白蘑菇，到秋天沼泽地上空飞过的一群群白天鹅……可你是严冬的女儿，是冰雪的姐妹。你只在寒夜里降临，只在清晨才吝啬地打开你的画卷，那么短暂的一会儿，不等人看清那神奇的图案中蕴含的意味，你就急急地隐没了。可今天你为什么竟然还留在这儿？一直留到这昏暗的傍晚。是因为你知道芩芩要来吧？还是因为你知道这是一个星期天，清冷的教室里没有人会来注意你呢？

  芩芩久久地立在玻璃窗前，惊诧地望着由于星期天暖气供应不足，教室低温而迟迟没有融化的冰凌花，几乎为这洁白如玉的霜花之美惊呆了。她家里的住房集中供暖，房间温度太高，玻璃上见不到冰凌花。只在几年前，她曾在农场连队的宿舍窗户上见过它们。可惜那时的生活太艰苦，宿舍里冷得叫人直打哆嗦，哪里还有心情欣赏冰凌花呢？那时候她从未觉得它有多美。没想到今天竟然会在业大的教室里见到它，她的心里突然涌上来一种由衷的喜悦，好像见到了一个久别的老朋友。

"那么，这一面像什么呢？"她问自己，是的，这块玻璃上的图案很特别，像一团团燃烧的火焰，又像是一片翻腾的巨浪，从天际滚向天顶。它的花纹是极不规则的，整个画面呈现出一种宏大磅礴的气势……

"北极光！"她的脑海里突然掠过一个奇特的想象，"也许，北极光就是这样的吧！"她为自己的这一重大"发现"，激动得连呼吸也急促起来，"为什么不是呢？无论光焰是绿色还是蓝色的闪光，天空一定是银白色的，像北极的雪原。对，北极光应该就是这个样子，我可见到你了！"

她伸出一只手想去抚摸它，猛想到它们在温热的皮肤的触摸下，会顷刻化为乌有，又缩回了手。她呆呆地站着，心海的波涛也如那光束的跳跃一般颤动起来……

"不带我去吗？"她记得那时自己刚够着写字台那么高。

"不带。"舅舅对着镜子，戴一顶新买的大皮帽。帽子上灰茸茸的长毛毛，像一只大狗熊。

"真的不带？"

"真的不带。"

"不带我去就不让你走！"她爬上桌子，把那顶大皮帽从舅舅脑袋上抢下来，紧紧抱在怀里，"不给你钱！"她把小拳头里的一个亮晶晶的硬币晃了晃。

"那也不带。"舅舅似乎无动于衷。

"我哭啦?"她从捂住脸的手掌的指缝里偷偷瞧舅舅。

"哭?哭更不带,胆小鬼才哭。胆小鬼能去考察吗?"

"啥叫考、考它?"她哼哼呀呀地收住了哭声,本来就没有眼泪。

"比如说,舅舅这次去漠河,去呼玛,就是去考察——噢,观测北极光,懂吗?一种很美很美的光,不会有比北极光出现时更神奇的天空了,也没有画笔画得出在寒冷的北极天空中,变幻无穷的那种色彩……"

"北极光,一种很美很美的光……"她重复说,"我太想去看它了!"

舅舅笑起来,把大手放在她的头顶上,轻轻拍了一下。

"当然。谁要是这辈子能见到它,谁就能得到幸福。懂吗?"

她记不清了,或许她听不太懂。那是一个寒冷的冬天的早晨,玻璃窗上冻凝着一片闪烁的冰凌,好像许多面突然打开的银扇。舅舅消失在这结满冰凌的玻璃窗后面,大皮靴在雪地上扬起了白色的烟尘。舅舅去考察了,到最北边的漠河。可是他一去再没有回来,听说是遇到了一场特大的暴风雪,几个月以后,人们只送回来他那顶长毛的大皮帽。寻找北极光原来是那样难吗?神奇的北极光,你到底在哪里呢?幼年时代的印象叫人一辈子难以忘却,舅舅给芩芩心灵上送去的那道奇异的光束,是她以后许多年一直憧憬的梦境……

"没有漠河兵团的名额吗?"在学校工宣队办公室,那一年她刚满十八岁。

"没有。"

"农场也没有?"

"没有。"

"插队、公社、生产队,总可以吧?"

"也没有。有呼兰、绥化,不一样吗?你为啥要主动报名去漠河?是不是因为那儿离家最远?"工宣队师傅以为冒出个下乡积极分子了。

"不是,是因为……"她噎住了。因为什么?因为漠河可以看到北极光吗?到处在抓阶级斗争,你去找什么北极光呀,典型的小资调,她可不敢说出口。

她只好乖乖地去了绥化的一个农场。农场有绿色无边的麦浪,有碧波荡漾的水库,有灿烂的朝霞,有绚丽的黄昏,可就是没有北极光。她多少次凝望天际,希望能看到那种奇异的光幕,哪怕只是一闪而过,稍纵即逝,她也就心满意足了,然而好几年过去了,她却始终没有能够见到它。芩芩问过许多人,他们好像连听也没听说过。她知道,这种瑰丽的天空奇观是罕见的,但它确实存在。存在的东西就一定可以见到,芩芩总是自信地安慰自己。许多年过去了,她从农场回了城市,在这浑浊而昏暗的城市上空,似乎见到它的可能性越来越小。这样一个忙碌而紧张的时代里,有谁会对什么北极光感兴趣呢?

"你见过它吗?你在呼玛插队的时候,听说过那儿……"她仰起脖子热切地问他。他们坐在江边陡峭的石堤上,血红色的夕阳在水面上汇集成一道狭长的光柱。

"又是北极光,是不是?"傅云祥不耐烦地在嗓子眼里咕噜了一声,"你真问那干啥?告诉你吧,有一年夏天,听说它从草甸子上空闪过,那个亮堂啊,像放焰火似的,只有夜里起来喂牛的人看见了。"

芩芩深吸一口气，惊讶得眉毛都扬起来了。

"那个北极光啊，说是如何如何美，有啥用呢？假如是菩萨显灵，我就给它磕头了，让它保佑我早点返城，找个好工作……"他往水里扔着石头。

芩芩觉得自己突然与他生疏了，陌生得好像根本不认识他了，这个恋爱一年已经成为她未婚夫的人。他就这么看待她心目中神圣的北极光吗？其实你早已知道他是这样的，你不是很快就要开始同他生活在一起了吗？两个月六十天，不算今天，就是五十九天。大红喜字、出租汽车，然后是穿鞋、点烟……客人散尽了，在那"中西式"的新房里，亮着一盏嫦娥奔月的壁灯，刺眼而又黯淡，他朝你走过来，是一个陌生的黑影。黑影不见了，壁灯熄灭了，贴近你的是混合着烟和酒味的热气……黑暗中你瞥见了一丝朦胧的星光，你扑过去，想留住它，让它把你带走，可它又倏地消失了。黑暗中只有他的声音，黏黏糊糊堵住了你的耳朵……她明明知道，在那拉上了厚厚的窗帘的新房里，那神奇的光束是再也不会出现了，再也不会了……

芩芩把她柔软的黑发靠在窗框上，垂下头去，一只手勾起深红色的拉毛围巾，轻轻揩去了腮边的一串泪珠。她的心里为什么有那么多的忧伤？难道不是她自己亲口答应了他的吗？事到如今，难道还有什么办法可以挽回这一切？人们会以为她疯了，他呢？说不定也会痛苦得要死。该回去了，否则他会气急败坏地跑来找她，也许他早已在车站上等她，肩上落满了雪花……该回去了，玻璃窗上的冰凌花若明若暗，很像小时候舅舅走的那天。他是去寻找比这冰凌花还美得多的北极光了。然而天暗下来了,很快的,就该什么也看不见了……

她把脸埋在围巾里,低声抽泣起来。蓦地,她似乎听到了教室里有一点响动,便很快收敛了哭声。她默默站了一会,摸到自己座位上去找那个笔记本。

"哐——啷——"她撞到了桌角和凳子,好像一只铅笔盒掉在地上了。她在昏暗中睁大眼睛,这才发现中间的座位上有一个人影。

"谁?"她吓了一跳,头发也竖起来了。

"一个你不认识的人。"传来一个鼻音很重的男声,遥远得好像从天边而来,严峻得像一个法官。

芩芩站住了,她不知道是应该走过去还是应该赶快走开。

"你,你在这儿干什么?"她想起了自己刚才的哭泣,竟然被一个陌生人听见,顿时慌乱而又难为情。

"对不起,这是一个公共的教室,你进来的时候,并没有看见我,而我对于你也是完全无碍的。我一直在背我的日语,如果不是你……"他弯下身子去摸索那些地上散落的东西。

芩芩这才想起来去开灯,如果不是碰掉了人家的铅笔盒,她真希望就这么悄悄走开,谁也不认识谁。可是——

两支并列的 40 瓦日光灯,清楚地照出了他高高的鼻梁上厚厚的眼镜片,在那厚得简直像放大镜一般的镜片后面,凸出的眼珠藐视一切地斜睨着,光滑的额头,下巴上有几根稀落的短须。然而他的脸的轮廓却很漂亮,脸形长而秀气,两片薄薄的嘴唇,毫不掩饰地流露着一种嘲弄的神态……

他似乎也在默默地注视着她,他在嘲笑她吗?嘲笑她刚才的眼泪,或者是想问:"你从哪里来呢?以前我怎么没见过你?""我也没见过你呀。""噢,我知道,你是业大日语班的,借附中的教室。""我也知道了,你是这个大学的学生,虽然你没有戴校徽,可我会看……""你刚才为什么哭呢?""不,没有,我没有哭。""哭了,我听见的,你有什么伤心事?""伤心事?没有没有,什么也没有。我很快乐,我就要结婚了。人家介绍我认识他,他对我很满意,他家里对我也很满意,我对他——没有什么可挑剔的,如果我不答应,大概就找不到这样好条件的对象了。我要结婚了,所以我很伤心。不不,不是这样的,你不知道,一点儿也不知道,一句话是讲不清楚的,你别问了,我不认识你……"

眼镜片在日光灯下闪烁,他薄薄的嘴唇动了动,却没有声音。他什么也没有问,好像世上的一切都同他无关。

"我,我的钱包丢了,所以……"她冒出这样一句话来,难道是想掩饰自己刚才的眼泪吗?多么可笑,或许他根本就没有注意到。

"钱包?"他不以为然地哼了一声,"我从来就没有钱包,因为没有钱。可敬的小偷,愿他们把世人所有的钱包都扔进厕所,那钱包里除了装着贪欲,就是熏黑了的心。"

"可敬?你说小偷可敬?"芩芩倒抽了一口冷气。

他摆了摆手,"诚然,小偷是极端的个人主义者,损人利己,甚至有时还谋财害命。咱们且不谈造成这些渣滓的社会原因,但更可恶的是在我们的生活中有那么一些冠冕堂皇的江洋大盗,侵吞着人民的劳动成果,却逍遥法外。或者是严重的官僚主义,可以在几分钟内,一个轻轻松松的签字仪式上,把几百万,几千万人民币扔进大海。"

"有这样的事情吗?"芩芩的脸色有点发白。她站着,他也没有请她坐,她本来是想把铅笔盒捡起来立即就走开的。

"给你举一个简单的例子,我们学院里有一位教师,平时工作勤勤恳恳,因为没有住房,夫妇长期分居两地,几个孩子都小,生活相当困难。这次调整工资,系里的领导争着为自己提级,他们俩最后都被刷下来了,还被说成是无能、业务不行。他们无处申辩,只好……"

芩芩禁不住冒了一身冷汗,她是最怕听这样悲惨的故事的。

"再比如,"他用一把铅笔刀在桌上轻轻划了两道,"去年我们学院毕业分配,全部面向基层,可是一位副部长的一张纸条,就把他未来的女婿调到北京去了。人们满肚子自私,却来指责青年人缺乏共产主义道德,何等的不公平!还有谁会相信那些空洞的说教呢?人们对政治厌恶了,不愿再看见自己所受的教育同现实发生矛盾,与其关心政治,倒不如关心关心自己……这就是对以前'突出政治'的惩罚。我说这些只不过是为了说明现实的人生……"

芩芩发现他的口才很好,几乎不用思索,就可以滔滔不绝地讲上一大堆。她不觉有几分钦佩他,他讲得多么尖锐,多么深刻呀。而无论在讲述什么的时候,他的嘴边总挂着那么一点儿嘲讽,脸上既不愤怒也不忧郁,语气平淡无奇,好像这一切都同他无关。

"唉,我们这代人,生不逢时,历尽沧桑。没有看到什么美好的东西,叫人如何相信生活是美好的呢?理想如同海市蜃楼,又如何叫人相信理想呢?有人说这叫什么虚无主义,我认为也总比五六十年代青年那种盲目的理想主义好些……"

芩芩"啊?"了一声。

"是啊,我对你说这些干什么?"他突然站起来,匆匆地收拾桌上的那一堆书,"你难道心里不是这样想的吗?人们只是不说出来罢了,天天在歌颂真实,可是真实却像一个不光明正大的情人,只能偷偷同它待在一起。正因为我不认识你,才对你说这些话。你以为我很爱说话吗?哈,我可以在十个人同我聊天的时候看报纸……"

"那你……"芩芩怯生生地问,"和你的同学也不说吗?你不闷得慌?你们,大学生……"

"大学生?你不也是大学生吗?只不过是业余的。可他们,只比你多一个校徽,或者外加一副眼镜罢了。大学?一个五花八门的大拼盘,一个填鸭场,一支变幻不定的社会温度计。设想得无比美妙,结果大失所望。男同学们,开'广交会',拉关系找门子……"

"为什么?"芩芩笑起来。

"为了毕业分配呀,女同学们,嗯,热衷于烫发,一个卷儿一个卷儿地做,比学外语热心多了。嗨,你为什么没有——?"他做了一个卷发的手势。

"我……"芩芩不知该怎么回答。她应该说:"你如果再过五十九天看见我,我一定不是现在这个样子了,结婚是一定要烫发的。"可她却什么也没说。

"好了,今天我说得太多了,我要走了。在这个校园里,简直无法找到一个安静的地方!你继续研究你的玻璃吧,没有人妨碍你。人在不发生利害冲突的时候总是友好的。"

他夹着一包书站起来,好像没有看见芩芩似的朝门口走去。

"嗳——"芩芩不知为什么觉得很怕他就这样消失在自己眼前,她突然产生了一种很想结识他的愿望。她叫住他,却不知说什么才好。

"你,你是日语专业的吗?"

"是的。"

"我,我也学日语。可以,向你请教吗?"

他偏着头,既不显得特别热情但也没有拒绝:"可以。"他说,"不过我的时间不多。"他的镜片闪了闪,好像在想什么,"你,你做什么工作?……你,为什么要学日语……"

"仪表厂的绘图员,陆芩芩。你,叫……"

"外语系日语专业七八级一班,费渊,浪费的费,渊博的渊。"

他甩了甩头发,走了出去。芩芩望着他的背影,发现他的个子很高,偏扬着脑袋,走起路来,颇为潇洒却又显得有些傲慢。

"你很单纯,继续研究你的玻璃吧……"他的声音留在教室里。可是窗外已经全黑了,玻璃上的冰凌花已失掉了它诱人的光彩。"北极光……他对北极光怎么看呢?"芩芩找到了自己的笔记本,轻轻掩上教室的门,走下楼梯的时候,忽然这样想。

4

　　生活以其固有的流速向前推进，既不会突然加快也不会无故减缓自己的节奏。在它经过的地方，不同的地貌地形、不同质的土壤地层，留下了不同形状的痕迹。每个人都生活在属于自己而又与外界有着千丝万缕联系的世界里，彼此之间如此难以相通。一九七六年那春寒料峭的四月，曾使得千千万万的人们的血和泪流在了一起，一下子冲破并填平了十年来横在人们心灵之间的大大小小、形形色色的相互防范、警戒、自卫、猜疑的堤坝和沟壑。然而这种统一却是短暂的，时间的流水总是在不断冲刷出新的壕堑来。当一九八〇年隆冬的严寒笼罩了这个城市的时候，由于河床的突然开阔，所给人带来的朦胧而又忽远忽近的前景，青年们所苦恼和寻觅的，就远比四年前要更丰富而深广了……

　　一九七六年十月，那惊天动地的事件爆发的时候，芩芩还在农场，一点也不知道中国将要发生什么重大的变化。在那安静的小镇上，生活就像水银在那儿慢吞吞地流动，没有热度也没有波澜。场部传达粉碎"四人帮"的那天，芩芩只是看到连队的一群上海知青、浙江知青和哈尔滨知青的"混合队"，在破旧不堪的篮球场上踢了大半天足球，好像天塌下来也不关他们的事。那些南方知青的年龄都比芩芩要大几岁,来农场七八年了,好像天下什么苦都吃过,什么都懂,什么都不在乎。他们干活儿都很卖力气,割水稻尤其快,大车也赶得不错。喜欢用东北方言夹着南方话说话,什么:"俺们喜欢吃香烟。""劳资科长贼缺德。"他们最关心回家探亲的事情,探亲一回来就在地头没完没了地讲许多新闻。芩芩对于社会的最初了解,就是从农场开始的,可惜那段时间太短,也许再待两年,她就不是现在这个样子的她了。她的履历表简单得半张纸就可以写完。前些年父亲也挨过斗,她刚十岁,学会了买菜做饭照料弟弟。没几天父亲就解放了,"结合"当了厂政宣组的副组长。她下乡,上调,也有过不顺心的事,但总比别人要好些,她用不着像有的人那样,煞费苦心地为工作和生活去奔波,所以她看见的邪恶也许就比别人要少些。"你去办一个病退试试,就是林黛玉也要堕落的!"连队的一位比她大几岁的女友对她嚷嚷。因此,对于那些六十年代后期分配到这边疆农场来的老大学生和南方知识青年,她总是抱着一种莫名其妙的崇拜心理。

她所在的连队来过一个建工学院毕业的大学生,当食堂管理员。他常常算错账,因为他在卖饭菜票的时候也常常拿着一本书。他的理想好像并没有因为他的处境艰难和遭遇不幸而泯灭,而只是暂时被压抑、限制了。他拼命地读书,总好像在思索着什么。他究竟在想什么呢?芩芩好奇地留心观察、猜测他,久而久之,她竟然不知不觉地惦念起他来。他有胃病,常常胃疼得脸色发白,有一次他去哈尔滨公出,连队卫生员让他去医院做胃透视检查,三天以后他回来了,不知从哪儿弄来了不少书。"透了吗?"芩芩问他。"透了。"他心不在焉地回答。那天卸煤,他热得脱了大衣,"啪——"什么东西从他衣袋里掉出来,上面写着字:"钡餐"。钡餐粉还在衣袋里,那还用问,准是没有去透视。芩芩不禁油然生了几分怜悯。不久后他调走了,他的女朋友是他大学的同班同学,听说分配在贵州山区的一个公社当售货员。他就是到她那儿去,到那儿去他就可以在中学教物理课,不卖饭菜票了。他走的那天,芩芩一个人躲到草甸子里去了,她采了一大抱鲜红的野百合,又把它们统统扔进了河里。假如他不走呢?假如他没有那个女朋友呢?芩芩想着,哭了起来。她不知道自己这是怎么了。如果说曾经有过那么一次朦胧难辨的微妙感情,就那样连百合花一起扔在小河里,漂走了。从此以后她再也没有见过他那样的人。他是南方人,喜欢把"是的",说成"四的",她经常笑话他。"你很单纯。"他有一次在路上碰到她,这样对她说。她那会儿正把从大车上掉下来的一捆黄豆送到场院去,这是他单独对她说过的唯一的一句话,如今她也不知道他在哪里。呵,真是奇怪,怎么会想起他呢?

也许只是因为她觉得那个费渊有一点像他罢,费渊的口音也是南方人,"你很单纯",他也这么对她说。刚刚认识不到半小时,他是从哪里看出来的呢?难道他自己很复杂吗?芩芩倒恨不得自己也能复杂一点,那样的话,她对生活中的许多问题,也许就不会总是想不通,总是苦恼了……在农场时生活艰苦、劳动繁重,只想着饱饱地吃上一顿,甜甜地睡上一觉,什么忧愁都置于脑后了。总觉得那绿色的田野,连着远方的希望,有一天会走近……可是返了城,进了工厂,日子倒反而变得平淡无味。好似在大海行舟,望见深蓝的地平线,充满无数幻想,然而驶过去,遥遥无期的,仍然是一片苍茫的海水。偶尔瞥见一座小岛,也是寥寂无人,即使登上岛去,海上漂过一叶白帆,你挥手召唤,却再无人呼应,或许那船载的就是寂寞和孤独……

厂里新开了图书馆,芩芩除了学日语,有一点时间都泡在小说里。可是书读得越多,越发觉着生活的不如意。在农场时没有什么书可读,倒有如一潭宁静的水池,既无涟漪也无烦恼。芩芩不知自己现在的这种情绪是好还是不好。四年来,不断发展变化的社会生活常常给人以信心和力量,可是这种变化什么时候也能在自己身上表现出来呢?芩芩每天早上醒来的时候,总盼望这一天里会有什么意外的事情发生,可是日日平安,天天如此。傅云祥除了更换衣服,连讲话的声调都是一成不变。芩芩盼望明天,明天来而复去,也并不让人快乐……

自从那个星期天傍晚芩芩去教室取笔记本以后,特别盼望去业大上课的日子。坚持业大学习十分不易,开学时全班有六十多人,到期中就只剩了一半。有的人是因为工作脱不开身,领导不支持,几次拉课,就跟不上趟了;有的则是因为家务拖累。有位大姐三十四岁,两个孩子,还来学日语,有时孩子生病,她就得拉课。芩芩在厂里上的是长日班,除了傅云祥偶尔找她看电影,坚持上课没什么问题。她喜欢日语,倒不是喜欢日语的发音,而是喜欢从陌生而节奏感很强的音节里,体验、揣摩日本民族的那种执着向上的奋斗精神。她刚刚看过一本写日本民族,从明治维新以来一百年间如何发愤图强的一本书,叫作《激荡的百年史》,从里面她仿佛听到那岛国上传来的自强不息的呐喊……她似乎听到了中华民族的呐喊,这种呐喊虽然暂时低沉,有朝一日却也许更加雄浑有力。当然这种联想是近乎可笑的,但芩芩的日语却学得认真而刻苦。同班的业余大学生们的水平都差不多,她早就盼望着能有一个人能辅导自己

"开小灶"。突然黑暗中冒出了一副眼镜,一个费渊,她怎么能不喜出望外呢?他说话有点像十九世纪那种德国哲学家,和他谈话肯定会有收获。与他相比,傅云祥实在太注重实际了……她的思维有点混乱……

一连好几天,芩芩下了课,总是磨磨蹭蹭地走在最后面。她穿过二号楼那狭窄的走廊,不时地东张西望,希望在哪个拐角能偶尔碰上费渊。有时她借口一点什么事,绕弯路到学院的主楼去。主楼宽敞的走廊里,隔一段就放着一张椅子或是窄小的课桌,有人趴在昏暗的灯光下做作业,也有人三三两两在低声讨论着什么,还有人面冲着墙壁,一个人在叽里咕噜地念着什么……芩芩心里对他们羡慕得要死,因为她只差十四分没考上正规大学。如果不是复习功课期间妈妈老让那些热心的介绍人来麻烦她的话,这十四分一定不会丢,结果大学没考上,来了个傅云祥,十四分,好像他就值十四分。妈妈倒比她更喜欢他呢,他每星期天给她家送去别人买不到的新鲜猪肝和活鲤鱼,他送给芩芩别人买不到的出口的丝绸衣料,进口的款式新颖的女式短大衣,还有漂亮的奶白色牛皮高跟鞋……他什么都能买到,芩芩常常会有这种感觉,好像连她也是他买到的一件什么东西,只是他从不小气,舍得花钱。他捧着大包小盒进门,她在他的督促下不得已试试那些衣物,试一试也就脱下来锁进了箱子。他也天天很忙,忙得连报纸也没有时间看。对于她学日语,他并不反对,好像那是一件高级的事情。有时他学她的发音,怪腔怪调,叫人哭笑不得……

可她却希望有人能用日语和她对话,哪怕只是几句简单的问答。大学昏暗的走廊,呢喃的读书声在四壁回响,这种气氛不仅使人感到亲切,而且使人心里踏实。他一定会在这儿的,芩芩这样期望。

可是她始终没有能够碰到他,他从来没有在这儿出现过。他在图书馆吗?还是在自己教室?那个星期天下午他为什么躲到附中的教室去?为图清静吗?她不能到他的教室去找他,她不敢,因为毕竟没有什么了不起的事。

这一天下了课,她独自一人出了二号楼,突然闪过一个念头,径直往主楼的地下室走去。她知道那儿有一个资料室,不过晚间是不开门的。她干吗要从那儿走呢?黑洞洞,怪吓人的。她站在那儿犹豫了一会儿。

忽然她听到里面传来了一种含糊不清的声音,低沉的、连贯的,好像在背诵什么,带着很重的鼻音。她的心头跳了跳。是的,是日语。她听见过一次,便不会忘了这声音。

"谁?"她大声用日语问。

"你或许不认识。"那背诵的声音停止了,懒洋洋地答道。

"不,我认识。"

"那么,你是谁?"

"我是业余……"她卡住了,以下她还不会说。

"噢,是你吗?研究玻璃的!"他从黑暗中走出来,披着一件深褐色的皮夹克,搓着手。

"这儿,很冷吧?你,你真用功!"芩芩诚心诚意地说。

"用功?还不是为了毕业分配混个好工作。"他皱了皱眉头,"人总得吃饭才能生存。"

芩芩有一点尴尬,她没有想到他会这样回答。

"你在背课文吗?"她问。

"课文?你以为背课文会有什么出息吗?蠢人才这么干。早稻田大学的研究生可不是背课文能培养出来的。我——"他开始用日语念起来,很长,好像是诗。

"明白了吗?"他低头问芩芩,很像一个老师在考问他的学生。

"不……"芩芩脸红了,"我,听不太懂……"

"噢,这是《鲁拜集》中的一段诗句,我把它翻译成了日语,给自己听。"

"《鲁拜集》?"芩芩好奇地问。

"《鲁拜集》是波斯诗人莪默·伽亚谟的四行诗集。"他好像很乐意回答她。"鲁拜"那两个字,就是波斯语"四行诗"的意思,知道了吗?

芩芩似懂非懂地点头,心想他知道得多多啊。

"你愿意听一听我译的诗吗?"不等她回答,他就自顾自朗诵起来:

"我们是可怜的一套象棋,昼与夜便是一张棋局,任它走东走西或擒或杀,走罢后又一一收归匣里。"他接着又说:"你明白这诗的含义了吗?深刻!人生就是这样,任何人都受着命运的摆布和愚弄,希望只是幻想的同义词……"

地下室里好像有一股冷风,芩芩打了一个寒噤。

"你来找我吗?"他好像才想起来。

"不……是的,我想请教你……"

"抱歉!"他把两手一摊,"现在我没有很多时间,晚上我必须做完我的功课。你,很急吗?"

"不,不很急。"

"那就星期天吧,星期天我在这儿,不在这儿就在宿舍,三号楼三三三房间。"

"星期天……"芩芩犹豫了一下。她想说,星期天怕没有空。可他已重新钻入那黑暗的过道中去了。

"他真抓紧时间。"芩芩这样想,"不该打扰他吧……星期天,怎么办呢……"

恰恰星期六那天下了整整一天的鹅毛大雪,晚上雪停了,傅云祥兴致勃勃地跑来找她,说他要和军区大院的几个子弟,明天一起坐吉普车去尚志滑雪,问她想不想跟他们一块去。"跟?我才不呢!"她一反常态地用挖苦的口气说,"你愿跟,你就跟吧,我可不想当'仿干'!"

"仿干"是她从业大的同学那儿听来的一个新名词,嘲笑那些一心想模仿干部子女的人。比如说有的人喜欢故意装出一副神气活现、傲慢无礼的样子,看什么都不顺眼,管公共汽车叫"那破车",刚认识就说:"给你留个家里的电话吧!"其实是传呼电话。这种人就叫"仿干"子弟。芩芩无法理解那些人的虚荣心,更不明白那些人为什么不学学干部子女的好品质,而喜欢摆阔炫耀。傅云祥的父亲只是个小小的处长,他却爱和省委的一批干部子弟打得火热,只是他不像通常的那些"仿干"那么令人讨厌。

这场雪倒意外地"解放"了芩芩。星期天上午她兴冲冲去附中的业大上课,散了课出来,见学院的大门口贴着一张通知:

"各系留校同学注意:铁路货场告急!星期天下午在此集合去车站清扫积雪,义务劳动,希踊跃参加!"

每年冬天都有此类事,大雪常常堵塞交通,于是倾城出动,满大街铁锹镐头叮当响,冻得人额头上霜满脸通红。芩芩每次都积极响应,不过今天她却不高兴,下雪刚刚帮了她一个忙,却又在这儿同她捣乱。费渊要是去扫雪,不就又是碰不上了吗？她轻轻叹一口气，有点拿不定主意去还是不去。

"去试试吧，或许呢。"她在那张通知下站了一会，想了想，抱着一种侥幸心理，还是往三号楼走去。大道上的积雪已经被清扫到两边，露出灰色光洁的水泥方块。松软的新雪刺得人睁不开眼睛，寒风时而吹落大树上一团团棉絮似的白雪，掉在她的红围巾上。

"三三三"，她在幽暗的走廊里勉强辨认出门上的号码，敲了敲门，没有人答应。"一定是去扫雪了。"她失望地想，正要走开去，门却突然打开了一条缝，闪过一副镜片。

"是你？"门开大了，他捧着一部字典，朝她点了点头。

芩芩觉得有点意外。虽然她希望自己不要扑空，可他在了，她又觉得有些奇怪："你，没有去扫雪？"她脱口而出。

"扫雪？"他似乎觉得她问得奇怪，"把时间白白浪费在那阳光早晚会使它消失的东西上吗？那只是积极分子才会去干的事儿。"

"你不是？"

"当然不是，全身所有尚未被吞噬的红血球加起来，我充其量不过是一个不合格的爱国者。"

"那……你有信仰吗？你信仰什么？"

"信仰本来是无所谓有，也无所谓无的。上帝只是我自己，无论在地狱还是在天堂，我只看到一条出路：自救！我们这一代人只能自救！"

"先救国，还是先救自己？"

"当然先救自己！我从来不认为'大河涨水小河满'是符合科学原理的，只有小河的汇集才有大河的奔流。人也同样，十亿人中产生十万名科学家，中国就得救了。扫雪？扫雪怎么能与思考相比？喏，你是准备站一会就走吗？"

琴琴这才发现自己竟还站着，宿舍不大，放了四张上下铺，床下门边堆满了大小木箱，显得拥挤不堪。靠窗那儿有一张两屉桌，坐在床上，就得缩起身子，但床上桌上统统堆着凌乱的书和杂物，根本就没有什么地方可坐。有一堆书，好像软沓沓湿乎乎的。

"暖气漏水了。"他欠起身子把对面床上的东西移了一下，"漏到书箱里去了，没办法，大学的条件就是这样。找不着水暖工，大概也去扫雪了。你先将就坐吧！"

琴琴表示完全不介意的样子，在床边坐了下来。不料大腿上却重重地硌了一下，她低下头一看，原来是一本硬面的影集，边上磨损坏了，显得很旧，还湿了一个角。

"你的吗？"她把它抽出来，拿在手里。

"算是吧。"他接过去，不经意地翻了翻，随手扔在桌上，"不过，那个我，早已不存在了。现在的我，是这样的——"他指了指自己的床头。

琴琴这才看见，他睡的下铺的里面墙上，挂着用两块玻璃夹起来做成的简易镜柜，里面有两张照片，一张是他的正面像，却闭着双眼，两只手捂着耳朵；另一张不大看得清，似乎就是他的一个背影。镜框旁边，贴着一张狭长的白纸，写着几行诗：

"我要唱的歌儿，直到今天还没有唱出，

每天我总在乐器上调理弦索。"

"泰戈尔的诗，是吗？"琴琴问。她的眼睛顿时放出了光彩。她没想到费渊也喜欢泰戈尔。傅云祥不喜欢诗人，称他们为"梦游患者"。可费渊为什么偏喜欢这两句呢？琴琴更喜欢泰戈尔的这句诗："花儿问果实：果实呀，我离你还有多远？果实说：我在你的心中呢！"这几句是大意，她还能背出许多原诗，比如："我的一切幻想会燃烧成快乐的光明；我的一切愿望将结成爱的果实。"她真想给他背一遍，可是她发现他仍然在低头翻那本厚厚的字典，马上兴味索然了。

"为什么说，这里的你已经不存在了呢？"她把那本旧的相册拿过来，随口问。

"你自己看吧。"他没有抬头。

芩芩心里颇有一点责怪他的这种古怪脾气，他好像在查阅一个什么单词，沉醉在自己的思维中，世间万物似乎都与他无关。这个样子，芩芩准备向他请教的问题也就不好马上开口。于是，她翻开了影集的第一页。

哟，多么漂亮的画面呵：银色的飞机，宽阔的机场跑道，一个外国总统模样的人，正在接受一个中国儿童的献花。那是一个好看而可爱的小男孩，微微卷曲的头发，漆黑的大眼睛里满是天真的问号。他伸长着胳膊，正把鲜花投到外宾的胸前，那幸福的表情好像整个世界都对他张开了怀抱……

那是二十几年前的费渊，也许在首都吧？从他脚上那双亮晶晶的小皮鞋上看得出来，他有一个幸福的童年，一个优越的家庭。生活本来也许是应该让他径直走进那银色的机舱，在灿烂的朝霞中飞入高高的云层，可他却为什么来到了这里？在这八个人住的拥挤的集体宿舍，暖气管漏着水……

又翻了几页，他突然长大了，面颊出现了棱角，头发变得浓密。他站在台上，抓着话筒，好像要向全世界宣布什么，臂上挂着红卫兵袖章，那芩芩少年时代曾羡慕入迷过一阵子的红布条。他在喊什么呢？大概是喊什么："誓死捍卫……"或是喊："横扫一切牛鬼蛇神……"当然喊过，芩芩也喊过，只是不懂那究竟是什么意思罢了。呵，当年，他也有过这种热血沸腾的时刻？这同他现在这种冷若冰霜的外表简直判若两人，就好像蚕不应变成从茧子里飞出来的面目全非的蛾子一样。那时他一定相信自己是在捍卫真理，芩芩也曾这么相信。可是真理到底在哪里呢？他从那讲演的台上走下来，岂不是如同从一个虚设的真理的空中楼阁，一步跌入到大地上来一样吗？他一定摔得遍体鳞伤，要不，他的眼神不会这样沉郁阴冷……

呵，这大概是他的全家照了。照片上写着日期：一九六八年十月。大概是他下乡前留的纪念，这是他的父亲，他的脸形很像父亲，清癯秀气；他父亲的衣着很普通，显得忧虑重重，疲惫而憔悴，然而却坐得那么挺直，眉宇间分明有一种不凡的气质。这大概是他的母亲，芩芩觉得他的母亲很美，他的五官不像母亲那么柔和、匀称。她脸上虽然没有一丝笑容，然而端庄、沉静，那紧抿的嘴角上有一种知识妇女内在的尊严，像一位大使夫人。她的身边还有一个小姑娘，一定是费渊的妹妹了，好像因为害怕照相馆刺眼的灯光而缩着脖子，也许是那几年的混乱中，她总习惯于躲在她哥哥背后的缘故。呵，这是他，唯有他的神态仍是坦然、自信的，扬着脸，那么满不在乎，好像就要迎着草原初升的太阳走去，在那无边的草原上开满了鲜花、飘舞着红旗。那时他嘴角上还没有芩芩现在看到的那种嘲讽的神情，他的眼睛多么纯真而虔诚呵！芩芩真想能看一看当年的那个他……

"你爸爸……"她终于忍不住问，"他们现在在哪儿？"

他头也没抬，若无其事地答道："死了。"

芩芩的头皮一麻。

"他，他是……"

"曾经是一个驻东欧国家的大使。"

"为什么？……"

"因为人所皆知而又无人得知的原因，一九七〇年死于监狱。"

他不再作声。暖气仍在漏水，滴答，滴答……

芩芩呆呆地坐了一会，揉了揉眼睛。她很想找出一句话来安慰他，可是她能说的，他一定都听到过，他似乎也并不需要什么安慰，难道他的安慰在字典里吗？

她轻轻翻开了影集的下一页，起初她以为看错了，又看了一眼，不觉大大惊讶：这是一张县知青积代会的集体照，人人戴着大皮帽，大棉袄胸前别着大红花。芩芩几乎很难从中找到他。他突然变成了一个朴实憨厚的青年农民，似笑非笑地咧着嘴，眉间似有一点难言的苦衷。他的额头上出现了几丝淡淡的皱纹，很像那用来做大红花的绉纸……

照片上方印着几个规规矩矩的字：一九七〇年同江县。

一九七〇年？七〇年不正是他父亲死在监狱里的时间吗？而他居然在县里参加知青积代会，四处汇报讲用，真令人难以相信。但这却是事实。没有比影集所展现的历史更真实了。芩芩想起她原先所在的连队的那些知青积极分子，有一次她肚子疼请假上卫生所看病，她刚开完了药，她们就进去问大夫她究竟得了什么病。有一次她邻铺的一位女连长头发上生了虱子，芩芩想帮她好好清洗一番，那人却说："你没有虱子，说明你没有改造好。"真叫人哭笑不得。所以她无法设想，眼前的费渊曾经参加过积代会，她突然为他感到脸红。可是，她难道没有拼命地挖过土方吗？仅仅只是为了能在光荣榜上出现自己的名字……

还往下翻吗？好像剩下几张了。这张好像全湿了，是酒杯里的酒溢出来了吗？整个画面都是酒杯，不，是搪瓷缸、大海碗、断把的刷牙杯、玻璃瓶子，满的、空的都有，碰撞在一起，好像听见一群流落他乡的孤儿绝望的呼救。杯子在摇晃，冲出来一股难闻的酒味，照片里为什么没有他呢？他醉了，一定是醉了，如一团烂泥瘫在那破炕上，没有炕席的土炕面，泥巴和酒混在一起。为什么？他不是全县的知青典型吗？他也酗酒？芩芩真的闻到酒味了，这张照片这么湿，好像就是从那堆五花八门的杯子里冒出来的酒，留在照片上，直到今天还没有干……

她把这照片小心地抽出来，掏出手绢去擦，无意地翻过来，发现背后有一行毛笔写的字：

"亚瑟第一次从监狱里回来的日子——一九七一年九·一三。"

芩芩当然记得，九·一三是林彪摔死的日子。为什么把他同亚瑟联在一起？她看过《牛虻》，牛虻第一次从监狱里出来，因为发现自己被神父欺骗，信仰受到了玷污，痛苦得想要自杀。费渊也曾想自杀吗？芩芩小时候有一次因为爸爸答应带她到大连姥姥家去玩，结果却带了弟弟，也曾经想过自杀。就那么一次。而他，虽没有死，却把心泡在酒精里了……

芩芩浑身发冷，真想扔了那影集逃走。忽然却从那影集里滑出另一张照片来，似乎是随随便便夹在里头的——

画面上也没有他，只有无数的白花，像北方的雪野，纯净、圣洁。芩芩见过这白花，是在四年前悼念总理的电视上，在去年平反的"四·五"战士的新闻报道图片里。那些献给总理的花,开在长青的松柏上,开在最冷最冷的一月……

"你照的?"她轻轻问。

他从字典里抬起头来,一副茫然若失的神情,推了推眼镜,盯住了那张小照,半天才说:

"七六年一月回北京探亲,看见了,什么都看见了。总理这样的伟人,结局尚且如此悲惨,人间还有什么正义可言?从此,原来的那个'我'不复存在了。懂吗?"他垂下头,声音有一点嘶哑:"应该烧掉的,这本影集,还有什么意义呢?你不应该看。你太小啦,看不懂……"

"为什么看不懂?你怎么知道我看不懂?"芩芩像一个受了委屈的孩子似的叫起来,"你以为我就没有苦恼吗?我来找你……"

她来找他,究竟是为什么呢?真的是为了学日语吗?她自己也不知道。她平日从家里到工厂,从工厂到业大,从业大到傅云祥家,总要碰到许多人,陌生的,熟悉的人。可是,她为什么一次也没有碰到过她想要碰到的那个人呢?那个人是谁?她不知道,反正不是傅云祥。可是她却偏要同他结婚了,多么滑稽。她是一个快要做新娘的人,她来找他做什么?当然为了学日语,不可能是为了别的。学日语也只是为了看懂日文商标和说明书,因为现在的仪器多从日本进口……她找他是为了学日语,心里却明明想从他那里,听到从傅云祥那儿不曾听到过的中国话。是的,是中国话,而不是什么日语。否则她就不会这么长时间地看他的影集,不会以这样的耐心等待他查完字典,也不会因为这浓缩了一个人二十年历史的发黄的照片,在短短十几分钟内,感情上掀起了翻腾起伏的潮汐……她究竟是怎么了呢?

"你要提什么问题?说吧。"他放下了字典,轻轻叹了一口气。芩芩感觉到他在打量着她,他的目光变得温柔了……

"……是,是关于日语语法……"

芩芩的话音刚落,忽然听到从窗外传来一阵喧哗,欢乐的叫喊声中夹杂着铁锹乒乒乓乓的敲击的声音,芩芩好奇地探头过去把脸贴在玻璃上朝下张望,只见那条通往礼堂去的大路上的积雪已被打扫得干干净净,一棵高大的杨树下什么时候耸立起了一个又高又胖的雪人,足有丈把高,浑身白得耀眼,圆圆的脑袋上只有两只眼睛乌黑乌黑,好像是嵌上去的煤块儿;鼻子红通通地翘得老高,芩芩仔细看,发现原来是一根胡萝卜斜插在那儿。雪人四周围了不少看热闹的人,一个穿黑色短大衣的小伙子,正站在一只木凳上给雪人安耳朵,耳朵大极了,好像是两块大白菜的菜帮,耷拉在那儿,人群中不时发出一阵又一阵哄笑……

"嘻嘻……"芩芩也忍不住笑了起来。她回头对费渊说:"你看——"

费渊没动身子,侧过脸去朝玻璃窗外扫了一眼。他对那个模样可爱的雪人似乎毫无兴趣,却留意地盯住了那个穿黑大衣的小伙子,忽然,他急不可待地站起来,推开小窗户,冲着那群人大声喊道:

"曾储!曾储!"

那个穿黑大衣的小伙子刚把雪人的另一只耳朵安上,一边搓着手一边津津有味地欣赏着自己的杰作,听到叫声,扬起脸来。他看清是费渊,用手卷成一个喇叭筒,大声喊道:

"快下来吧,成天把自己关在那儿,快成机器人啦!下来欣赏我的雪人怎么样？"

费渊皱了皱眉头。

"找你半天了。宿舍暖气漏水了，你快上来修吧，要发大水啦。"看来他认识这个水暖工。

"马上马上，你下楼我就上去！"他嘻嘻哈哈地摇着手臂，"你来看我的雪雕，假如合格，我明年就报考雕塑系……"

"你最好去上建工学院的采暖专业……"费渊在嗓子眼里嘀咕了一声，"快上来，没工夫同你开玩笑……"

"急什么？把你的破帽子扔下一顶来，这雪人光脑袋没长头发，要冻感冒了……"他把双手叉在腰里，笑嘻嘻地喊。周围的人越发乐了。

"真有兴致，扫完雪还不过瘾……"费渊又嘀咕了一声，顺手抓起一只纸盒子朝外扔去。纸盒在空中悠悠飘落下去，被那人一把接住，三下两下把盒子撕开，卷成了一个圆圆的筒，再一折一叠，变成了一顶帽子，扣在雪人的头顶上，雪人顿时变得神气十足。

"盲目的乐观主义者……"费渊叹了一口气，关上了窗子。

芩芩舍不得离开窗口，还在兴味甚浓地看着那个雪人翘翘的红鼻子。无论她怎么看，那个雪人总好像在亲切地冲着她乐，笑嘻嘻地咧着嘴。芩芩很喜欢它。她看见那个穿黑大衣的小伙子又往雪人手里塞了一把破笤帚，和大伙嘻嘻哈哈打闹了一阵，背起挂在树枝上的一只帆布工具袋，朝费渊住的这幢楼门口跑来。

"他们为什么没去铁路货场呢？"芩芩忽然问。

"大概是留校扫雪的那拨吧！"费渊心不在焉地动了动嘴。

门被咚地撞开了，一个粗壮的身影站在门口。"修暖气啦!"他拉长了声音喊,由于跑楼梯,急促而有些喘息。他发现了芩芩,便收敛了刚才那随随便便的样子,脸上的表情严肃起来。

"嗳,先报告你一个好消息。"他的声音却掩饰不住兴奋和喜悦,"猜猜吧——"

"我从不猜谜。"

"刚才啊,我听物理系的同学说,美国哥伦比亚大学的李政道博士来中国招考研究生,一下子就招去了四名呢,全是三十上下的年轻人,这说明中国人的智力决不比外国人差,只要努力,将来我们完全可以超过他们!"

"我还以为是什么了不起的事呢!"费渊冷冷地打断他,摇了摇头,"又不是你考上了,犯得着这么激动?"

"你……"曾储似乎想说什么,咽回去了,有点扫兴,"来,借光!"他朝费渊摆摆手,挪了一下桌子,肩上帆布口袋里的工具哐当哐当响。他从帆布口袋里掏出一把扳子,蹲在暖气片旁边低头检查起来。

"这几天活儿忙吗?"费渊双手叉在腋下,问道。

"采暖季肯定闲不着,管道都老化了,每天都有宿舍教室漏水,我觉得还是忙的好,反正出全勤有奖金,加班有津贴……"

他敲了敲暖气管,自言自语地说:"噢,我得回去取点东西,恐怕回丝不够了。"他很快站起来,动作太快,油黑的短大衣碰掉了桌上的一本书,他弯下身去捡书,忽然问:

"嗳,老费,借到没有?"

"什么?"

"书呀,我说的那本书。"

"嗬,不太好借,等过几天,我再去问问。"费渊回答。

他点点头,轻轻地哼着一支什么歌,拉开门走了出去。

"西班牙有个山谷叫雅拉玛,

人民都在怀念它……"

他的嗓子不好听,但浑厚、低沉有力。芩芩觉得那歌的曲调朴实动人……

5

"一个水暖工,常找我借书。"他对芩芩说,"我也老找他修暖气,咱们接着谈咱们的,不碍事。"

"水暖工?"芩芩有些惊讶。"他管你借什么书呢?"芩芩凭着刚才楼下窗外他"雕塑"的那个雪人,在心里断定这个曾储是那种无论干啥活儿,也会想出法子玩的小青工,还喜欢开一点不轻不重的玩笑,有时来点恶作剧。他这样的人,居然还爱看书吗?

"你以为水暖工就不学无术?也许恰恰相反。现在有许多默默无闻的人,就像被不识货的木匠丢弃的一截木料,弄不好就当成垃圾了。如果运气好,说不定可以雕刻成一件艺术品。刚才那个人,叫曾储,比我小一岁,是老初三的学生,下乡返城,好像一直不太走运。噢,因为他是这个学院的工人,找人给说了好话,最近刚进业余大学日语班插班学习,否则根本进不去,如今上个业余大学,也得有关系啊。他让我帮他借的,是一本经济理论的专著。"

"真的?"芩芩问道。她怎么记不起来有这么个"同学"?

门又撞响了,这回他好像为了表示礼貌,在门上笃笃地敲了两下。进了门,就把身上那件油腻腻的黑大衣脱下,扔在木箱上,一副要大干一场的架势。

芩芩留心地打量了他一眼。他的个子不高,结实而粗壮,两条胳膊好像充满了力气。他的长相很平常,小平头、四方脸,像一个普通工人,说不上有什么吸引人的地方。假如他走在街上的人群中,芩芩决不会对他多看一眼。只是他的眼神很灵活,有一种聪颖而热情的光泽,使人感到亲切。他穿着一件干净的蓝工作服,胸前竟然别着一枚金色的小鹿纪念章。小鹿的造型很美,撒开四蹄在奔跑……他的表情有些拘谨,同他随和的外表有些不对称,这种不协调使芩芩觉得似曾相识,她莫非在哪儿见过他吗?

她望着他的背影苦苦思索,呵,记忆这个爱和人捉迷藏的顽童,可算是让人捉住了。是的,就是他,一点儿没错。夏天时在江畔餐厅的柜台上,在一片嬉笑声中……

那是一个炎热的下午,江堤的柳树都热得无精打采,江滩上的砂砾有些发烫。她和傅云祥骑车路过斯大林公园,傅云祥提议去喝汽水,芩芩懒洋洋地跟他走进了江畔餐厅。那座带有彩雕、十字架和大露台的俄式木房子,在远处望起来像一个美好的童话故事,而走近了却是一只盛着烟蒂和酒瓶的木箱。餐厅里人很挤,喧闹、混乱,芩芩只好站在柜台不远的地方,用细细的吸管慢吞吞喝着汽水。"嗳,你瞧……"忽然傅云祥推推她。"什么?""瞧那个人!"——柜台边上正挤进来一个小伙子,抱着一大堆汽水瓶子,看样子是要退瓶,可是服务员正忙着,他喊了好几声服务员也不理睬他。柜台上有一只带方格的木箱,退了的空瓶子,是要插在那里端走的。他看了看那木箱,便把怀里的一大堆汽水瓶,一个个地插到那空格里去。

"瞧他,缺心眼儿!"傅云祥挤了挤眼睛,吸了一大口果汁，舒舒服服地叹了口气："他把汽水瓶都插到木格里去了，那木格子里还有别的瓶子，一会儿，你瞧他还能讲得清楚吗？"

没等芩芩弄明白傅云祥的意思，一阵尖尖的叫喊声就从柜台里飞出来了："你说你拿来十二个，谁见着了？哪呢？""我不是告诉你，我已经把它们放在木格子里了。"那人低声说。"放在木格子里？那谁知你放了几个呀？十二个？我兴许还说二十个呢！""你——"他顿时忿然涨红了脸，结结巴巴说："我明明放了十二个，你不相信？"他回头看了看周围，似乎想找个证人，却又把话咽回去了，"……你……我宁可不要你的钱，可你得把话说清楚了！"他不像要吵架的样子，却也得理不让人。"清楚？你自个儿心里最清楚！"戴着白三角头巾的服务员咄咄逼人，眼看一场"人造"的暴风雨就要降临，四周顿时围上来一帮终日无事、专看热闹的人。"得得得——"傅云祥扔了吸管，把手里的汽水瓶一撂，拨开人群走进去。"别吵啦别吵啦，这位大姐服务态度顶顶优秀，一个瓶一个坑不含糊，赶明儿奖金可跑不了啦！来，我给他当个证人，十二个瓶，一个不多一个不少，不信我帮你数数！你要乐意把奖金分我一半儿！"他嬉皮笑脸地把那木箱子摇得哗啦哗啦响。"谁要你数！"女服务员瞪他一眼。"要不这十二个瓶子算我的，豁出来才块把钱，回头盘货清账，多了钱再给我打电话！"他装模作样地把两块钱递过去。女服务员禁不住扑哧一声笑了："快走吧，摊上你们这号皮子，哼！"傅云祥推了一把那个发呆的小伙子，挤出了人群，高声对他说："往后可记着点儿，别这么傻气了！你好心好意帮她，人家还信不着你呢！"他感慨地摇摇头，得意地朝芩芩飞了一眼，意思是说："瞧我的，怎么样？"

那个人一句话没说,微笑着朝傅云祥点了点头,走开了,头也没回。芩芩只记得他黑黑的皮肤,一双眼睛不大,但很亮。对了,衬衫上就别着这么一只飞跑的小鹿。当然是他,一点没错。从外表看,他脸上有一种较真、执拗的神情,怎么会连汽水瓶都不会退?或许他的心地过于纯正,相信别人都同他一样天真无邪,这种人现在可是实在不多……

"老费,最近你注意报纸杂志上发表的那些关于经济改革的文章了吗?"他蹲在一边忙碌着,忽然问道。

"唔?"费渊漫不经心地答应了一句,"说什么了?"他又埋头到字典里去了。

"我在一篇论文里看到一段话,觉得很有道理。它说今天的中国很像一个大实验室,开始被允许进行各种试验。这种试验也许成功,也许会失败;也许会发现新的元素,也许有爆炸的危险,但它的意义在于我们已经打破了原先僵化的硬壳,什么困难也不能阻拦我们了。联系马克思的《资本论》第二卷……"

"又是《资本论》!"费渊合上了他的字典,用一种教训的口吻说:"我告诉你多少次了,不要再去做这种徒劳无益的蠢事。什么企业经营管理方式,什么经济体制改革,这同你的切身利益没关系。啃着冷窝头,背着铺盖,搞什么社会调查;饿着肚子,冒着风险,办什么业余经济研究小组,有谁来听你的?过多少年才见效?而你现在迫切需要的是吃饭!是工作!是不再干这个又脏又累的水暖工!如果你踏下心学日语,两年后考上研究生,命运就完全改变了。以后还能翻译出书,或是去日本留学。你干什么不行?偏去研究什么《资本论》?"

芩芩惊讶费渊竟然一口气说了那么多话,看来如果不是因为非说不可或是憋了好久,他不会这么激动。当然,他就是激动的时候也是面不改色的。而那个水暖工,叫什么来着,呵,曾储,怪咬嘴的名字,他却像夏天在江畔餐厅退汽水瓶那样一声不吭,噢,总算是回头宽容地笑了笑。

"好一个科学救国派。假如不是你的头发乌黑,我真要把你当成一个八十岁的老头了。"他说话的口气带着一点调侃和风趣。"现在我们干部队伍年龄老化,青年的心理状态老化,可我们的共和国还这么年轻。我们目前的经济状况,好像一个人患了高血压,可同时又得了糖尿病;营养不良同时又高血脂,看起来很矛盾。"他背对着芩芩在拧他的螺丝,"我总是认为,长期以来,经济建设中'左'的错误一直没有得到纠正,仅仅变革经济结构是不能从根本上解决问题的,还得从体制改革入手……"

"咱们不谈政治好不好?"费渊飞快地看了芩芩一眼,"我烦透了政治,一提政治我就反胃。我关心的是,今天这个时代有更多的自我发现,一种对'人'的价值和尊严的重新认识。然后产生出崭新的人生观!"他开始滔滔不绝起来,"意大利的文艺复兴运动,大胆地肯定了人的自然本性;人文主义者勇敢地宣告:人为什么要追求幸福呢,这是由人的与生俱来的本性所决定的,本性的力量是不可抗拒的。同样,欧洲十八世纪的资产阶级启蒙运动,则提出了良好的社会环境是保障个人幸福的前提。卢梭深刻地阐明了'人是生而自由的,但却无往而不在枷锁之中'的真理;法国大革命提出了'自由、平等、博爱'的口号。俄国的民主运动,也充分肯定了利己主义是'每一个人行为的唯一动机',就是车尔尼雪夫斯基,也提出过'合理的利己主义原则'。而这些宝贵的思想遗产,却被人用筛子统统筛掉了……"

"可你不要忘了,别林斯基也说过这样的话:'社会性,社会性——或者死亡!这就是我的信条!'"曾储抬起头,不慌不忙地说道:"是的,今天的人们之所以重新思索人生的意义,就是因为这些年来人的正常的欲望和追求受到了压抑。个人必须依赖社会而生存,马克思主义认为,人的本质是社会关系的总和,人的价值的实现和人的全面发展,有赖于社会经济发展的水平,有赖于人们对私有观念的摆脱。所以,我认为对人生意义的思索,必将引起更多的人对社会的思索。嘀,给我一个盆!"

芩芩顺手把床底下的一个脸盆递给了他。她的神情有点恍惚。他们的话,她不能够全部听懂。与其说她是在努力判断他们争辩的问题的正确与否,不如说她在用心地揣摩他们两人之间的不同。他们都很有头脑,可是……

曾储打开了暖气开关,从里头流出来浑浊生锈的黄水,放了满满一脸盆,他小心地端出去倒掉了。

"我不会同意你这种陈词滥调。"费渊冷笑了一声,"如果十年前,我也许比你还要虔诚,我曾经狂热地崇拜'狠斗私字一闪念'之类的口号,结果怎么样?社会残酷无情地抛弃了我,如果不是由于我自己的发奋努力,什么人会来改变我的命运呢?自私是一个广义的哲学概念,是动物的一种本能,没有这种自私,社会就不能发展,所以我的自私是完全自觉的,利己并没有什么不好,我是不损人的利己,比那些损人者岂不高尚多了?"

曾储套上了他的油脂麻花的黑大衣,说:"不过你应当明白,如果没有这四年来整个社会的变化,你是不可能在这儿发表这套宏论的。每个人都不是一座孤岛,而是大陆即社会整体的一部分,如果每个人都仅仅追求个人的幸福,其结果就是谁也得不到幸福。对人生哲理的探求,会促使人们懂得必须努力地去改变社会大环境……"

"不!"费渊摇了摇头,"像你这样的处境,居然还抱着这样的生活态度!想必你是没有吃过太大的苦喽。假如你有过与我类似的遭遇,你就不会说这种蠢话了。我相信你再碰几个钉子,会改变你的信念。"

"信念?"曾储裹了裹身上的黑大衣,低声说。"信念……"他又重复说。"真正的信念,是不易改变的……"他那口气,好像生怕碰坏了一件什么无比美妙的东西。

"然而我对这一切早已淡漠了。我的心宁静得像月球的表面,没有风也没有涟漪……"费渊耸了耸肩膀。

"啪——"一个扣子从曾储的大衣上掉下来,他捡起扣子,在手里摆弄着,"当然,对一颗变冷的心来说,要紧的是怎样加快血液流动……"

"我帮你钉上吧!"芩芩轻声说。她忽然觉得这个水暖工是那么令人同情。她若不帮他钉上,那个扣子或许出了门就找不到了,而他却要在寒风中东奔西跑地检查暖气。他俩交谈、争论的时候,似乎根本就忘了她的存在。是呀,她对于他们算得了什么呢!无论是"自我",还是"社会性",她都插不进嘴。她非常愿意帮他们做一点事,她会很开心……

"有针吗?"她问费渊。

"不用了!"曾储客气地拒绝道,"我自己会钉,真的,不是吹牛,我还会做衣服呢,翻领大衣,喇叭腿裤,西装裙,小孩儿的围嘴……不信吗?"

他笑了一笑,脸上又浮现了那一种天真的稚气,同他刚才那严肃的争辩很不协调。他走到门口,回头对费渊说:"嗳,听说兆麟公园今年的冰灯不错,有雪雕的白天鹅……"

"唔。"费渊也报之以淡淡一笑,不过芩芩似乎觉得他根本没有听见。他的心是那么冷漠淡泊,既没有浪花,也没有波涛,没有光,也没有热,好似一片荒凉的沙洲,无法摆脱那无形的寂寞感;又有如一颗遥远的星星,惨然地微笑,孤零零地悄悄逝去在夜空里……

走廊里传来了曾储哼哼呀呀的歌声:"西班牙有个山谷叫雅拉玛……"歌声远去了,房间里又恢复了寂静,芩芩似乎听见了自己腕上的手表声。

"……他如果有过我这样的遭遇,他就不会像现在这样想了……"费渊叹了一口气。他望着自己床头的那本相册,很久没有说话。

"芩芩……"他忽然叫了一声,声音很轻,似乎有一点颤抖。这样轻的声音却足以使芩芩的心爆炸——她吓了一跳,鼻尖上冒出了汗珠。

"……我知道,你很单纯。"他默默地看着她。芩芩看不清他镜片后的眼睛,但知道他的目光正追踪着她脸上的每一个细微的表情,"你很单纯……可是,她却走了……"

"她是谁?"芩芩问。虽然她明明知道那是谁。

"一九七八年春天,知青大返城,她回了南方,扔下了我,一个人走了……"他垂下了头,"那时我才真正明白,人是虚伪、丑恶的,我看透了,彻底看透了,个人的利益是世界的基础和柱石……可是你,噢,你这个小女孩,还保留了人的善良天性,真奇怪……"他自言自语地说。

"不，不……"芩芩紧紧揪住了自己的围巾，心慌意乱地在手里搅动。她怎么是单纯的呢？她，一个快要结婚的女子，竟然主动跑来找他，同一个陌生的男子坐在一起交谈这么久，她怎么还会是单纯的呢？按照他的逻辑，她也是一个虚伪、丑恶的人。她突然觉得脸红、惭愧，恨不得钻到床底下去。"不……"她喃喃地说。

"你不要分辩了。"他说。他说话总似乎有那么一点旁若无人。"从我见你的第一个傍晚我就发现了，你当然不是在研究窗子的玻璃，我怎么会不知道，你是在看玻璃上的冰凌花。在这人心被毁坏得太多的当今世界上，还会有什么人欣赏那圣洁而又短暂的冰凌花呢？可是你却在心里叹息它的美丽，感慨人生的虚幻和自己的孤独……"

他的声音很轻，像雪花；很软，像新鲜的雪地。芩芩的心颤抖了。孤独？他怎么知道她孤独？身处于人群之中，看起来浑然一体，内心却格格不入。好像玻璃对于水，又好像石棉置于火……他却看透了她的心思，懂得她的苦恼，也许他是一个能够理解她的人呢？可是他的声音为什么没有一丝热气，像冷僵了的积雪，沙沙作响，搓揉着她的心。她觉得浑身发冷，抬起头看见了玻璃窗上的冰凌花——呵，你又来了，莫非你是这阴冷的大学生宿舍的常客？

多美啊，芩芩禁不住又在心里惊叹不已。虽是下午，它却恍如一片晨光曙色，在那银色的东方，飞起一群展开了翅膀的天鹅……那一层毛茸茸的霜花，就像舅舅大皮帽上厚厚的绒毛……

"你见过北极光吗？"她突然问。问得这么唐突，这么文不对题，连她自己也觉得有点儿莫名其妙。

他看着她，没有回答，芩芩心跳了。她怕他说出自己不希望听到的话来。

"那么……你，知道北极光吗？"

他点了点头。

"你，喜欢它吗？"又是一句没头没脑的话。没见过的东西，谈得上什么喜欢不喜欢呢？不，芩芩不是这个意思。她只不过是想知道，他的想法和傅云祥有多大差别？除了菩萨的灵光……

"极光，是高纬度地带晴夜天空常见的一种辉煌闪烁的光弧或光带。"他终于开了口，口气像芩芩中学里的物理教师。"太阳的带电的微粒，发射到地球磁场的势力范围，受到地球磁场的影响，激发了地球高层空气质粒，所造成的发光现象，明白了吗？它只是通常在高纬度地带出现，北纬部分就叫北极光。"

"不。"芩芩忍不住说，"在我国东北和新疆一带也曾出现过，那是太阳黑子活动频繁的年月。我舅舅……"还说什么呢？舅舅同他有什么关系？

"出现过？也许吧，就算是出现过，也是极其偶然的。"他掏出一把精致的旅行剪开始剪指甲，"可你为什么要对它感兴趣？北极光，也许很美，很动人，但是我们谁能见到它呢？就算它是环绕在我们头顶，烟囱照样喷吐黑烟，农民照样面对黄土……不要再去相信地球上会有什么理想的圣光，我就什么都不相信……嗬，你怎么啦？"

芩芩用一只手捂住了自己的眼睛。她觉得眼睛很酸、很疼，好像再看他一眼，他就会走样、变形，变成不是原来她想象中的他了。她觉得自己的身子在下沉，心在下沉，沉到谁也看不见的地方去，那是一口漆黑的古井，好像芩芩小时候读过的童话《拇指姑娘》里的那条地道，地道通向那只快要做新郎的肥胖鼹鼠的洞穴。她为什么那么失望？北极光确实神奇、罕见，但它那种惊天动地的美感，它的存在与否，同她和他们的生活有什么关系呢？费渊，他也只不过是说了一句实话罢了，比傅云祥说得"高级"一点儿，看得更"透"一点儿。有什么可失望的？你不是来补课的吗？问什么北极光……

她解开书包，取出了日语讲义，把书页翻得哗哗响，像一个谦虚的小学生一样认真地说：

"嗬，浪费你不少时间了，言归正传吧。我现在最困难的是日语语法……"

他很快从桌上那一堆书中找出一本精装的小书，放在她面前，似乎随意说：

"拿去自学吧……另外，以后你如果有空，可以常来找我……愿意吗？我，呵……同你一样，也常常感到孤独……"

夕阳从积满霜花的玻璃窗上透过来，为昏暗的宿舍带来几分暖意。芩芩发着愣，辨认着他床边上隐约可见的诗句，她仍然不明白费渊为什么偏偏喜欢这两句：

"我要唱的歌，直到今天还没有唱出，

我每天都在乐器上调理弦索。"

6

  黑夜过去,白天又来临。芩芩每撕下一张日历,就像面前囚禁自己的那"预制板"的高墙,又加厚了一层。婚期越是迫近,这种痛苦的心情越是强烈……芩芩小时候最盼望过年,可现在,她巴不得日历天天原封不动地留在原处。

  下过一场大雪,白雪很快就被行人的脚底踩脏了。街道是灰黑色的,溜光溜滑,时而有自行车无缘无故地栽倒,把人摔出去老远。大卡车开过,扬起一阵灰色的雪沫,像工地上没有保管好的水泥。只有屋顶是白的,行人的脚印够不着那儿,也没有人想去冒这个险。芩芩以前总盼望春天融雪的日子早些到来,厂团委会组织青工去太阳岛踏青,在树林子里喝啤酒、吃红肠夹面包、唱歌、拉手风琴……那是一年里最快活的日子。可是现在她却希望天天下雪,似乎下雪能使冬天无限期地延长,阻拦什么不愉快的日子来临。

  "又是一个星期过去了……"芩芩早上醒来,望着窗台上一盆凋谢的木扶桑,闷闷不乐地想道,"四十七天,还剩下四十七天了……""芩芩,今儿星期天,试试云祥送来的那件驼毛棉袄……"妈妈在厨房里喊道。试试就试试吧,横竖早晚是要穿的。"哐啷——"什么东西掉在地上,打得粉碎。是傅云祥去年在她生日那天送的一只保温杯。她默默捡着碎片，并不觉得怎么心疼，不过这似乎不是一个好兆头。"你到底是怎么了？一天丢了魂似的……"妈妈越发高声地大叫起来，"不知中了什么邪魔，一天倒像谁该你多少钱似的……傅云祥哪点不配你？念啥业大呀，觉着自己多了不起……"

"别说了好不好？"芩芩猛地关上了房门。你知道什么呀，妈妈，你哪怕懂得我一丁点儿心思，我也会原原本本讲给你听。三十几年前一顶花轿把你抬到爸爸那儿，你一生就这么过来，生儿育女，平平安安，连人家西双版纳密林中的傣族男女还"丢包"自由恋爱呢，你却除了我的父亲再没有接触过别的男人。可悲的是你以为孩子们也可以像你们那样生活，除了一个美满的家庭外再别无所求。"家里啥也不缺你，你有啥不乐意的？！"爸爸常常这样对她嚷嚷，好心的父母们往往就这样因袭着他们自以为幸福的人生模式，亲手造出旧时代悲剧的复制品，反却煞有介事地指责年轻人不安分守己、无事生非。穿梭在山谷平原使柳条发韧的春风，为什么这么难把他们吹醒呢？如今有不少这样的家庭，两代人之间难以互相理解。他们之间除了知识的悬殊，还有时间的鸿沟以及对人生意义认识上的差异。芩芩并不认为在这种鸿沟中总是年长的一辈不对，不是也有些父母要比自己的孩子们心境更乐观明朗、更加富于生命力吗？但是芩芩的父母不是这样，她所接触的家庭也大多不是这样。假如她有一个姐姐可以倾诉心事，或许就不会这么苦恼了。可是她没有姐姐。她有同厂的好友，她们都盼望快点吃芩芩和傅云祥的喜糖，芩芩还能同她们说什么呢？厂门口的海报倒是三天两头地更换，不是乒乓球赛就是某某艺术院校和剧团招生，再不就是工会组织参观画展、听一个市里的文学讲座或是诗歌朗诵会,有一次厂团委还请了一个省青年突击手来做报告。这一切比起前几年来,当然是丰富多彩了,足以填补青工业余时间的二分之一,可剩下的那二分之一呢?芩芩还是觉得不满足。这一切活动对于她来说,都有点像暗夜里隔着一条河对岸的火光,可望而不可即;也像对面山头垂挂的一道晶亮的瀑布,远水解不了近渴。她的苦闷,既连自己也说不清楚,又能向谁去诉说呢?

她在小说里看到五十年代初期的青年人,单纯、真诚和无私,奋不顾身地献身于自己的理想,果决无畏又乐观执着,他们是幸福的。可是后来呢?他们一直还保持着那种热情吗?到了六十年代后期,也许失望和痛苦,已将幸福整个儿淹没了。那个逝去已久的年代,虽然不时使人感到它扑面而来的热气,但是在他们身上,美中不足总还缺少什么,似乎是一种称为独立思考的那个东西,芩芩觉得是生命中最重要的。她常常问自己,在今天这个社会里,那种献身精神是否还有它的位置呢?芩芩是相信有的,可她的朋友们却很少有人相信。傅云祥么,则是连想也不屑想这些事。"你干吗老要自寻烦恼?"他一百个不理解芩芩为什么要提这种问题。碰了几次壁,芩芩不再和他"讨论"了。但她一天天冷却的心,却仍然渴望能使自己振奋起来。她从一本《中国青年杂志》里,看到一个词叫作"时代性"。那么八十年代的时代性是什么呢?她多么希望能有一个人与她一起探讨这些人生的奥秘呵……

芩芩在农场连队里,认识一个知青大姐姐,勉强算得上是她的好朋友。她是老高三的北京知识青年,可惜已经返城回了北京。她曾对芩芩说过这样的话:"没有爱情的人生是不完整的,而爱情就是在对象中找到'自我',是对自己一种更高的要求、更好的向往和归宿。建立家庭不难，而真正的爱情，却难以寻觅。爱是无限的，每天都在更新。"这段话，芩芩背得滚瓜烂熟，可是在生活中却是如此难以付诸实现。她一次也没有在对象中找出过"自我"，她甚至不知道这个"自我"到底是什么。反正她和傅云祥谈不到一块去，傅云祥也决不是"对自己的一种更高的要求和更好的向往。"可是，偏偏她就要"归宿"到傅云祥那儿去了，还剩下四十几天。日历再翻下去，过了冬至，黑夜又会缩短，一切都已无可挽回，她还傻想些什么呢？傅云祥已催过她好几次去拍"结婚相"，再拖下去人家要生气了。芩芩常想，自己已经二十五岁了，可她还没真正爱过什么人，难道世界上根本就没有这个人吗？芩芩不知道。连爱都没有，还怎么更新呢？

这一周里，芩芩再没有去找费渊，日语问题倒是有一大堆，可是不知为什么，她总没有下决心到那阴森森的地下室去找他。从内心来说，她仍然是钦佩他的，钦佩他思想的敏锐和分析问题的逻辑性。在她那常常感到寂寞的干涸的心田里，不时地涌下来一种强烈的渴望，渴望与人交谈，渴望一个人，一个无论什么样的人对她的理解，她和他交谈，除了日语，当然还要谈生活，谈谈各自对生活的态度，但这实在是太不可能了。芩芩难道能对他去诉说自己的苦恼吗？他会怎么想？何况，他对北极光也没有特别的兴趣，不喜欢浪费时间闲聊天，他把自己看得那么宝贵，仿佛多说一句话，他的生命就被牺牲了一部分。再说，常常请他辅导日语，要是让傅云祥知道了，很容易闹误会……

芩芩胡思乱想着，咽了几口早饭，匆匆背上书包，赶去业大上课。"那衣服倒是合身不合身哪？"妈妈追出来，"云祥一会儿来取,说不合身让裁缝再改改。"

"不合身!哪儿都不合身!"芩芩在楼梯下没好气地喊。其实她根本就忘了试。

星期天车挤,路上耽搁了好一会儿。芩芩刚进校门,就听到了铃声。她气喘吁吁地朝二号楼跑去,差点撞在一个人身上,定睛一看,竟是曾储,十几天前在费渊那儿遇到过的水暖工。他仍然穿着那件油腻腻的黑大衣,像小学生似的斜背着一只洗得发白的帆布书包。芩芩想起来,他每次来上课,总喜欢这样背书包的,书包带套在脖子上,像个小学生。这会儿他正和一个推自行车的人不知争着什么,面红耳赤,瞪大着眼珠,一只手紧紧拽着自己的书包带。

"向你们反映过多少次了,学生宿舍四楼的暖气不热,半夜毛巾都冻冰……"

"我知道了,回头告诉锅炉房多烧点儿!"那人踩着自行车的脚蹬子,慢条斯理地回答。

"没用!不是锅炉房的事儿,是暖气管道循环回水不通畅,过冬前我就提过建议,必须得改线,可校办没人理我……"

"改线不是小事儿,得研究,给你解释多少回了,你别没完没了的。"那人用一种熟人兼长辈的宽厚体谅的口吻说,跳上了车。

"我叫你走!"曾储一把拉住了车子后面的书包架,骑车人没留神,车子一歪,"啪——"地摔倒了。

"这小子……"那人笑起来,一边掸着身上的雪一边骂道,"真有点蘑菇劲儿,你这水暖工,管得真宽,改线也起码得明年春天停暖之后吧。"

芩芩已经走出去老远了,听到身后传来曾储的嚷嚷声:

"等明年春天？那这一冬咋办？大学生该冻成冰棍儿啦！我说，领导能不能上四楼去住一宿试试？"

芩芩放慢了脚步。

……他那天堆雪人时，高兴得像个孩子，刚才和领导反映问题，倒是这么较真儿，这人有点意思，干什么事都这么兴致勃勃……芩芩听到身后追上来一阵脚步声，擦过她身边，大步跳上楼梯去了。等她走进教室，他已经坐在最后一排，低头在那儿记笔记了。

芩芩有一点心不在焉……斜背的书包带、工作服上跃跃欲试的小鹿，剃得短短的小平头……为什么不是小鹿，每次下课他总是最先走，一下楼就消失得无影无踪……这一周中芩芩都想找机会同他说话，可他好像仍然不认识她。是故意装的还是腼腆不好意思？他是个小工人，何必摆这么大架子？干吗非同他说话？不过他读《资本论》，学日语；他讲"信念"两个字时，表情那么庄严神圣。他究竟是个什么样的人呢？费渊说他是个最倒霉的人，为什么？表面上可看不出他有什么愁苦？他的眼睛很有神，有光彩。他不爱说话，可开口说话，挺风趣，会引人发笑，叫人忘记了烦恼……有一天大清早，芩芩路过图书馆，看见他背着书包在雪地里跺脚，好像在等图书馆开门……

"下课啦！还不走？"有人推推她。是苏娜，芩芩的同桌。她今天更漂亮了，驼色的长毛绒大衣，领口露出闪光涤棉夹袄的琵琶扣。

"今天我们去拜访歌剧院的一个演员，是眼下全城最红的新星。"她很带一点骄傲的口气对芩芩说，一只手捋着自己的大波浪发卷。"你跟我一起去吧？好多好多人都想认识她呢，她很快就要出国访问了……"

芩芩摇了摇头。

"你呀，真是的！"苏娜娇嗔地耸了耸鼻子，"你不会生活！今天这个时代为我们打开了社交的广阔天地，每个人都可以从中找到生活的乐趣。我最崇拜名人，各种各样的名人，画家演员诗人钢琴家……"

对于这位好心肠的女友的热心，芩芩只是报之以淡淡的一笑。她也想认识好多好多的人，周围的生活实在是太闭塞了。不过她不一定要认识什么名人，而是……是什么呢？

"拜拜！"苏娜潇洒地对她挥挥手，就要走下楼梯去。

"嗳！"芩芩忽然喊住她。她赶上两步，有一点气喘，结结巴巴地问："那，你认识那个人吗？"

"谁？"

"那个水暖工……就是坐在最后一排，总爱斜背书包的那个……"

"噢，他呀。"苏娜恍然大悟，显出一副无所不知的神情，忽又轻蔑地撇了撇嘴："你问他干啥？"

"不，不干啥……就是问问……"

苏娜把脸贴近她的耳朵，芩芩只觉得扑过来一阵浓郁的异香，接着是一阵窸窸窣窣的耳语：

"别提啦，他进过笆篱子，关了一年多，我都调查清楚了。起先我还以为他那傲劲儿，老爹一定是个大官，可他其实连个亲妈都没有，后娘养大的，现在自个儿分户单过啦，一个小破房，连口热饭都吃不上。他原来那厂子里的人都说他傻得蝎虎，得罪了厂里当官儿的，丢了机关的工作，只好到这儿来当水暖工……"

"你说什么？"芩芩扶住了楼梯的栏杆。她的脸色顿时变得苍白。她觉得自己的心在隐隐作痛。"真的吗？"她问道，声音是那么无力。

"有一句假话，算我苏娜白认识那么些人，谁不知道我的情报最靠得住。"她指天戳地地发誓，越发地来了兴致，"你可听清了啊，他是七七年一月被——"她做了一个被拷起来的手势，"你想想，都打倒'四人帮'以后啦，问题该有多严重。听说同什么反迷信啦，有关系，一大堆罪名哪，进去了，还不安生，也不知偷偷写什么，又铐了两个星期反背铐。"

芩芩紧紧闭上了眼睛。反背铐？太可怕了。

"还有意思呢，有一天放风，他不知从哪儿挖来一棵野草，种在一个破瓶子里，放在自己窗台上，用刷牙水浇它。他被关押，说是政治问题，还不是那个单位的领导打击报复。他们厂的人说，他揭发厂领导把好机器当报废机器卖，得利分红的事，那些头头都是些弄虚作假乌七八糟的玩意儿。去年倒是平了反，可那厂子的头儿，是个'不倒翁'，照样稳坐钓鱼台，他还不是自认倒霉。人看样儿心肠倒挺好，就是满脑子转些奇怪的念头，表面上还看不出来……"

"那你……"芩芩不禁对苏娜这么详细地了解曾储的情况觉得奇怪。

"你问我咋知道的呀？"苏娜倒是反应灵敏，"我的一个邻居小孩，嗨，也就是顺手牵了个羊啥的，在拘留所同他关在一起。他先出来，到这孩子家来看过他妈，他妈瘫在床上，他给人家送钱，人家到现在还常念叨他。那孩子出来后，就像换了个人，变成活雷锋了……哟，快十二点了，我该走啦！"她忽然叫起来，高高地抬起手腕看表。

"等等……"芩芩跑了两步跟上去,"你不知道他,难道……难道。"

"难道啥?倒是说呀!"

"难道……"芩芩忽地涨红了脸,"他就没有一个亲人什么的……"

"亲人?"苏娜扬了扬眉毛,嫣然一笑。"怎么没有?三十好几的人了,没有亲妈还有女朋友哩。"

芩芩咬住了嘴唇,垂下眼皮望着脚下光亮的格子水磨石地,小小的黑皮包从肩上一直滑下来了,却没有觉察。

"你呀!"苏娜重重地拍了一下她的肩膀。"真死心眼儿,他蹲笆篱子那年,对象就同他黄了,他攒了四五年的工资,打了一套家具,就快结婚了,被人拐走,等他一年多后放出来——那女的早就嫁人了,还生下一个胖小子,家具都拉走了不还给他。世上的事就这样,什么爱情不爱情,我早就看得透透的了,趁早甭要什么爱情,结婚就是结婚,情人就是情人,两码事!噢,对不起,我走了……爱情,哼!"

她摇了摇那一头起伏的波浪,高跟鞋清脆响亮的声音传遍了整个楼道。忽然,她又想起什么似的走回来,对正在发愣的芩芩挤了挤眼睛,笑嘻嘻地说:"嗳,你有爱情没有?"

芩芩眼泪汪汪地晃了晃头发。

"就是嘛,啥爱情不爱情,还不如爱自个儿。我给你打个比方,我是个幼儿园阿姨。你猜那些小嘎子唠嗑说啥:'电影里老讲爱情,爱情就是当妈妈。'另一个说:'不对,爱情就是爸爸和妈妈。'还有一个不同意,说:'爱情就是打离婚!'逗死个人了,才四五岁,就谈论爱情了。哈!不过他们说得对,爱情就是这么回事。你还是跟我去玩儿开开心吧!"

她说着,亲亲热热地拽着芩芩,一边咯咯笑着。

芩芩闪开了身子。她笑不出来。她想哭,她总是想哭。即使在充满狂欢气氛的舞会上,她也想哭。她不是已经无数次体验过这种孤独和寂寞吗?欢乐谁都可以找得到,哪怕去捉弄一个最最可怜的人,也足以大笑一场了。欢乐,为寻欢作乐而抛洒的热情,有多少值得回味的价值呢?欢乐过去了从不留下痕迹,而痛苦,忧伤,为自己、为不幸的他人而流下的苦涩的泪水,却在心灵上刻下一道道深重的创伤。呵,坦诚而又虚荣的苏娜,叫我对你说什么好呢?无非是一个高级小市民,"高雅"的庸俗,庸俗的"高雅"……

苏娜撇了撇嘴,飞跑下楼去了。

芩芩依然怔在那里,为苏娜刚才信口开河的关于曾储的故事,有点惊骇,又有点茫然若失。她真希望那些都是苏娜信口胡诌出来的,但是不会,她心里知道不会。她把心目中曾储模糊的影子,同苏娜勾勒的轮廓叠在一起,它们是相符的。是的,那就是曾储。他忽然变得清晰了,同她第一次见他那样,虽不是风度翩翩,但是稳稳地脚踏实地,哼着歌儿,无忧无虑地敲着暖气管,还关心什么经济体制改革,关心兆麟公园冰灯会上有一只天鹅雪雕,那乌亮的眼睛里,闪烁着一丝不易察觉的忧郁和悲愁……

她把围巾搭在肩上,一步一步走下楼梯来。

他关在那黑暗的囚室里是什么样子?那小窗台上有一棵绿色的小草,凭小草就可以辨别出他的窗子。如果是一只小鸟,不,要是那时候她认识他,她要给他去送饭……

"你好!"恍恍惚惚她听到有人叫她的名字。

她站住了,揉揉眼睛。她希望看到一只飞奔的小鹿的纪念章，或是斜背的书包带……呵，不是，是他，费渊，闪闪的镜片，秀气的脸庞缩在一件深灰色的呢大衣领子里。

"你好。"她含含糊糊同他打了一个招呼，好像还没有从刚才的情绪里摆脱出来。

"这些天，没去我那儿吗？"他轻声说，竭力显得若无其事和漫不经心，但芩芩明白他绝不会平白无故出现在这里。

"没去……没……"芩芩还是不会撒谎。

"这一周的课，还好懂吗？"

"还好懂。"

"那本书，你看了吗？"

"看着呢，挺有用……呵，该不是你要用了吧？"芩芩才转过弯来。

"不不不，不是这个意思。我用不着，那些我早就学过了，你留着用好了。"他连连摇手，一边从衣袋里掏出一只白色的长信封来，在芩芩面前晃了一晃。芩芩看见了上面的日文和五颜六色的外国邮票。

"顺便告诉你一点事，也想听听你的意见。"

"听我的意见？"芩芩大吃一惊。

"是这样，我舅舅在日本一所大学当教授，他愿意资助我去自费留学，手续很快就可以办好。"

"真的？"芩芩很高兴。她每每听到别人的好事，总是由衷地为别人感到高兴。

"……可是我在想，……"他把手背在身后，在原地踱了几步，"我去呢，还是不去呢……"他偏过头看了芩芩一眼，"……当然，我去了是要回来的……我说过，我是一个爱国主义者……"

"当然要回来啦!"芩芩爽直地说,"不回来,在那儿干什么?"

"……我在想,也许等一两年大学毕业了再去为好……更好些……"他在芩芩面前站住了,"竟没有一个人可以商量……你说呢?"

"我……"芩芩心慌起来,"我,不知道……"她低下头去,手指绞着自己的围巾角。那角上有一个漂亮的商标,竟然是一只小鹿。她以前怎么没发现?小鹿欢乐地奔跑着,在密密的大森林里,在青青的草地上,跃过横倒的枯木、树墩、荆棘,跳过湍急的溪涧。她多想跟小鹿一块儿飞跑呀,当然不是在那太平洋西岸窄小的岛国上,而是在她熟悉的松花江两岸辽阔的平原上……

"你说呢?"他又问了一遍,显得焦躁不安。

"我,我不知道,真的,不知道……"她勉强笑了笑。他干吗要来问她?毕业了再去,是为了学历吗?她不太懂。不懂的事要她怎么发表意见呢?当然,她还应该说一句什么,否则就太生分了,会伤了人家的自尊心。"你……"她说,却不知为什么说了下面一句:"你的暖气还漏水吗?"

"嗬,你还记得,暖气……"他喃喃自语,脸色变得阴沉了。

是呀,暖气同她什么关系?她想问的根本不是这样一句话。她明明是想问:"你知道那个水暖工住在哪儿吗?听说他住在一个小破房里……你一定知道的,告诉我吧,我想去找他……为什么?什么也不为,也许为好奇心,闲得无聊,闷得发慌……我想知道人都在怎样生活,和自己做一点比较,如此而已……"

"去看冰灯吗?"芩芩却冒出这样一句话:"我们想去看冰灯,你也去好吗?"

"我们?"费渊镜片后面的眼睛奇怪地眨了眨,反问了一句。

"我们……"难道说"我和傅云祥"吗?不不,她不就因为不愿同他一起去,才会邀请费渊吗?芩芩涨红了脸,"我们——就是说,班上的几个同学……"

费渊皱了皱眉头。

"我不想去看什么冰灯,在这寒冷的世界上,我已经被冻够了!难道还要去欣赏冰的宫殿,来剥夺仅剩的温暖吗?那不过是自欺欺人罢了!无论多么透明的冰体,也是由被污染的水分子组成,它是伪君子,在黑夜里发光……无论多么美丽,可是春天到来,它终究还得融化。生活有什么希望呢?我只能改变自己的境况,而现实是无可救药的……"

他把那只信封塞进衣袋,低声说了句"对不起",就匆匆拉开大门走了出去,厚重的门帘下卷成一股白色的寒气。

"是的,也许他说得对,冰灯只能在黑夜里发光……"芩芩倚在门上,望着他的背影消失在楼前那一排排光秃秃的桦树林里,长长地叹了口气。

7

不可能再改变了……顺着这条大直街一直走下去,就是哈尔滨城里有名的松花江摄影社。走进摄影室,摆好姿势,露出笑容。一秒钟之内,一切都完成了——"永远的""幸福的"合影。芩芩麻木地迈着脚步,被他紧紧地牵着手,好像被人绑架似的,只不过前面不是监狱,而是一家照相馆……

傅云祥一定要拉她到这家摄影社来照结婚相,除了他认为这家照相馆的结婚礼服特别漂亮,还因为摄影师是他的一个朋友。"王师傅说了,照完了就放一尺二寸大,放在橱窗里陈列三个月,然后白送给我们。"傅云祥得意扬扬地告诉她,"我说一定要涂成彩色的,不是彩色的不要。所以你一定要戴那副绿色的耳环,像真的翡翠一样。绿色的耳环配你的皮肤特别、特别适称,其实那是个冒牌货,友谊商店才卖四块五一副,可向他们照相馆租一次就得花两元钱,他们挣老鼻子钱了,回头我得同他商量商量,再给咱便宜点儿……"

"唉,你小点声好不好?"芩芩不耐烦地瞪了他一眼。他就喜欢在大街上高声喧哗,好像小摊贩似的叫卖什么东西。

"嘿,这有啥?"傅云祥不以为然地笑了笑。不过他还是略略放低了声音,"你猜我今儿一早醒来,寻思啥来着?"

"照相呗!"

"嗯,可也差不离。我在想,咱们挺走运,赶上了好年头,要是再早几年结婚,不得穿着那老土便服,两人带着大相章照相哇,贼他妈蠢!瞧,一会儿你穿上白纱长裙,戴上花环,不定有多美呢,一辈子就这一回,总得像个样儿,嗯,你说是吧?所以,还是粉碎'四人帮'好……嗳,咱先上贸易市场去溜达溜达咋样?妈说捎两斤烤地瓜回去,晚了该卖没了……"

芩芩点点头,这有点出于傅云祥的意料之外。她平时最讨厌上自由市场。

是的,从那熙攘而拥挤的集市穿过去,起码可以晚半点钟到达照相馆,呵,就是晚十分钟,哪怕一分钟也好,芩芩现在非常非常希望突然发生一件奇迹,比如照相馆突然着了火之类的事。不过不行,这家着了火,还有另一家;最好是胶卷突然断档,要是四年前这倒有可能,现在大概不会发生此类事了;那么最好是傅云祥脸上突然长了一个疖子,红肿不退,也不行,疖子过一周好了还是逃不过要照;除非发生地震,把全城的人统统压在底下,连她、傅云祥,还有照相馆的师傅……不过这太残酷,芩芩有点于心不忍。那到底怎么办?真的就这样走进去吗?不,芩芩总觉得好像会发生一点什么奇迹。假如在中世纪,就会有一个勇敢的骑士挥舞着长剑来救她,然后骑着马把她带走;即使在拇指姑娘那黑暗的巷道里,也会有一只可爱的小燕子,在她出嫁前一天赶来,把她带到温暖的南方去……她幻想着发生这样的"奇迹",使她能够逃脱那个即将到来的"永远"……

"怎么两毛钱一根啦?前天还卖一毛五!"傅云祥直着嗓门喊起来,把手里的两根冰糖葫芦,扔回了他面前卖冰棍的老头的木箱里。

"又涨价,连冰糖葫芦也涨价。"他嘟哝着停在一辆公家的送货车旁。"你看,这暖瓶,真漂亮,多钱一对儿?"

"这是个壳儿,里头没配上瓶胆!"

"没有胆你卖个溜!"傅云祥嘀咕了一声。

"上对面私人小铺买胆去吧,那儿有!"卖货的人挺热心。

"私人铺子啥都有,牛皮鞋到干肠,啥都有。"傅云祥经验十足地对芩芩说,"咱买干肠呗。"

"那么硬,咋吃呀?"芩芩有气无力地答应着。

"嚼呗!有嚼头!"

"嚼啥也没味儿。"

"那是你舌头出毛病了。"

也许他说得对,是舌头的毛病。在农场劳动时吃什么都香。

"这橘子酸的还是甜的呀?"傅云祥在一个棉毯子裹着的筐里扒拉着。

"酸甜。"穿着厚厚的棉大衣的年轻人提高了声音,像唱歌一样回答。

"嘿!"傅云祥乐了。

有什么可乐的呢?芩芩无动于衷地站在一边。酸甜?生活难道仅仅只是酸甜的吗?不,还有苦、还有辣,苦辣的时候更多些,像生芽的马铃薯。你能感觉苦辣,你不是还没有麻木吗?你不过是不像以前那样喜欢香甜的食物了,以前的舌头才有毛病呢……

"等成了家,买几条金鱼儿回去养着!"傅云祥用胳膊肘推推她,喜笑颜开地望着地上的一盆金鱼。不少人围着看,冰凉的雪地上,脸盆里的金鱼居然没有冻僵,慢吞吞地游着……

鱼儿游在水里,横竖四周都是水,它即使流泪,也是没有人看见的。芩芩出神地望着那些可怜巴巴的鱼。人们总以为它们游得多么快乐,哪里知道它离开了溪泉湖沼,圈在这碗口大的天地里,供人观赏和购买,它无时不在无声地哭泣,把眼睛都哭肿了哩……

"买两斤烤地瓜!"傅云祥颇带命令口气地说,在炉子上翻来覆去地挑选。

"都是好的……"卖地瓜的老大娘嘟哝着。她的棉袄袖口坏了,露着油黑的棉花。

"对这些摊贩不能客气,光知道挣钱!"傅云祥抱着沉甸甸的布兜,对芩芩抱怨说。

芩芩回过头去望了那个老大娘一眼,她还在寒风里嘶哑着嗓子喊着。芩芩突然想起了农场,有一个下雨天,牛车陷在地里走不了,她们到附近的屯子去避雨,一个衣衫褴褛的老大娘,塞给她一棒热乎乎的煮青苞米……

"你又想啥?"傅云祥在前头站下来等她。"妈说要给你买件那样的羊毛衫。"他指了指路边摊床上挂着的一件鲜艳夺目的高价毛衣。

"我不要。"

"你要啥?"

"啥也不要。"

"你说过要一个十元零八毛的洋娃娃。"

"我是随口说着玩玩的……"芩芩有点哭笑不得,

洋娃娃?二十五岁的人还买玩具?她在农场幼儿园看管过小孩子,她问孩子们:"你们家里有些什么玩具呀?""啥叫玩具？玩具是啥呀？"孩子们乱七八糟地嚷嚷起来，他们生下来还没有见过玩具，只有碎玻璃片和火柴盒……人和人的生活就这么不同，就像这同时出售廉价皮鞋皮带皮帽子的集市……

当然，这乱哄哄的集市贸易，比起前几年货物奇缺的空荡荡的国营商店总是好得多了。无论如何，生活不断在发生巨大的变化。虽然希望和失望、改革和混乱经常交织在一起，使人们在欣喜之外仍有忧虑。可是，十年浩劫过去，一夜之间怎么可能消灭贫困落后？即使经济快速发展，建立起一个物质发达的社会，人们的精神面貌又会怎样？就没有苦闷和空虚了吗？前些年，人的欲望都被压抑了，被迫遵循着人为划一的程式，愤怒和不平只是一股冰凉的潜流，默默地蕴藏在黑暗的地底。但是突然，大地被唤醒了，地火冲天而起，喷吐出炽热的熔岩火浆。潜流变成了翻腾的浪花和波涛，它呼风唤雨，冲击着旧的堤坝……洪流所到之处，正在改变许多昔日不为人注意的事物，人们开始按照自己的本心去生活。究竟它是从什么时候开始冲击芩芩的心田，连芩芩自己也弄不清楚。但是流水经过不同的河岸，船帆始终在往前走，河岸将昨天同前天比、把今天同昨天比、今天又同明天比。与芩芩同时代的青年朋友们，都希望由自己来掌握命运的舵，驶入自己心目中理想的港湾。但什么才是真正的幸福生活？哪一种理想才是时代的潮头，而不是随着潮头翻起的泡沫呢？……

芩芩在心里暗暗地把傅云祥同厂里熟识的小伙子比较，按眼下流行的那些标准，她应该心满意足了：家庭、收入、长相、人品……都还说得过去，按那些最实际的标准，她才选择了他。当然现在流行找知识分子，芩芩隔壁邻居是一个女招待员，在三十九张照片中反复比较的结果，选中了一年前曾被她拒绝过的一位大学毕业的中学教师。

"咱们芩芩一定要找个技术员!"她妈妈这样发誓并张罗着,不久后果真有人带来个技术员。细眉小眼,说起话来女里女气,芩芩打心眼里不喜欢他。有一次,他提议一起去看电影,散场后,她请芩芩去饭馆吃馄饨。吃着吃着,他突然叫起来:"咋少了一个呢!""你怎么知道少了一个?"芩芩没好气地问。"我一边儿吃,一边儿数的!"他理直气壮地端着碗去找服务员。等他端了那一碗馄饨出来,芩芩早跑没影了。

比较,就是这么比较的,多么实际而又具体——来了个傅云祥,偏偏又去看电影,又经过北京餐厅。"咱们去吃馄饨吧。"芩芩提议。"我来买。"她积极地掏钱,是她提议的,怎么好叫他买呢?馄饨端上来了,她全然不知道那馄饨是什么滋味,她一直在紧张地倾听那一声叫喊:"少了一个!"她发誓假如再听到这句话,从此以后不谈恋爱了。还好没有,真的没有。傅云祥大口大口地吞着馄饨,笑眯眯地瞧着她,也不知道烫,末了还在碗里拉了一个没吃。芩芩放心了,笑起来,"考试"结束。她不想要那位技术员,一想起"少了一个",她就反胃。相比之下,傅云祥可比那技术员强多了。就算小傅没上过大学,只是个刚出徒的木匠,但他肯钻业务,技术好,脾气也好。再说哪有十全十美的人呢?芩芩只能在这种自我安慰中求得心理平衡。

"你说我哪点好呢?"有一次她问傅云祥。

"你——"傅云祥笑眯眯地想了一会儿,"你的心眼儿好,第一次去看电影我就发现了,路边要饭的伸手要钱,你就给。以前我谈过一个对象,吃一顿饭我花十来块,可她一见要饭的,就把脑袋转过去……"

芩芩觉得，傅云祥知道找一个心眼儿好的，说明他也是好心眼的人。芩芩同厂的一位团委副书记，梦里都想攀一门高亲，不知用了多少心计，娶了一位局长的丑小姐。比起这个人来，傅云祥是个实在人儿。他不说："少了一个馄饨"，去买菜也得会问："这肉多少钱一斤？"芩芩的毛衣织得漂亮，她也爱美。总不能把高压锅和痰盂放在一起比较……

"你倒是快走哇！"路边不远就是一个溜冰场，芩芩探头望过去，脚步又慢下来。傅云祥在前面回头，不耐烦地喊道："别磨蹭了，都几点了……"

无论怎么磨蹭，一切都是无可挽回了。走过溜冰场，拐过前面的街口，就是那家照相馆了。摆好姿势，咔嚓一秒钟，一切都结束了，从此以后，就再不需要进行什么比较了。

呵，那个小女孩滑得多么好啊，金红色的滑雪帽，金红色的毛衣，在晶莹的溜冰场上飞舞、旋转，像一柄燃烧的火炬。她的动作灵敏而欢快，像一朵轻盈的雪花。雪花落地，似无声的伴奏，在这洁白的画板上任意涂抹……芩芩想起自己小时候，也曾无忧无虑地在冰上舞蹈，只不过那时候她总是为自己没有好看的紧身裤而发愁。她得过全市少年花样滑冰第二名，奖给她一副冰刀。那年下乡临走时，送给叔叔家的孩子了。呵，瞧，这个小姑娘的身体相当灵巧，一口气转了那么多个圈儿，还能稳稳地保持身体的平衡。她那么自信地微笑，好像在未来的赛场上，迎接向她飞掷的鲜花……

每个人小时候都有过自己的许多梦，美丽的梦。生活之路就同这冰场那么光滑、畅通无阻。芩芩在溜冰场上很少摔跤，在生活里也同样。她很幸运，每一步都有人替她安排妥帖。可她却为什么总感到不快活呢？自从长大以后，她就再没有快活过。盼呀盼呀，飞掷的鲜花没有出现，倒是出现了结婚礼服，出现了新娘的头饰……

让我再看你一眼吧，小姑娘。你的金红色的滑雪帽，同我当年那顶一模一样，我差点要以为自己变小了呢。可是这一切都是一去不再复返了，都要结束了。童年、少年、青春的梦，统统都要消失了，不会再回来。我真想亲亲你冻得通红的小脸蛋，像拇指姑娘吻别洞口的小草儿那样。她在走向黑老鼠家前的最后一分钟里看见了归来的燕子，可是我知道这样的奇迹是不会有的，不会有的，那只是一个童话，再见吧，小姑娘，祝愿你长大的时候，找到一个称心如意的爱人，一个你真正爱的人，除了他你不会再爱别的人了……

"快走哇！"傅云祥喊道，有一点气恼了，"你要看花样滑冰，我给你弄票去！"

现在她就站在照相馆前厅里闪闪发光的大镜子面前了，傅云祥已经不亦乐乎地去找人了。周围的墙上悬挂着镜框，浓妆艳抹的新娘照，一个个都很漂亮，却总有哪里让她不舒服。当然，什么奇迹也不会发生，很快，她就要像来过的所有来这儿的新娘那样，穿上拖地的长裙，披上透明的薄纱，重重地抹上口红，淡淡地描上眉毛，然后幸福地微笑。笑得适度，否则会有皱纹。嘴张得不大不小，大了有点傻气，小了就会使人以为你不幸福。是的，就这样，再来一张两人合影……

芩芩忽然想起前些日子在一本杂志的封底上，看到过一幅俄国画家茹拉甫列夫的油画，题名为《婚礼之前》，画面上是一个穿着华丽的结婚礼服的姑娘，跪在即将成为她丈夫的商人脚下哭泣。不远处的暗影里，站着为贪图商人的钱财而逼迫女儿断送自己幸福的父亲……

这样的时刻她为什么想起那样一幅画来呢？是因为这出租的结婚礼服，同那位新娘的裙子有点像吗？她马上就要变成那样一个倒霉的新娘了，只不过不会跪在地上哭泣，因为哭泣也无法挽回这一切。更何况并没有什么人逼迫她，一切都是她自愿的，她既不是为了钱，也不是为了什么别的，只是因为彼此"合适"。许多家庭不幸的原因不都是由于"不合适"吗？即使芩芩从楼上跳下去，周围又会有谁同情她呢？人们还会以为她做了什么见不得人的事。可她却觉得比那位画上的新娘还要不幸。不幸是因为没有什么人逼迫她，是她自己愿意的……

傅云祥眉开眼笑地从人群中挤过来，把一张发票在她眼前晃了晃："交完钱了，出租礼服便宜一半儿价钱，走吧，赶紧去化妆……"

当然得去化妆，不会有什么奇迹的，不会有。化完妆，就像一位标准的新娘，乖乖去照相……

"唉，里头人太多了！"傅云祥抱怨道，"等着吧。"他在化妆室门口停下来。

等什么，横竖是要化的，早晚是要化的，化了妆，就不会再想什么骑士的燕子了……

"待会儿照的时候，你要高兴点儿。"傅云祥像哄小孩似的在她耳边说，"你老也不爱笑，其实你笑起来更好看，戴上花环，像那个日本电影明星夏子……"

芩芩不置可否地笑了笑，为什么不笑？当然要笑啦。小时候她就不知多少次偷偷戴上妈妈大衣柜里的那条紫绸花环，在镜子里照了又照。每个姑娘都有自己的秘密，芩芩在三年前就绣好几对牡丹花的尼龙枕套了……

傅云祥津津有味地观看墙上镜框里的相片，不时地回头瞧她一眼，又美滋滋地转过脸去。

要不了半小时，他就要在咔嚓一声中，成为她照片里的爱人。

"爱人？"芩芩突然吃了一惊。她爱他吗？如果说她曾经希望过有一个爱人，那么一定不是他，不是。她没有说她不愿意结婚，只是，只是不愿意同他，不愿同他结婚。她从来没有真的相信自己会同他结婚，真的，他不是她的爱人，她也从来没有爱过他，没有。她不知道什么叫爱，也从来没有遇到过她爱的人……

"好了，进去吧！"傅云祥和颜悦色地挽住了她的胳膊。

进去，当然只有进去，就像走进新房一样。还有什么退路呢？想哭吗？哭也没有用，奇迹是不会发生的，这既不是刑场也不是坟墓……

"你先梳头！我去取那些拍照的服装。"傅云祥殷勤地将一把铝梳子插在了她的头发上，忙忙乎乎地走出去了。

芩芩坐在镜子跟前，打开了自己的头发。头发很黑很亮，用不着打发蜡。梳开了，分成几缕挽起来，再盘到头顶上去，垂下一丝鬓发，看起来俊俏……

忽然，有什么东西，在镜子里闪了一下。

铝梳子的把上，刻着一只小鹿，扬开四蹄在奔跑，穿过森林，越过雪野……它要跑到哪儿去呢？它不知道，可是它还在不知疲倦地跑着。生活总不会停留在原来的地方，总不会像现在这个样子。它会是什么样子的呢？不知道，但总不是现在这个样子……

镜子里的东西又闪了一下。

芩芩惊呆了，她没有看清那是什么，却又清清楚楚地看见了——

"北极光!"她轻声呼唤着,"真的是你吗?"

她眨了眨眼睛,镜子里什么也没有,只有她自己。

不,不,她分明是看见了。这生命之光,只有她自己能看得见,只有她知道它在哪里。她要去寻找它,一直到把它找到为止。她可以没有傅云祥,没有舒适的新房,没有好工作,但不能没有它。失去它,便失去了生活的希望,留着这青春焕发的躯体干什么?有如大梦初醒,她明白自己其实不爱傅云祥,不是因为他平庸、普通;不是因为他太实际,缺才华;统统不是。究竟是因为什么呢?她还是说不上来。也许,就是因为这时隐时现的北极光。呵,人生,尽管现状是如此地令人不满,但总不能像傅云祥和他的朋友们,在一片浑黄的大海上,没有追求、没有目标地随意漂泊……

她匆匆揩去了脸颊上的泪痕,站起来,抱起棉大衣跑了出去……

8

"……都讲完了吗?"费渊靠在走廊尽头的一扇被封死的玻璃门上,有气无力地问道。他的脸色阴沉得可怕,像下雪前的天空。

"经过……事情的经过……就是这样。"芩芩喃喃道。她站在离他不远的地方,低着头,把自己经历的一切,对他这个相识不久的人倾诉。她花了一个多小时,红着脸,冒着汗,喋喋不休、语无伦次,好像小学生在向老师坦白做了一件什么错事。她常常浮上来这种感觉,倒不是因为她的故事本身,而是因为费渊的眼光。尽管他在她整个叙述过程中几乎一言不发,那平时就漠然无神的眼睛里仍然毫无表情,但芩芩却从开始讲就觉得有些别扭,好像是一个悲痛欲绝的人对着一棵枯树在嚎叫,或是一个欣喜若狂的人抱起了石头跳舞……他为什么连一点表示、一点反应都没有呢?芩芩好几次觉得自己再也讲不下去,那故事本来就是那么平淡,连讲的人自己都没觉得有什么趣味。她硬着头皮讲,越是想简单些,却越是啰唆个没完;她厌烦了,她看出他也厌烦了,一点儿也没有那种同龄人的好奇心。好像他早就猜到了是这么一回事,好像他早就知道了有这么一个傅云祥,好像他早就料到了芩芩要从照相馆里跑出来。

他静静地听着芩芩的叙述,一直沉默着。只是当芩芩讲到这一句时,他才情不自禁地"啊"了一声。芩芩说:

"……不照相,其实也没有用,挽回不了的,我知道。因为,因为……我们已经登记过了……"她说得很轻很轻,由于羞于出口,轻得只有她自己能听见。但她却清清楚楚地听见他"啊"了一声。他"啊"得很轻很轻,似乎也只有他自己能听见,但是芩芩听见了。好像一股凉气从头袭来,叫她浑身发冷……"啊"是什么?是惊讶吗?还是气愤?他是根本没想到芩芩会同这样一个人去登记呢,还是没想到芩芩是一个"登记"过的人?这一声"啊",真叫人百思不得其解……此后便是长久的沉默,长得足足能够再讲两个故事,讲一对情侣卧轨自杀,再讲一对冤家言归于好……"讲完了吗?"沉默被打破了,他神情沮丧地重复,算是芩芩这一番诉说得到的唯一呼应。可是芩芩没有想到会是这样一句话,是的,她从照相馆跑出来,穿过溜滑的大街,跑过冻凝的雪地,自己也不知道为什么跑到学院宿舍来找他。无论如何,她期待的不是这样一句话。

"经过……经过就是这样……"她想快快结束自己的叙述,又加了一句:"自己酿的一杯苦酒,送到嘴边,终究是不愿喝下去……"

"不喝下去,你打算怎么办?"他挪了挪身子,声音嘶哑,冷冷问道。

"……我,我不知道……我想,问问你……你懂得比我多……我自己,宁可泼了它的……"芩芩猛地甩了甩头发,眼里突地涌上来一阵泪花。

"泼了?"他推了推眼镜,好像由于受惊,镜架突然从鼻梁上滑落下来。

"是的，泼了。无论如何，我不应该向命运妥协。过去，是无知，是软弱，自己在制造着枷锁，像许多人那样，津津有味地把锁链的声音当作音乐……可是突然间，我明白了，生活不会总是这样，它是可以改变的。在那枷锁套上脖子前的最后一分钟里，为什么不挣脱？不逃走？我想，应该还来得及，来得及的……"芩芩哽咽了，她转过脸去。

"可惜太晚啦……"他重重地叹了一口气，"太晚啦……登记……你知道意味着什么吗？……以前我并不知道这个情况……你告诉我得太晚了……假如我早一点知道，也许就不会这样……"他把眼镜摘下来，慢吞吞地擦着，好像要擦去一个多么不愉快的记忆。

"……以前，呵，你知道……我一直很苦恼……又不愿用自己的苦恼去麻烦别人……我多少次想，就这么认了……算了……"她的眼睛里噙满了泪水，"我的心是苦的，可是对谁去诉说呢？也许一个人一辈子也难于找到一个知音……"她的声音发颤，自己觉得那泪水马上就要夺眶而出了，她紧紧咬住了嘴唇。

"我不是这个意思……我一直以为你很单纯……我实在并不了解你……"他又长长地叹了一口气。那叹息声很重，落在芩芩心上，像沉重的铁锤。为别人惋惜的感慨声，绝不会如此沉重，倒更像是在为自己叹息……他脸上的表情是多么冷酷呵，全然不像那天芩芩在他宿舍里，曾经感到过的温和亲切的一瞥。面对这冷然无情的沉默，就是奔突的高温岩浆也会骤然冷却。呵，他不是曾经慷慨激昂地说过——

"你说过，人生的目的就是追求现世的幸福。而从恋爱的角度谈幸福,就是获得他所爱的人的爱。每个人都应该珍惜自己的存在,努力摆脱旧的传统观念的束缚,人应当自救!"芩芩讷讷说,突然不知哪来的勇气,"我想了好久,我不应当再错下去了。我要找到我真正爱的人,无论付出多大的代价……我想,你会告诉我,应该怎么办……"

她抬起眼睛望着他,看不清他的面容,他的面容模糊了。他的眼睛浸在她的一片迷茫的泪花中……

"你会告诉我的……"她抱着最后的希望说道,"会的……我想,会的……"

"不,我不知道。"他紧紧抱着自己的双肘,眼睛看着地上,"……我真的不知道……对不起……说过的话,终究是说说罢了……生活很复杂,人生,虚幻无望……我们能改变什么?……你想想,别人如果知道我支持你和你的……未婚夫分手,会怎么看我?……我没法回答你……"

昏暗的楼道里,钻进来一片惨淡的夕晖,照着他苍白清秀的脸庞。窗外飞过几只乌鸦,呱呱地叫着,令人毛骨悚然。棉门帘在不停晃动的门上拍打着,卷进一团又一团白色的寒气。

"再见!谢谢你。"芩芩客气地把手伸给他。为什么不谢谢呢?她腮边、颊上、眼里、心里的泪,顷刻之间全没有了,没有了。幸亏没有流下来,多么不值得。

"这就走吗?"他慌忙把手伸给她。冰凉,像大门上的铜把手,"要……借什么书吗?"他问。

她摇摇头,笑了笑。阳光在她脸上跳动,一定可以看到她在笑,多么坦然。她包好头巾,朝门口走去。木门上的把手是温和的。

"芩芩——"拉门的那一瞬间,她似乎听见他在背后急促地叫了一声。他在走廊的深处，声音那么遥远……

芩芩心目中一个美好的幻影，在瞬间破灭了。这个高深莫测的费渊，有几分像挥舞着宝剑的骑士，把高山大河切开了让你看，却不管山塌地陷……他解剖社会的言辞入木三分，却不会在别人需要的时候，伸出去一双友爱的手……他或许每天都在深刻的思索中选择自己的去向，却从来没有迈出去一步……他爱生命，却不爱生活；爱人生，却更爱自己。他在严酷的现实中被扭曲变形，你却把这扭曲了的身影当作一个理想的模特儿……

"我会爱他这样的人吗？"芩芩问自己。她打了一个寒战，似乎为自己的这个念头感到惊愕。但不久前她确实曾经主动地找过他，并对他怀着一种潜在的期望。这种期望并非是感情的呼唤，而是对理想的执着寻求。可是，失望，又是失望。对傅云祥是谈不上失望的，因为本来就没有希望过什么。而他……

也许生活里本来就没有这样的人，就像他说的那么虚幻无望。芩芩对自己说，你需要的那个人，其实是没有的，根本就没有。也许她根本就不知道自己会爱一个什么样的人。假如他和她在茫茫的人海中偶尔相遇，也许就在淡淡的对视一笑中默默错过……"从来没有爱过的女孩子，无力为自己描绘爱人的肖像，即使多次得到过爱的女人，也不会有爱的模式。那是心灵奇妙的感应和吻合，是自己飞扬的气质，在一个活生生的人身上得到的再现……"芩芩脑子里猛地跳出了农场那位知青大姐对她说过的话，不由越发觉得茫然……

"这样的人是根本没有的。"芩芩安慰自己说，"一个人活到没有人拉就爬不起来的地步，还活着干什么？我不会爱这个费渊，一定不会。让什么爱统统都见鬼去吧！不要傅云祥，谁也不要。假如一辈子找不到你爱的人，又怎样呢？天边不是还有北极光吗？……如果不是为了像那只小鹿一般轻捷地朝前奔逐，你又为什么从照相馆跑出来？为什么？你腮上的泪水，什么时候冻成了冰珠？你的心在啜泣？在悸动？这寒冷的北国，难道就找不到一颗温热的心吗？不，不……"

听到那欢快的叫喊声了吗？一阵高似一阵，像开江的冰排喧嚣奔腾。那儿有一个冰球场，芩芩熟悉的。以前她爱滑冰，每次遇到冰球比赛就迈不动腿。那才是生活——激烈、勇敢、惊险，充满了力量、热情和机智……芩芩禁不住向冰球场快步走去。她的眼睫毛上结满了霜花，身子却微微发热。

穿着五颜六色、鲜艳夺目的冰球比赛服的运动员，像彩色的流星一样从眼前掠过。只见绚丽的光斑在跳跃，明亮的眼睛在闪烁。长长的球拍，像一把灵巧的桨，在银色的冰河上划动。而那小小的冰球，却像苍茫天际中的一只神奇的小鸟，盘旋、翱翔，逗引着那些头戴盔甲的"猎人"飞快追逐，它却又倏而不见了踪影……那些"猎人"都是些勇敢的好汉，他们速滑奔逐，风驰电掣，叫人眼花缭乱屏息静气。谁要是观看冰球赛，都会为赛手拍手叫绝，那真是速度与力度的统一，刚与柔的绝妙交叉。站在这激烈搏斗的冰球场面前，人世间一切纷争械斗，顿时都变得平淡无奇……

冰鞋在自由地滑翔，像跑道上的飞机轮子。它无论转速多快，却永远不会起飞。但是滑翔也是一种幸福，总比在烂泥里跋涉强得多，比在平路上亦步亦趋痛快……只要你在滑翔，你就会觉得自己早晚是要飞起来的……会的。

那些薄薄冰刀呵，久违的朋友。你尖利的刀锋，要支撑一个人全身的重量，受得了吗？踩在一双窄窄的冰鞋上，向前、后退、旋转、起跳……不仅要保持重心上的平衡，还要保持信心上的平衡。说不上什么时候摔倒了，人被扔出去老远，爬起来再滑。这冰场真像人生的舞台，喑喑地鼓励每个赛手重新站起来……

你奔过来，飞过去，快速地在那光滑的冰面上留下了一道道印痕，连眉头都不皱一皱。难道花样滑冰的明星、冰球比赛的冠军，竟然是从伤痕上站立起来的吗？不过不要紧，真的不要紧，伤痕累累的冰场，浇上净水，一夜之间就可以恢复原状。运动才留下伤痕，而冰场怕的是寂寞，听听这呼喊声，喝彩声——

忽然，就在距芩芩很近的冰场上，红队和蓝队的两个运动员猛然相撞，围观的人还没有反应过来，其中一个人已被腾空挑起，一个跟头翻出了冰场绿色的栅栏外，重重地摔在一棵杨树下，滚下雪坡，四周的观众发出了一阵惊呼。

他摔在离芩芩不远的地方，芩芩眼见他用胳膊在地上挣扎了一下，却没有力气爬起来。她急忙飞跑过去。

"要紧吗？"她弯下腰去搀扶他。望见他的脸色苍白，她心里充满了怜悯，"疼吗？"

"没事。"他咬着牙说，额上跳着青筋。他努力想站起来，翻了一个身，用手撑着地面，果真站起来了。好像一个受伤的武士，穿一身古怪的花衣服，戴着头盔，在雪地上站着。嘴里大口地喷着白色的雾气。

看热闹的人都围上来了，运动员和教练也气喘吁吁地跑过来。

"怎么样？伤着没有？"

"真他妈的缺德，快输了就在合理冲撞上使招数。"有人忿忿不平地嚷嚷。

"嗨!"他忽然兴奋地叫起来,一只脚在原地跳着,若无其事地摆了摆手,"没承想我这么结实,骨头茬摔一摔,倒紧绷了,没事,上!"他说着,很快往前走了几步,敏捷地一个翻身又跳进了冰场。

他的声音好像在哪儿听见过?眼睛也很熟悉。他扶着绿栅栏活动了一下腰,忽然回过头来,似乎在寻找什么人。他看见了芩芩,感激地朝她笑了笑。

"是你?"芩芩差点要叫出声来。怎么会是你呢?你这个多灾多难的人,居然还有兴致在这儿参加冰球比赛?你怎么有钱买冰刀?全身武装得像一个古代的骑士,差点叫人认不出来。你那矫健勇猛的身影与你平时谦和的外表显得多么不相称。假如不是在这里遇见你,真难以相信,你对生活还抱着如此巨大的热情。我虽然不了解你,可你的故事让人心动。

他消失在那一群五彩缤纷的冰球运动员的行列中,再也找不到他。穿着相同服装的冰上运动员,假如没有背上的号码,是难以区分他们的。可是,他们却包裹着一颗颗不同的心,世上许多人看起来很相似,然而头脑却有着天壤之别。他究竟是一个什么样的人呢?干着又脏又累的水暖工,还有兴致学日语、打冰球?一只灵活、敏捷的小鹿,穿过森林、越过雪原,不知疲倦地奔跑……

"曾储!"她脱口而出,没有人听见,他当然不会听见。她的脸红了。

那小鹿奔跑着,冰球在雪野上滚动,像鹿角上挂着的铜铃……

"芩芩!"

一声气急败坏的叫喊从身后传来。小鹿消失了。

"芩芩!"

喊得声嘶力竭,好像地球顷刻就要爆炸。他,呵,面容沮丧,神情恼怒,气势汹汹地朝她跑来。芩芩没想到傅云祥会找到这儿来,他一定跑遍了全城。那模样儿真叫人可怜,淡淡的小胡子上结着冰凌,连帽子也没戴,耳朵冻得通红……

"你……"他气得说不出话来,嘴唇在哆嗦,"你……"

芩芩有点心慌,她避开了他凶狠的目光,突地感到一种难言的惭愧。他并没有做什么对不起她的事,她凭什么这样对待他呢?无论如何,结婚是明摆着的,她何必要无事生非地从照相馆里跑出来呢?让他在这寒风中心急如焚地到处找她,冻得鼻子都发红了……

"跟我回去!"他大声嚷嚷,像一头发怒的棕熊。

芩芩留心地看了一下四周,很快从冰场边上的绿栅栏下走开去。她不愿让别人注意到他们,尤其是冰场上的运动员。刚走开,就听见了冰场上热烈的欢呼声,大概是比赛结束了。红队赢了还是蓝队赢了呢?当然是蓝队,他是蓝队的……

"跟我回去!"他伸出一只戴着棉手闷子的手来拽她,像一只大熊掌。

从冰场里三三两两走出来不畏严寒的冰球爱好者,熙熙攘攘地挤满了狭窄的冰场出口。芩芩四下张望,她不知道自己在看什么。

"为什么,你说?"他咯咯地咬着牙。

……当然,他不会那么快就出来,他要脱下运动服,换上那件油脂麻花的黑大衣……

"你说,为什么?……"他的眼珠子快要弹出来了。

……不能再站在这儿，你是在等他吗？黑大衣……

"你走不走？"傅云祥的声音里带着威胁，粗暴又凶残。他的大手像钳子似的捉住了她的胳膊，使她动弹不了。她又回看了一眼，乖乖地跟他走了。

电车站人多极了，正是下班的时候。

"我自己会走！"芩芩猛地甩掉了他的胳膊。

傅云祥在一棵光秃秃的榆树下站住了。

"你……你……"他想要说什么，却说不出来。

芩芩心里升上来一种怜悯感。"你……你知道，我是爱你的……"她想他一定会这么说。他是爱她的，可她不爱他。她早就该告诉他，却一直拖到今天。

"你……"他的嘴唇动了动，恶狠狠地说："你把我坑了！"

是的，他是说："你把我坑了！"而不是说："你知道，我是爱你的。"如果他说了后一句，芩芩或许会感动得掉泪，会同他一起回去的。不，即使后一句也不会，不会……

"你倒是说呀，到底为什么跑了？"他又重复了一遍。天暗下来了，风很大，他用两只手捂住了冻得通红的耳朵。

电车来了，上车的人在"生死搏斗"。他迈了一步，又退回来了。他看了她一眼，声音忽然变得温和了：

"……你说，是不是因为你突然肚子痛了才走的？"

"不是。"

"……那……是不是突然遇见了熟人？"

"不是。"

"那就是，就是你又把笔记本拉在业大教室里了……"

"不是！"芩芩愤怒地叫起来，"不是！"她那么大声，引得旁边好几个人朝她看。那不远的电线杆下站着一个黑乎乎的人

— 092 —

影，好像打算走过来，却又忍住了。

"那到底为什么？"傅云祥的声音也变得急躁而粗横了，"你叫我怎么向家里、向大伙儿说呀？"他痛苦地喘息着，拼命揉着他的耳朵。

"为什么？为什么？我自己也不明白。"芩芩突然咆哮起来，"什么也不为！是我本来就不想去，压根儿不想进那个照相馆！我什么也不为！不为！"

傅云祥长长地松了口气。

"你不愿穿纱服照结婚相，你倒是早说呀。不照就不照呗，也不能这么调理人，不照结婚相也行……"

"我压根儿不想结婚！"芩芩猛地打断他，痛苦地长吟了一声，"我统统告诉你吧，我根本不愿同你结婚！"

"你要什么小孩儿脾气？你以为闹着玩儿哪？"傅云祥倒嘿嘿笑起来了，"亏你说得出口，是不是神经有点不正常？"

"你给我走开！"芩芩突然哭出声来，她掩住了自己的脸，"我不想看见你，我宁可死……"

傅云祥呆呆愣在那儿，张大了嘴。他似乎清醒了一点，又好像越发地糊涂了。他站着，两只手捂着耳朵，忽然暴怒地喊道："哼！不要脸！我知道你，像只蜘蛛，到处吐丝，吐情丝……"

吐丝？你也懂得什么叫吐丝吗？人人都有吐丝的本能，可有的好比是蜘蛛结网捕食，有的是缝纫鸟垒窝。而我，我是野地里柞树林里的一条茧，吐出丝来作茧自缚，把自己的心整个儿包裹在其中，严严实实地不见一点光亮，谁知何年何月才能化作一只蛹，再变成一只蛾子，咬破茧子飞出去呢？你不会知道，永远不会知道的……

"吐丝？"芩芩冷笑了一声，忽而大声叫道："我是要吐丝的，我要吐好多好多丝，织十六条结婚用的缎子被面……"

"神经病！"傅云祥骂道。

电车来了，不远处电线杆底下的人影却不动弹。

"走不走？"他推了她一下。

"再织三十对枕套……"

"走不走？你不走……再不走我……"

芩芩转过脸紧张地盯住了他。"再不走我……"怎么？就钻车轮子底下去吗？有这种勇气，芩芩会感动，会回心转意。真怕你有这种胆量，可千万别干这种蠢事。我宁可同你一块儿钻进去的，千万别……

"再不走我……我的耳朵要冻掉啦！"他怒气冲冲地嚷嚷，扭歪了脸。

"你走吧！"芩芩平静地说。他的耳朵没掉，可她的心，同他之间系着的那最后一个扣，无情地掉了，彻底掉了。

"你等着！"他咬了咬牙，跺了跺脚，三步并作两步跳上了电车。车门在他身后咔嚓关上了，车窗上是一片厚厚的白霜，什么也看不见。车哐哐地开走了，卷起一阵灰色的雪沫。

"一切都结束了……"芩芩无力地靠在榆树的树干上，两行冰凉的泪从她的脸颊上爬下来，冻成冰珠子，滚入脖颈里去。她浑身发冷，脚已经冻僵了。两条腿发软，胳膊却在微微颤抖……她觉得自己很衰弱，一点力气也没有。她怕自己滑倒，转身紧紧抱住了那棵树，把脸颊贴在粗糙的树干上……

一切都结束了……不，也许一切刚刚开始……"你等着！"他恶狠狠地扬长而去……接踵而来的将是父母的责骂、亲朋好友的奚落、邻居的斜眼，背后指指点点、风言风语……传遍全厂的头条新闻，然后编造出一个又一个离奇古怪的故事……如山倾倒的舆论，如潮涌来的谴责，会把她压倒，淹没，而她无半点招架之力。她有什么可为自己辩护的呢？没有，半点也没有。既没有茹拉甫列夫画的那个新娘贪财的父亲，傅云祥也不是《拇指姑娘》里那个黑老鼠未婚夫……既没有人逼迫过她，也没有人欺骗过她，一切都是她自愿的，虽然她并没有自愿过。如今，她将被当成一个绘声绘色的悲剧故事里，不光彩的主人公而臭名远扬……一切都刚刚开始，可一切都完了。名声、尊严、荣誉……都完了。或许父亲还会把她从家里赶出去……

可是她却什么坏事也没有干呀。这一切都是为了什么？难道真的没有人能够理解她吗？她痛苦地拍打着榆树的树干，树干在黄昏的冷风中发出"空空——"的响声。榆树已掉尽了最后一片树叶，无声无息地苦熬着冬天。它也许已经死去了吧？那枯疏的寒枝上没有任何一点生命的迹象。或许死了倒是一种解脱呢，芩芩脑子里掠过了这个念头。不知哪一本书里说过，宁可死在回来的爱情怀抱中，而不是活在那种正在死去的生活里……她找到了她的爱情吗？如果真的能够找到……

"要我送你回家吗？"一个声音从榆树的树心里发出来，不不，是树干后面，她吃惊地回过头，恍然如梦——面前站着他——曾储。

"……很对不起……刚才，我听见了……"他低着头，不安地交换着两只脚，喃喃说，"从冰场出来，看见了你们，好像在吵架……我怕他揍你……所以……"他善意地笑了，露出洁白而整齐的牙齿。

"……你……不会见怪吧？……我这个……好管闲事。"他又说。

芩芩脑子里闪过了刚才电线杆下的人影。

"天太冷，会冻感冒。你……不比我们这种人……抗冻。"

"你都听见了吗？"芩芩抬起头来，冷冷地问。

"听见一点，听不太清……我想，你一定很难过……"

芩芩没有作声。

"也许，想死？"他又笑了，却笑得那么认真，丝毫没有许多年轻人脸上常见的玩世不恭的神情。

"我给你打个比方吧。"他爽快地说，轻轻敲了敲那棵榆树的树干，"比如说一棵树，它既然是一棵树，就一定要长大，虽然经风雨、电击、雷劈、虫蛀，但是它终于长大了。长大了怎么样呢？总有一天要被人砍下来，劈下来做桌子、板凳或其他，最后烧成灰烬。一棵树的一生如果这样做了，也就体现了树的价值，尽了树的本分。人难道不是这样的吗？他生来就是有痛苦有欢乐的，重要的在于他的痛苦和欢乐是否有价值……"

呵，榆树，这光秃秃的冬眠树木，在他那儿竟然变成了人生的哲理，变成了死亡的注释，揭示了生命的真谛。就像这棵榆树为了我才站在这里……可你是什么？你是一棵白桦，还是一棵楸木？或许是山顶上一株被雷劈去一半的红松……你看起来那么平常、普通，你怎么会懂得树的本分？也许你是一棵珍贵而稀有的黄菠萝木，只是没有人认得你……

"要我送你回家吗？"他又重复了一遍，眼睛却看着别处，显然是下了好大的决心。

送我回家？怕我挨揍？怕我晕倒？谢谢，我不要怜悯，我要人们的尊重、理解和友爱，而不是怜悯。你满怀热忱地向别人伸出手去，你能帮得了我吗？我向你诉说我心中积郁的痛苦,可你所经历过的那些不为人知的苦难又向谁去诉说?水暖工,你这个卑微而又自信的水暖工,你能拉得动我吗?我不相信,那些闪光的言辞和慷慨激昂的演说,再也不能打动我的心了,我需要的是行动、行动……

"要不要我送你回家?"他又问,裹紧了大衣。

"不要!"芩芩的嘴里突然蹦出两个字来:"不要!"她又说了一遍。

他默默转身走了。棉胶鞋踩着路边的雪地,悄然无声。是的,他穿着一双黑色的棉胶鞋,鞋帮上打着补丁……

小鹿在穿过雪原时,奔跑得轻快而敏捷,自然也是这样,没有惊天动地的响声。它在雪地里留下自己清晰的脚印,却总没有人知道它奔去了哪个无名的远方……

"曾储!"芩芩在心里轻轻呼唤了一声,紧紧闭上了眼睛。

冬天傍晚的夜雾,在街道两边积雪的屋顶上飘荡、弥漫、扩散。西边的天空,闪现出奇异的玫瑰红……

芩芩睁开眼睛,忽然想去追他,但他那粗壮结实的身影,已消失在拐角那一所童话般的小木屋后面了……

9

那奇异的冰凌花,严寒编织的万花筒,不知不觉融化在温热的暖气里。由于学校工作的改进,暖气加热了,室内气温上升了,于是,教室的窗玻璃上再也见不到那曾经深深牵起芩芩思绪的冰凌花了。也许这样上课时倒可以专心,不至于总是遐思傻想了……

"嗳,老师刚才讲的什么……"芩芩推了推苏娜的胳膊,低声问道。

苏娜告诉了她。

……他是喜欢坐在最后一排的,可是刚才进来时明明看见他的座位空着。难道他又迟到了吗?假如能回过头去望一眼就好了……他好像已经有好几天没来了,难道出了什么事吗?……

"这一段就讲到这儿。下面……"老师咳了一声,又敲敲黑板。芩芩猛醒过来。

"刚才,老师讲了什么?……没听清……"芩芩又问苏娜。

苏娜奇怪地看了她一眼,把笔记本推过来。

……快一个星期了,傅云祥那儿居然没有一点动静,他总不会这么轻易地"放"了我的。不是寻死觅活,就是威胁强迫,大概在同他的父母商量对策吧,总得想个法子说服他才好。可是又有什么法子可想呢?家里人要是知道了,还不得发动一场"暴风骤雨",而别人呢?谁能帮助你?不是有人告诉你"太晚"了吗?而你又偏偏拒绝了另一个人的"怜悯"……

"下课了!还愣着干什么?"苏娜冲她诡秘地撇撇嘴,"这几天你咋的啦?"

"瞧你那小脸儿一点笑影没有,下巴颏都尖啦!"苏娜眯起眼打量她,"现在还不到八点,不算晚,我带你去话剧院一位化妆师那儿,她有高级珍珠霜……去不去?"

芩芩摇了摇头。两天不见,她发现苏娜又换了一种发型:后脑上梳起的一个精细的发髻,像又细又亮的金丝蜜枣,散发出一种古典美,漂亮得令人羡慕。苏娜总是那么热心,热心得叫人讨厌。

芩芩回过头去朝教室的最后一排望了一眼。当然,没有,还是没有他。他没有来。

她忽然生出一点希望。

"我问你一点事呀?"她鼓足了勇气问苏娜。

"我知道你要问什么,"苏娜诡秘地眨了眨眼,"你不说我也知道。"

"知道什么?"芩芩心慌了,好像被人揭穿了一个秘密。

"他好几天没来上课了,你在惦记他,对不对?"

"谁?"

"曾储,那个水暖工。"

芩芩羞涩地低下了头。

"我也是刚听说——他,受伤了。被人打了。一群小流氓,嚄,也真有他的,一个干仨,可到底儿架不住……"

"你说什么?"芩芩惊叫起来。

"有人说,就是他一直揭发的原来单位的那个领导……因为市里最近派了调查组,调查那个工厂的问题。那人眼看现在这形势,斗不过了,想报复他,把他打残……哎,故事长着呢,回头有工夫再给你讲,我该走啦……"

"等等!"芩芩抓住了她软软的皮手套,慌慌张张地问:"你,你知道他住在哪儿?"

"这个……"苏娜笑起来,神秘地耸了耸肩。

"好苏娜,你一定知道……"芩芩简直是在哀求她了。现在她觉得苏娜一点儿也不讨厌,不讨厌了……

"自己去找吧!"苏娜无可奈何地叹了一口气,"离这儿不远,马家沟一座从前老毛子的教堂对面的小平房。"

"谢谢你!苏娜,谢谢你!你真好……"

芩芩顾不上说再见,跑出教室,一口气冲下楼梯,跃出了大门。

夜沉沉,只有雪地的亮光,照见夜的暗影。

风凛冽,只有横贯全城的电线,为风的奏鸣拨着和弦。

然而,夜挡不住青春的脚步。无论多么黑,多么晚,她要去找他,找到他。

寒风吹不灭生命的火焰。无论多么冷,多么远,她要去找他,找到他,也一定能找到他。

那所古老的教堂尖顶,在黑暗的夜空里显得庄严肃穆。沉重的铁门紧闭,微弱的路灯照见空寂荒疏的院子里未经践踏的积雪。一只残破的铜钟,在黑夜里发出不规则的沉闷的响声。

芩芩没敢往里看,快快逃开了它。小时候她上学常常走过这里,从那高大幽深的大厅里,传来含糊不清的赞美诗,总使她觉得压抑和迷茫。生活是什么呢？难道就是跪在那里忏悔和哭泣？不，生活也许更像栖息在教堂屋顶上的那群鸽子，每天早上在阳光里像雪片一样飞扬……就在这教堂不远的地方，有一个溜冰场。虽然冰场上总是静悄悄的，却充满着生命的活力——旋转、飞翔……

"信念……"第一次听他说这个词的时候，面容几乎同这教堂一般神圣。可他就在这教堂对面的小街，一排小平房的东头。芩芩掏出书包里的手电照了一下，这破旧不堪的倾斜的小屋，门口的积雪扫得干干净净，从窄小的窗子里透出来温暖的灯光。芩芩伸手去敲门，心不由怦怦跳起来。

……怎么说呢？"来找你。""找我干什么？""不知道。""不知道你来干什么？要我送你回家吗？""不要！""那你来干什么？你很难过是吗？我看得出来……""不是……呵，是的，我很难过，因为听说你病了，受伤了……我来看你……"

没有人来开门。

芩芩呆呆站了一会。忽然，那窄小的窗子里飞出一阵热闹的哄笑。

"真赢了吗？"

"真赢了，这还有假？我在青年宫亲眼目睹，连眼睛都没眨一下。起初心里直发毛，那个日本人，听说几年蝉联冠军，好厉害，棋子儿捏在手心里就同摆弄颗石子儿差不多。咱们那位毛头小伙子，外号火鸡，初出茅庐，还嫩着哩，替他捏把汗……"

"我知道那小子，有胆魄，去年东三省围棋赛，夺了魁首。"

"就是他，嘿嘿，没承想，他真替咱们中国人长脸，坐那儿一动不动，小眼睛一眨一个主意，没等你看清那棋是咋围上去的，喝，对方就动弹不了了……"

"真棒！"

"哦——小火鸡万岁！替咱们争了这口气！"

"中国人到底儿有志气！"

"今儿过节啦！"

"……明媚的夏日里，天空多么晴朗……美丽的太阳岛，多么令人神往……"有人唱起来，用脚敲着地面伴奏。

欢声、笑声、歌声，还有筷子有节奏地打着脸盆的声音，夹杂着二胡声……

琴琴禁不住轻轻踮起脚尖向窗子里望去，屋里很拥挤，几个年轻人，正嘻嘻哈哈闹得高兴。有两个人抱着小木凳，合着歌曲的节拍在原地又跳又蹦。而他，曾储，靠在屋角一铺土炕的墙上，头上扎着绷带，手里抓着一只口琴，送到嘴边要吹，好像疼得咧了一下嘴，无奈地笑起来，用口琴轻轻敲着炕沿，打着拍子……

"猎手们，猎手们背上了心爱的猎枪……"

"我们赢啦！"有人又喊。

"今天过节！"

"小火鸡万岁！"

"还有篮球、足球、排球、冰球呢！"

"我祝中国队统统打翻身仗！"

人们七嘴八舌地嚷嚷，有人把一只热水瓶抛上了半空，没接住，掉在地上，"砰——"地一声响，炸了，银色的碎片落了一地，又是一阵大笑。

"曾储这回连开水也喝不上啦！"

"假如明年的排球赛中国队打赢,我豁出来买一个新的!"

"先灌上一瓶生啤酒开庆祝会!"

"哈哈——"

他们笑得无拘无束,无忧无虑,真诚、坦率,小小的一间屋子,充满了朝气和热情。好像一只火炉,看得见那热烈而欢快的火焰在燃烧跳跃。生活在这里变成了另一种样子。芩芩突然觉得自己是那么喜欢他们,她很想走进去,走到他们中间去,加入他们的谈话……

小屋通往外屋的门那儿,似乎有一个过道。她又轻轻敲了敲门,可是仍然没有人听见。她犹豫了一会,试着拉了拉外屋的木门,门没有插,呀地一声开了。

她轻轻闪身走了进去。掩上门,解开头巾,靠在墙上喘了一口气。"啪——"什么东西从天花板上掉下来,差点打在她的头上。她抬头看,黑乎乎的天棚什么也看不清,大概是块剥落的墙皮吧,地板的每一记跳动都会使它发颤——这是芩芩对这个低矮的平房的第一印象。

屋里的人仍是丝毫没有注意到门响,他们讨论得紧张热烈,芩芩不知道自己怎么办才好。

这与其说是一间平房,更不如说是搭出来的一间偏屋。外屋的墙是倾斜的,半截的砖头露在外面龇牙咧嘴地做着鬼脸。阴湿的墙缝呼呼往里灌着冷风,屋角挂满了成串的白霜,还有两根亮晶晶的冰柱。靠近里屋的那面墙下,有一只炉子连着火墙,炉火很旺,烧着一壶开水。炉灶的另一头有一只熏得漆黑的铝锅,一块砧板和一把菜刀,窗台上搁着几只土豆和一棵冻得梆硬的白菜……

芩芩望着它们发愣,觉得鼻子有点酸酸的。

"……我还是坚持我的观点。"一个鼻音很重的男声慢条斯理地说,"再优秀的人物,也有利己的动机,他为了实现自己的理想和抱负,鞠躬尽瘁甚至献出生命,是为了使自己的灵魂得到安慰。我在市青年宫组织的人生观讨论会上,也是这么说的!"

"我不同意你这种谬论!"一个尖尖的嗓音打断他,"照你这么说,利他只是手段,而利己是目的啰?或者说,利他是动机,利己是潜动机?这是典型的市侩哲学。我认为比较完美的社会主义道德观,应该是通常所说的'利他',是指从利他的动机出发去行动,在产生利他效果的同时,客观上也能利己。你能说布鲁诺、秋瑾这样一些历史上的伟人,都仅仅只是为了拯救自己的灵魂吗?使灵魂安息的办法多得很,可以去行善、布施,用不着冒着上绞架的危险。一颗渺小的心怎么会想到为大众的利益去奋斗呢?不信你叫阿储说,他一定赞成我的!"

"我可当不了这个裁判!"那个熟悉的声音响起来:"这些天,我倒是常常在想,中国过去过于强调目的和理论,争论来争论去,总是'为了什么','为了什么',抽象、教条又脱离实际。我觉得应该把注意力更多地放在'怎样办'上,也就是找到解决问题的具体方法。比如一棵树,重要的是怎样让它长成材;一群牛,重要的是怎样养得结实肥壮。树和牛,无论'为了什么'生长,都是地球生命。所以,我比较感兴趣的是人们对待生活的态度。仅仅停留在对过去的发问,不能使今天的现实变得更好,我们要多想想怎样去改变社会的不合理部分……"

那个鼻音很重的男声说:"我常常听到自己的灵魂中,发出的同外界不协调的声音,这恐怕就是所谓的'时代病'吧?

谁能回答我'生活的意义是什么'？意义嘛，说有就有，说没有就什么也没有……"

有人插话说，如果没有意义，活着干吗呢？

有人反驳，如果不能活着，意义又有什么用？

他们全都轻轻地、友好地笑起来。

曾储说："看起来是个矛盾体，实际上这就是真理的辨别过程。取决于每个不同的人，对生活不同的感受。作为我来说，大致倾向于前者。"

"对！"那尖尖的嗓音叫起来，他当当地敲着茶杯，"我赞成！"

"你们又离题了！"一个严肃的女声抱怨说，"每次讨论社会问题，总要扯到思想呀、政治上去，一个个都像哲学家似的……"

"那当然啦。伟大的哲学家苏格拉底说过：未经思索的生活是不值得过的。"

"言归正传吧。说到经济问题，我最近倒有一个新的想法。"又一个声音急促地说，快得好像会计在拨弄算盘，"我认为农村应该多种大豆香瓜花生，当年种当年见效！而不是什么油松啊椴树啊，生长期长，收益和需求脱节……"

"我是主张既要种西瓜又种椴树的。"曾储反驳说，"椴树花蜜品质特别好，可以快速带来经济效益……"

"上次你在你写的那篇《对我国经济发展的几点建议》的文章中谈到，中国搞现代化的几方面弱点和优势，我觉得很有道理。你能不能把优势部分着重谈谈。"有人发问。

"简单说，是这样：我们这个民族和其他东方国家一样，比较注重群体发展，讲究伦理道德，这是东方文明中值得保存的财富，西方文明则注重个体发展，讲究及时行乐。东西方文明，日本结合得比较好。日本搞市场经济，自由竞争，但同时保留了东方国家群体发展的传统，这条路是成功的。这就是集体发展的优势所在。在中国这样一个人口高密度的穷国、大国，繁荣昌盛是一个长期的历史过程，过去我们只强调集体生存，没有引进集体竞争，这是不对的。但从国情出发，恐怕仍要坚持集体生存、集体竞争、集体富裕的国策和价值观，摸索结构优化的道路，同时向生态农业过渡……"曾储不慌不忙地侃侃而谈。

"所以经济改革一定要有一个总体构思。既讲大优势和小优势，也讲避小短和避大短，对吧？"

"对！"

"时间不早了，今天就暂时先谈到这儿吧？"那个斯文的女声认真地说，"有兴趣的人，可以各自把观点写出来，下次再讨论。"

有人轻轻嘀咕了一句：其实，讨论这些话题，纯属多管闲事……

屋子里顿时静下来，大家都不说话了。

"……是啊，这些大事儿轮不到咱们发言……"她听到曾储也叹息了一声，"但不管怎样，我认为重要的不在于生活对我的态度怎样，而在于我对生活的态度……"

芩芩拽紧了围巾。……倾倒的墙、灌风的窗子、冰柱、白霜、冻土豆……重要的却不是它们对你，而是你对它们！呵，你！说得真好！

"哟，忘了，开水该干锅了吧！"那个尖细的嗓音叫道，一声沉重的地板咔咔响，他急急忙忙地跑出来，差点撞在芩芩身上。

"芩姐!"他忽然冲芩芩喊。

芩芩愣住了。这不是"海豚"吗?他怎么跑到这儿来了?

"你,怎么也?……"海豚疑惑不解地问,"你认识曾储?"

芩芩不置可否地"啊"了一声,说:"你呢?"

"……来听听……祥哥那儿热闹是热闹,到底没这儿有意思。"海豚直言不讳地说,"进去呀!"

"我……"

"谁?"曾储的声音从里屋传出来,大概他还不能下地。

"走哇!"海豚拉了她一下。

她满脸通红地出现在门口。扑进她眼帘的,首先是他额头上缠的绷带,还渗着血迹。他靠在炕头上,盖着一床薄薄的毯子,屋里装满了人,除了人就是乱七八糟一堆又一堆的书……

"是你?"她听见他轻轻问了一句,声音是惊讶的。当然,他没有想到她会来,连她自己也没有想到。

她站在那儿,不知说什么好。

屋里的人一个接一个站了起来,踮起脚尖悄悄退了出去。她看见他们中间有的人胸前别着白色的校徽,有的人穿着工作服,背着沉甸甸的书包……

有一个人走到外面又回转来,趴在曾储耳边轻轻说:"那件事你放心,我们已经把你的材料直接交给报社总编了,也许市委调查组的人明天就到这儿来找你……好好休息。"

"没事!"他伸了伸胳膊,挥了挥拳头,"我这人,不那么容易打趴下,可惜拳击还没练到家,否则也不会吃这个亏。等开春了,上江沿拜个师父,哪天再好好收拾那些仗势欺人的混小子们!"

你还会打架吗？芩芩惊讶地抬眼看了看曾储，他的胳膊真粗，说不定还会武术呢！看他教训那些小流氓一定精彩，他不会屈服，一定打得勇猛、顽强。芩芩喜欢勇敢的人……

他们走了，屋子里顿时静下来，只有开水壶仍然在炉子上有节奏地响着。

芩芩走到外屋去，在炉子里添了一铲煤，把炉盖盖上，拎着水壶走进来。她的眼光在桌上搜寻着杯子，却看见了一只倒扣的碗。她想把那只碗拿起来给他倒水。

"嗬，不是。"他笑笑说，"不是这只。"他侧过身从炕里面找出一只搪瓷缸来，搪瓷缸外面的釉皮已经剥落，隐隐约约可见"上山下乡"几个字。

她把滚烫的开水递到他手上。

"你有这样的茶缸吗？"他问，似乎有点没话找话。

"没有。"芩芩答道。她想起来，她有一只外壳凹凸不平的铝皮饭盒。

芩芩抬起眼皮悄悄打量这十几米的小屋，一铺城里不多见的小炕，倒是收拾得光洁整齐。一张蒙着塑料布的方桌，两只方凳，一只没有刷过油漆的白木书架，书架顶上有一只草绿色的帆布提箱。这些就是全部的家具。天棚上糊着纸，斑驳的墙壁上没有任何字画，只有一张《世界地图》，还有一只旧的小提琴盒。屋角的地上有一副哑铃、一副羽毛球拍。虽然陈设简陋，可见主人兴趣之广泛。窗上拉着一块淡蓝的窗帘，像一片蓝色的晴空。窗台上摆着许多小瓦盆，长着各种各样的仙人掌，有的像一个个捏紧的拳头，有的像钟乳石，还有的像小刺猬……

"为什么，不种点花呢？"她问。

"仙人掌也会开花,只是几年才开一次,花瓣透明很漂亮,让人格外地盼望、珍惜……"他说,"我喜欢仙人掌,因为它顽强的生命力……"

他不再说了,朝墙那边偏过脸去。

"头疼吗?"芩芩关切地问,她很想为他做点儿什么,但她没说出来,"……伤得厉害不?缝针没?"

"缝了几针,不碍事,几天就拆线。"他笑了笑,却咧了一下嘴。"你随便坐吧。"

"要不要我帮你做点什么?"芩芩不好意思地说。她又看见了那只倒扣的白碗,不明白它是干吗用的。

"他们刚才帮我下了面条,我不饿……"

芩芩找不到话说,低头去琢磨那只白碗。碗很旧了,有好几道细细的裂纹,碗底结着垢,它究竟为什么扣着?为什么?难道它是个古董吗?再不就是个祭器?真奇怪。你为什么不说话?你也许很疲倦了?我还是改天再来吧……

忽然芩芩的座位下面发出了一阵窸窣的响声。

芩芩吓了一跳,手一哆嗦,胳膊一伸,那只碗就"当——"地掉到地上去了。它在地上转了两个圈儿,居然没有破碎,骨碌碌钻到桌子底下去了。

"你……"曾储突然瞪圆了眼睛,涨红了脸,"你看多玄,就差一点儿!"

他掀开毯子,自己挣扎着走下地来捡碗。弯下身子到桌子底下摸了半天,总算把那只碗掏出来了,他对着灯光小心翼翼地照了半天,松了口气,把它又翻过来,扣在原来的地方。他坐到炕上又歪着头把它打量了半天,好像在鉴别一件什么稀世珍宝。

芩芩觉得好奇怪,万万没想到,曾储竟然会是这样"小气"的人。假如是一件玉雕,即使只磕碰一下,芩芩也会主动道歉,可这只是一只粗瓷碗。一只碗有什么了不起的?大不了去买一个赔你。她赌气扭过身去看那一排仙人掌,心里觉得有点失望。

"真对不起。"他忽然说道,一只手使劲拍打自己的脑袋。"我咋对你发火呢……我这个人,好激动……好动感情,改不掉……唉,算了……噢,你生气了吗?"

"嗯?"芩芩回过神来,"不、没,没有。"

"……刚才不知是怎么搞的,我有点急。不过,假如你知道这只碗,你也许……就会不怪我了……让我为自己辩护一次吧……"他的声音很低,有点难为情,"一个人常常要做错事,随时随地都可能……"

这只平常的碗还有什么故事?芩芩有些好奇。

他的眼睛望着窗台上的仙人掌,好像看见了童年时追逐奔跑过的树林和山岗……

"……你也许不知道,我并不是东北人,十六岁以前,我一直在苏北的一个小镇上。大概是人说的命不好,我母亲在我三岁的时候就得病死了。很快来了一个后妈,她有了自己的孩子以后,待我很不好。每次吃饭,她都在饭桌下用脚踢她的孩子,让他们快点吃,吃得多些,有好东西也总是偷偷地给他们留起来,起初我不知道,后来她的孩子自己对我说了,我的自尊心就受到了伤害。我每天要去割草来喂鹅,全家的烧柴都归我一个人到山上去砍,砍了再担回来,我长到十二岁,还没有穿过一双新鞋。但是我读书一直很用功。十四岁那年,我考上了县中,就搬出家到学校里去住了。那时候只要考试成绩好,就有助学金,学校老师的心肠挺好,我用助学金交学费。每年寒暑假,就出去帮人家做工、背纤、撑船、卸货、打石子……这样我每月吃饭的钱就差不多够了……呵,这个开场白太长了,你该厌烦了吧?"

"不……"芩芩只希望他讲下去。

"……有一年过五一节,同学们都回家了,我无家可回。一个同学没有路费,我把身上仅有的七毛钱都给了他。偏偏不知什么人偷走了我的饭菜票,我连吃饭的钱也没有了,而全校一个认识的同学也没有,县城的同学家,我又不愿去。我就只好饿着肚子在教室里坐着,后来抱着一点侥幸心理翻着自己的书包,忽然从铅笔盒里掉出来一个硬币,我一看是五分钱,真是高兴极了。我赶快跑到街上的一个小饭店,用这五分钱买了二两白米饭,我很饿,恨不得一口都吞到肚子里去。我吃了两口,想起饭店里常常有一个桶装着不要钱的咸菜汤,可是我没找到那只桶。我端着碗走过去问服务员:'大婶,有清汤没有?'她看了我一眼,指指后院。我走出去一看,后院里桶倒是有一只,盛着泔水……我当时又气又恨,从小没娘的孩子脾气总是倔的,不像后来,经过许多的坎坷,硬是给磨圆了许多。那一刻,我觉得自己受了侮辱,我受不了这样的奚落,尽管肚子饿得咕咕直叫,却走到那个服务员面前,啪地把一碗饭全扣在桌上了,然后昂着脖子走了出去。我刚刚走出饭店门口,又饿又气,昏倒在地上。等我醒过来的时候,发现自己躺在马路旁边的一块石板上,一个老头端着一碗馄饨守在我的身边,正一口一口地喂我。他的指甲很长,衣服也很破、很脏,我认得他,他是这一带的乞丐,是被媳妇从家里赶出来的……我喝着那一毛钱一碗的馄饨汤,眼泪扑簌簌落在碗里,我猛地爬起来给他磕了一个头,把这只碗夹在怀里,一边哭一边跑了……从此以后,这只碗就留在我身边……我常常想,生活大概也是这样,有坏人也有好人,既不像我们原先想象得那么好,也不像后来在绝望中认为得那么坏。人类社会走了几千年,走到今天,总是在善与恶的搏斗中交替进行……我忘不了那个乞丐,他自己很艰难,却还帮助别人……"

没想到一个平平常常的碗里,盛着人生的酸甜苦辣。也没想到,你有那样凄苦的童年。假如换了一个人会怎么样?会让那一桶泔水把整个世界都看得浑浑沌沌?五分钱一碗白米饭,天哪,你有过这样的日子,我比你幸福多了。不,也许应该说,你比我幸福。因为你受了那么多的苦难,还保留了一颗美好的心。你为什么没有堕落,没有沉沦呢?后来你是怎么活过来的?不要回避我的目光,假如你不讨厌我,把一切都告诉我吧,我愿意在这里坐到天明……

"后来?……"她问。她恍恍惚惚地,好像跟他来到了那没有见过的贫瘠的苏北……

"后来,就是你见到的这样……没什么好说的了。"他戛然止住了话头。"那你是怎么来东北的呢?"

"……也很简单……到中学二年级那年,我的一个亲舅舅,知道了我的境况,就把我接到他这儿来读书。他是个技术员,大学毕业分配到冰城工作,在这里安了家。他教我溜冰,给我买书,那是我一生中最愉快的两年……"他的眼睛里放出了光彩,却转瞬即逝了,"……后来就'文化大革命'了……我下了乡,刚下乡的第二年,舅舅的工厂内迁三线,离开了冰城。我在农场种了几年地,工农兵学员当然不够格,办返城也没条件,直到七六年才招工回城,其实在农场干下去也行,我想研究国营农场的经营管理,可是偏偏和分场长不对劲儿,他千方百计帮我找的门子,让招工的把我'赶'回城里了,何况那时,我先前的女朋友,也催我回城……就是这样,三分钟履历,不是没什么好说的吗?"

他说得多么轻松、自在。十年的辛酸,都在轻轻一笑中烟消云散了。

"那你……没考大学什么的吗?"芩芩问。这是她一直憋在心里的一个疑团。

"嘿嘿,"他笑起来,"我这人大概生来倒霉,七七年、七八年两年招生我还关着,没赶上。去年是最后一年,头两天考得还挺顺利,第三天一大早出门,一边骑车一边还在背题儿,没留神撞上了一个老太太,坐马路上起不来了。想溜掉吧,到底儿不忍心,送她上医院。等完了事再赶去考场,打下课铃了……"

芩芩紧紧咬着嘴唇,许久没作声。在她的生活里,还没有见过曾储这样的人。没有!傅云祥是一个走运的人,而他,却是一个不走运的人。她愿为他的不幸而呐喊、呼吁。生活不分青红皂白地把每一个"契机",不公平地分配给人,造成了社会的"内分泌紊乱"。而他,一个尝过人世间冷遇的人,竟然还对生活抱着这样的热情。如果不是芩芩亲耳听他讲述,她会以为这是虚构的小说……

夜很静了,听到远处火车汽笛的鸣叫,时间很晚了,你该走了。为什么还不愿走?你心里不是有许多话要对他说吗?他吃过那么多苦,一定什么样的重负都能承担。他应该会告诉你,今后的路怎么走……

他伸手抓过桌上的闹钟,咔咔地上弦。他在提醒你该走

— 113 —

了,他很疲倦了,头上的绷带还渗着血,可他那双乌黑的眼睛里没有愁容。难道在这双眼睛里,生活给予他所有的忧患,都在一片宽广的视野里化作了远方的希冀?

"真抱歉,今天不能送你回家了……"他把闹钟放在桌上,"你对经济问题感兴趣吗?假如……"

"不!"芩芩站起来,"我对什么理论都不感兴趣!"她想喊:"我感兴趣的只是人生,给人生解谜。就为了你告诉我一棵树的价值,我也要给你讲故事,讲一个照相馆的故事、一个馄饨店的故事、一个集市贸易的故事、一个……算了吧,我算什么?我那一切一切的悲哀、一切一切的痛苦加起来的总和,还装不满你的一只碗。我还有什么值得诉说的忧伤呢?人们总以为自己很苦、很不幸,不停地抱怨、哀叹……岂知这世上,最不幸的是那些无处诉说自己痛苦的人……"

"再见!"芩芩低声说,看着自己锃亮的皮靴,她的声音颤抖了。

"如果你需要我……"她在心里无声地说。嘴唇动了一下,又紧紧抿上了。

门在身后呀地关上了。小屋温暖的灯光,从窄小的窗子里射出去,在黑暗的小胡同里闪耀。教堂那巨大的暗影,在晴朗的黑空里,依然庄严肃穆,只是在微弱的灯光下,消散了先前的神秘。

"信念……呵,信仰……"芩芩对自己说"无论如何,生活总不应跪在上帝面前祈祷和乞求……"

10

芩芩醒了。

梦中的幻象,似乎还没有完全从眼前消失:她骑在一匹小鹿光滑而温暖的脊背上,飞掠过无边无际的银色原野。雪地里长满了绿色的仙人掌,仙人掌有刺的手掌,轻轻触碰着小鹿的蹄子,小鹿痒痒地躲闪,身上的梅花一朵朵绽开,飞起来,变成了漫天飞舞的雪花……

她睁开了眼睛。

天刚蒙蒙亮。窗外依稀的晨光中,什么东西在闪烁。她跳起来拉开窗帘,那不是梦,是雪花在飞舞,又下雪了。

雪下得好大,窗外白茫茫一片,院子里高大的白桦树杈上,落了厚厚的一层雪。灰蒙蒙的天空像一块锌板,压得人喘不过气。那雪花,好似在沉重地下坠,跌落在地面上,再也挣扎不得……

谁说雪花是轻盈的呢?在西伯利亚发生过暴风雪掩埋整个村庄的事情;在新疆的天山常有雪崩;在农场,大雪压塌过牲口棚;在这个城市,有一年,电车在雪墙里行驶……呵,大雪,你一层压一层,越积越厚,就像人心里的忧虑,不会融化……

她睡不着了。家人熟睡的鼾声此起彼落，昨夜不愉快的情景又出现在她眼前。

先是妈妈发疯般地冲进来，乒乒乓乓地摔得满屋子的家什叮当直响，指着她的鼻子骂道："你不嫌丢人，我还嫌丢人呢，你要想同小傅黄了，算我白养你这个闺女！"妈妈又哭又骂地闹到半夜；爸爸早已戒烟，昨晚上又一根接一根地抽起来，长吁短叹，一口一个："好端端的，弄出这样的事，你叫我怎么见人？叫我怎么见人？"然后是傅云祥全家出动，浩浩荡荡、大驾光临，好像要进行"大使级谈判"。他的母亲列举了三十二条理由，证明傅云祥是无辜受骗，陆芩芩要对傅云祥和他全家所蒙受的耻辱、丧失的名誉负全部责任。他的姐姐像个泼妇似的站在屋子中央，从她嘴里喷出一团团墨汁般的污水，劈头盖脸向芩芩泼来："你去另找吧，看你能再找个什么得意的来。就你那样的，找大学生是个矬子；找技术员是个聋子；找工程师是瘸子。找教授？哼，教授有一堆孩子……我睁着眼睛看着呢，看你陆芩芩眼高，能攀个啥高枝儿？！可惜心比天高，命比纸薄，甩了傅云祥，怕没人要你哩……"

芩芩打定主意不吭声，由她们闹去。她冷冷坐在那儿，毫无表情，他们闹到半夜，芩芩的爸爸妈妈不知赔了多少笑脸，讲了多少好话，那帮人才总算骂骂咧咧地走了。芩芩想到爸爸妈妈为此受的委屈，心里倒有些难过和不忍。闻讯赶来的大姑又劝了她两个小时，翻来覆去，无非就是那一句话："你再能耐个人儿，也不能不嫁人，嫁了人，好歹就是过日子。过日子，傅云祥哪点不好！"

"我就不嫁他！"芩芩在心里喊，"我情愿一个人一辈子！你们谁也不明白我！"她知道自己什么也说不明白，啜泣不止。

大姑叨叨咕咕地走了，芩芩心疼这快六十岁的人，为自己的事连夜赶来，抹着眼泪送她到楼下大门口。

门外的路灯下站着一个人，在寒风中缩着脖子，来回地走动，等她的大姑走远了，他迎上来。

"你站住！"他叫她。嘶哑的声音里露着凶狠。是傅云祥。他们全家出动，唯独他没有露面。

芩芩站住了。

他走上来，一只手插在棉袄口袋里，一只手藏在身背后。呼哧呼哧地喘着粗气。

"你做得太绝了。为啥不早说？我和我家哪儿对不起你？"

芩芩抬起眼睛望着他，轻轻说：

"……你不知道，一个人想明白一件事，弄懂一句话，需要时间……你没有对不起我，只怕是我对不起你，但我更怕对不起自己……"

"哐啷！"什么东西掉在地上了，是金属的声音。

"扑通！"他跪在她脚下的雪地上，抱住了她的腿，"芩芩……你……回来吧，我稀罕你，好好待你，我不记仇，只要你回来……"

芩芩的腿在发颤，她闻到了他头发上发蜡的香味。她轻轻叹了一口气，拨开了傅云祥的手。她不知道自己是怎么走回来的，跌跌撞撞，脚步踩得雪地咔咔直响，她走进房间拉窗帘，看见路灯下的人还站着……

现在天亮了，路灯下的人影已经不见了。昨夜的脚印，已让一场新雪覆盖，再也见不到它们……

然而，人生的脚印，却无法覆盖。每走一步，就留下了一步的足迹，无论正的、歪的、斜的、倒退的、朝前的，都会永远地留在你生命的史页上，成为你人生的鉴定。歪歪的脚印即使更改过来，也留下了偏斜的印痕……你如此苦苦挣扎为的是什么？你以为那些谩骂不会把你一口口吃了吗？轻飘的雪花还能压断大树，而你只是一株柔弱的小草，一阵风来就可以把你连根拔起……

芩芩忽然神经质地从床上跳下来。

她穿好衣裤，马马虎虎地擦了一把脸。在镜子里看到自己的眼睛有些红肿。她用热毛巾焐了一会儿，抹上面霜，套上大衣，蹑手蹑脚地打开门走了出去。

风真大，少有的大风，刮得雪片横飞漫卷，迎面扑来，呛得人睁不开眼睛。芩芩在雪地里疾走，好几次差点滑跤。她的红围巾上披了一层厚厚的雪花，眼睫毛上闪耀着晶莹的雪水……路边俄式别墅的玻璃花房、绿色的栅栏，都隐没到茫茫的飞雪中去了，城市重又变得洁净……她望见了傅云祥家的二层楼房，那狭长的梯形小窗、雕花屋檐，从外面看仍然像是一个童话，但你若是一踏进门，童话即刻就消失了……

"我回来了。"芩芩毫无知觉地朝前走着，木然自语。无论如何，你还算是一个好人，我一点都不怪你，只怪我自己。我除了回来，没有别的出路。虽然我明明知道，终身伴侣不应凑合，婚姻应当有爱，可我的挣扎，最后只能以失败而告终。我和你在一起并不快活，我不爱你，我也不知道你是否真的爱我。我们之间只有合适，没有爱情。我欺骗了自己很久，结果也欺骗了你。如此貌似美满婚姻，只能走向婚姻的坟墓。虽然我并不愿意欺骗你，可我就连讲真话的机会都没有。理想是云彩，而生活是沼泽地。人不应该自欺欺人，无论真实多么令人痛苦……

"人活着到底是为什么呢？人生的意义到底是什么？我想得头疼、发昏、发炸。可是我没有找到回答，也许永远也找不到。至少我不愿像现在这样生活，不是活着，而是牛活，我想活得更有意义。我看到了在你我的生活之外，还有另一种生活；在你以外，还有另一种人。假如你看见过，你就会对自己发生怀疑，你会觉得羞愧，会觉得生活不应是现在这个样子……这十年无论多么艰难曲折，总有人找到了光明的去处；这十年的荒火无论留下了多么厚的灰烬，那黑色的焦土中重又滋生了新的绿芽……呵，你什么也不会想，绝不会多想一点点。这就是你，这就是我们走到今天，终究还是要分手的原因……我感谢你给过我所有的爱护，可是我却不能爱你……因为爱太重了，无法用来偿还爱护。假如社会能早些为我们打开社交的大门，假如这一切变化早些来到我们心上，假如我早些知道自己应该怎样去生活，也许照相馆的事儿，不会发生了……呵，从此我将要承受多么沉重而又无可推卸的负担呵，道德、良心，不，我没有力量承受，我会压垮的，我会毁掉的，所以我只好回来了，原谅我吧……"

她摘下手套，伸出手去按门铃。

门铃很高，台阶上落满了雪。她的脚底下滑了一滑，手套掉在地上的白雪上了。

一只墨绿色的呢面手套，是芩芩自己用碎布拼做的，厚实而暖和。她捡起它来，手套上沾满了雪沐。她拍着雪，忽然愣住了——她觉得这不是手套，很像是一盆绿色的仙人掌。

她猛地把手套抱在自己胸口，她听见心的狂跳。

房子的走廊里传出了收音机里的广告节目。他们已经起床了。

门铃就在头顶，踮起脚尖就可以按着。

可是台阶上突然摆满了仙人掌。

有脚步声朝门口走过来了。

芩芩抬头看了一眼门铃，怔在那里。

门锁在咔咔地转动，插销在响。

她忽然回身跃下台阶，跳在雪地上。她险些儿又滑倒，站稳了，紧紧抱着她的手套，飞快地跑起来。

"芩芩——"她听见身后粗鲁而绝望的叫喊。

……雪还在下着。它们曾经从广袤的大地向上升腾，在净化的渴望中重新被污染，然后又在高空的低温下得到晶莹的再生——它们从高高的天际中飘飞下来，带来了当今世界上多少新奇的消息？

呵，仙人掌，你不在积雪的路边，也不在芩芩的胸口，而在这里，在这破败的小屋窗台上，一盆盆、一簇簇，苍翠、挺拔，像手掌、像拳头、像手指，也像手腕……是一只只手，凡人的手，普通人的手，创造生活的手。仙人掌有刺，但耐旱，那是一只只强韧有力的手。手能改变许多事物，只是唯独不能改变自己的命运……

"我来了！"芩芩急切地喊。她没有敲门，径直闯了进去。"我来了！"她焦灼地喊，站在屋的中央。"假如你需要我……"她说过，可是不，不是。是她需要他，去按门铃的一瞬间，她才真正明白了自己。"我来了……"她呐呐地自语，却为这空无一人的小屋的嗡嗡回声感到凄寂怅惘。

门开着，薄薄的被褥叠得整整齐齐，却没有人。仙人掌在举手向她致意，或许是说再见。

她颓然跌坐在凳子上，骶骨震得生疼。

桌上是一堆打开的书，杂乱无章地叠在一起，露出夹在书页里的小纸条。她瞄了一眼，发现都是关于经济问题的论著。书的最底下压着一叠狭长的白纸，写着黑压压的小字，好像是一篇文章的手稿。芩芩注意到那白纸似乎是从什么地方裁下来的毛边，废品商店有论斤卖的。书稿中露出那只倒扣的蓝边粗瓷白碗，旁边压着一本很旧的笔记本。

闹钟在嗒嗒走着。芩芩坐着有点发闷，抬头对了一下表，钟很旧，却走得很准。

她猜想他是出去吃早点了。她的目光停留在那本灰色的笔记本封面上，犹豫了一下，终于忍不住拿起来。

"啪——"什么东西从本子里掉出来，好像是一块旧布头，还有一张发黄的纸片。

芩芩好奇地打开那块一尺见方的布头来看，她的心骤然缩紧了。

白布上有一行歪歪扭扭的血写的字迹，由于时间久远而显得发黑和模糊，隐约可辨这么几个字："誓死捍卫……曾储 1966年"。

这是一份血书。这么说，当年他也写过血书？用牙齿咬破手指，用小刀扎进皮肤，滴下来点点忠诚的鲜血……这么说他也曾经有过狂热的年代，有过迷信，有过受骗，有过……血书是历史真实的记录，在这块土地上长大的青年人会犯的错误，他都有过；凡是一颗真诚的心会经历的苦痛，他都经历过。可他为什么竟然没有从此一蹶不振？为什么没有万念俱灰、沉沦、堕落？

她抓起另一张纸片来看，脸上愀然作色。

假如她没有看错，这是一张遗书。千真万确，上面有毛笔写着几个字："别了！生活！——曾储1970"。

奇怪的是，生活两个字被加上了圈圈，在一九七〇年的下面，还有几个用钢笔写的阿拉伯字：1971，一个细长的箭头指着"别了"那两个字。

这是什么意思呢？芩芩看不懂。这分明是一份遗书，他却活下来了，活得这么乐观、兴致勃勃，像仙人掌，不需要很多的水，耐饥耐旱，顽强、执拗……他到底怎么活过来的呢？是什么样绝望的悲伤，使他产生过死的念头？他是一个谜，可是芩芩多么想要解开这个谜底呀……

门吱呀一声轻轻推开了，伸进来一个小脑袋。

"曾哥在家吗？"是一个小男孩，顶多不过八九岁。胖乎乎的脸蛋，怪好玩的。

"进来。"芩芩招呼他，"找他有事吗？"

"有事。"那孩子腮上挂着泪痕，哭哭唧唧地说："我哥踢球把王奶奶家的玻璃打坏了，反赖我干的。我妈要用擀面杖揍我，我跑得快，来找曾哥评理。上回我妈同魏大娘干仗，就是让曾哥评理的……"

"哦？"芩芩觉得有点好笑，"你曾哥，是人民代表吗？"

"代表？不，不代表。"孩子想了想，晃晃脑袋。"可他啥都管。"

"哼，管到我头上来了！也不睁眼瞧瞧我是谁？我魏老娘可不是好惹的！"一阵连珠炮般的骂声从窗外飞起，虽然看不见人影，也能想象出一个泼辣的中年妇女，两手叉腰站在路上，冲着这边叫道："我的垃圾爱倒哪倒哪儿，见天多管闲事，吃饱了撑的……"

"魏大婶,这就是你的不是了。"一个白发苍苍的老太太,颤巍巍地出现在小窗口,怀里抱着一包东西,"你家那垃圾总倒在当院,光图自个儿省事,哪回不是小曾子帮你撮走。这么大岁数了,也该有个明白的时候,还好意思在这儿咋呼……"

"我……哼……他帮我收拾,他这是愿意!"

"哎,别走,魏大婶……"芩芩听见了那个她等待已久的熟悉的声音。脚步咔咔踩着雪走过来,在小窗外站住了,笑呵呵地说:

"咱们干脆说清楚了,您要再往这块儿倒垃圾,我让街坊邻居往上泼脏水,在你门前冻上一座冰山,开春儿够你瞧的!还不是你自个儿倒霉……"

"自个儿倒霉……哼……"底下没声了。

"曾哥回来了!"那孩子扑出门去。

"这号人,就得这么治她!"他扶着那白发苍苍的老太太走进来。脸冻得通红,眉毛上都挂着白霜,手里抓着一只咬了一半的火烧,衣袋里露出一只拆开的信封。老太太把怀里的东西小心翼翼地放在锅台上,原来是几只热腾腾、黄澄澄的黏豆包。

"快趁热吃!昨儿个乡下刚捎来的。"老太太慈祥地望着他,"你的伤没好利索,就自个儿别做饭了。"

"好啦!"他把鼻子凑上去闻了闻,"真香!怪馋人的!王奶奶最疼我!哦,你家房子的事有信儿没有?"

他们都没看见站在里屋门边的芩芩。

"跑了多少次房管局了,还没消息。唉……"老太太叹了口气,"白耽误你的时间,写了多少张申请,没个答复。石头扔水里还听个响,唉,一家七口人住九平方米,还硬是不给落实……恨人!"

"别生气,王奶奶,着急上火也不管用,您如有事尽管找我。写十次八次不顶用,咱们磨它几十次几百次,不怕它不解决。真不行,哪天陪您老上区政府,告他们去!"

"嗳嗳……"老太太用袖管擦了擦眼角,"……快吃吧,好孩子……同你说说,俺心里就敞亮了……"

"坐会儿再走吧,看我都忘了让您进屋……"他扶着老太太要进里屋,一回身这才看见了芩芩。

"是你?……"他惊讶地张大了嘴,眉心掠过一丝惊喜。

王奶奶善意地望着她,领着那男孩儿悄悄走了。

芩芩使劲攥着自己的围巾。她觉得自己的手心冒汗了。为什么这么紧张?也许应该坦然地笑一笑……

"我来了……"她喃喃说,"我要把一切都告诉你……"

他望着她,眼光是严肃而亲切的。

"……我都知道了。"他打断了她,"是小海豚告诉我的……没什么……真的没什么,谁都会遇上坎儿……"

不,芩芩遇上的不是坎儿,是人生的目标。

"当当……"是铁钩子捅煤炉的声音。他在外屋添煤,捅得那么用劲。煤"呼"地着起来,好像静夜中原野上驶过的火车,隆隆响着。火车开走了,风驰电掣,驶过那一个个开满鲜花的小站,没有停留……

"你不用担心,大家会帮助你的!"他在外屋大声嚷嚷,"一个人没有痛苦,就不会有欢乐……只要还能感到痛苦,心就没有麻木,生活里就还有希望……这种痛苦越是强烈,一个人的生命就越旺盛……你说对不对?"

他走进来,鼻尖上沾着一点煤灰。

"你说对不对？"他又兴致勃勃地问了一遍。

芩芩勉强点了点头。她转过脸去，怕自己哭出声来。两颗晶莹的泪，落在她手里那张遗书上，她没来得及把它们收好。

"呵……你看见了……"他轻轻自语。

"为什么？"芩芩急切地抖动手里的那张纸片问道，"十年了，你还打算……"

他像孩子做了错事被人发现了似的，不好意思地低下头。

"昨晚我心里特别难受，就把这张纸重翻出来看，后来趴在桌上睡着了，没顾上收。"

"别了——当年你真的想要告别人生？"

"因为绝望——一个人一生总会遇到绝望，况且是我们这一代人。具体为了什么事产生要'别了'的念头，有点记不清了。或许是为受了委屈、侮辱、欺负，总之是看不到希望吧……"

"那你后来又为什么、为什么别了呢？"芩芩小心翼翼地问。

"我记不清了，也许很简单，看见了空中飞过一只小鸟，在水里看见了一条小鱼……在瞬间唤起了生活的热情……"

"可是，你在'生活'两字上加了圈圈，别了的箭头指着一九七一年——仍然没有'别了'？"

"谁说没有？"他的口气突然严肃起来，"别了——同自己的过去告别，七一年那一次思想危机，才真正开始了我人生道路上的一个新阶段。打一个比方，有一点儿像……像亚瑟偷偷地坐上小船逃走，小说翻到了第二部……"

"可是你为什么没有堕落？你好像总是乐呵呵的……"

他苦笑了一下："堕落？怎么会没有？我曾有好几次走到"

过堕落的边缘，只是没有掉下去……我从监狱出来后，听说她……噢，你不知道，就是我以前的女友……结婚了……我痛苦得几乎要发疯……跑到她那儿去……我的血在沸腾，仇恨的火焰在燃烧，那时是什么事情都做得出来的……可是，隔着玻璃窗，我看见她坐在床边晃着一只摇篮，在摇她刚刚出生的婴儿，神态那么安详、宁静……我的心颤动，悄悄地逃走了……人生来就有追求幸福的欲望和权利，只要妨碍这种幸福实现的社会条件还存在，或是实现这种幸福的客观条件还没有全部具备，我们就不可能指望在某一个人身上得到偿还和报复……我们要做的事情太多了，需要指责和憎恨的不是她个人，而是这个社会的愚昧和丑恶……"

芩芩忽然气喘吁吁地打断了他，没头没脑地问：

"你知道北极光吗？"

"北极光？"他显得有些惊讶。

"是的，北极光！低纬度地区罕见的一种瑰丽的天空现象，呼玛、漠河一带都曾经出现过，像巨大的闪电、像彗星的拖光、像银色的波涛、像火焰像霓虹……"她一口气说下去，"真的，你见过吗？听说过吗？我想你一定听说过的……你知道我多么想见到它。舅舅在我小时候对我说，神奇壮观的北极光，谁要是能见到它，谁就会得到幸福……真的……"

他眯起眼睛，高兴地笑起来。哗啦一下拉开了窗帘，阳光映着雪的反光，顿时将这简陋的小屋照得通亮。

"我想起来，十年前，我也曾经对这种奇而美丽的北极光入迷过。我上学时喜欢天文，记得我刚到农场的第一天，就一个人偷偷跑到原野上，去寻找这宏伟的天空奇观，结果当然是什么也没有看到……我问了许多当地人，他们也都说没见过，没听说过……我很失望,甚至很沮丧……但是无论我们多么失望,科学证明,北纬地区确实会出现北极光。我看过北极光的图片资料,比我们所见到过的任何天空现象都更美、更令人激动……无论你见没见过它,承认不承认它,它是真真切切存在的。在我们的一生中,也许能见到,也许见不到,但它会在某个你意想不到的时刻,忽然出现……"

他的目光移向窗台上的仙人掌,沉吟了一会,又说:"……我现在已经不像少年时候,那么急切地想见到北极光了,我的理想变得踏实而具体。我每天修暖气,一根根管道排查检修,修不好就暂时维持,到春天停了暖气后,拆掉重装……这是很实际的生活,对不对?它们虽然不发光,却也发热呵……"

阳光从结满冰凌的玻璃上透进来,在斑驳不平的墙上跳跃。那冰凌花真像北极光吗?变幻不定的光束、光斑、光弧、光幕、光冕……不不,北极光一定比这更美上无数倍,也许谁也没见过它,但它确实是有过的。也许这中间将要间隔很久很久,等待很长很长,但它一定是会出现的。

"谢谢你!"芩芩说。她的眼睛望着他胸前那亮闪闪的小鹿,"谢谢——"她咽噎了。她多么希望能紧紧地握一握他的手,他的手一定是温暖而有力的。

"咱们到外面去走走……刚下过雪。"他局促不安地提议,"我,好久没去江边了……看见了吗?又是退稿,社会科学院的退稿信。"他摸出衣袋里那只拆开的信封,递给她,"不过没关系,我会修改,或是重写,我相信自己的方向是对的,只是没有受过专业训练,还不够发表的水平……"

"……你的伤……好些了吗?"她清醒过来,想起来问。

"没问题。"他晃了晃脑袋,"一点外伤,没事!活动一下好……你对经济问题感兴趣吗？欢迎你常来参加我们的讨论……世界大得很，听说上海缝纫机厂有几个青年工人，研究现代化的企业管理，写出了有关弹性工作体系的论文……"

"多好啊，你一定能行！"芩芩由衷地感叹。

"我也相信。"那声音斩钉截铁。

……夏日宽阔的松花江，此时像一片无边无际的白雪皑皑的原野。马车的铃声在远远地响着，看得见那蠕动的黑点，好像童话里飞奔而来的十一匹马拉的雪橇……

一个穿着金黄色滑雪衫的小男孩，伏在一只崭新的木爬犁上，像一架小飞机，从高高的冰台上掠下来，顺着冰橇的跑道，一直滑出去老远。后面的一个，冲下冰台后，冰橇却一直打着圈圈转，冷冽的风中传来他们咯咯的笑声……

曾储捧起一团雪，用力一挥手扬了出去，风儿却把它们挡回来，扬了他满头满脸。他紧跑几步，身子向后一仰，打了一个"出溜滑"，开心地大笑起来。

"你为什么总是没有忧愁呢？……"

芩芩仔细地看着冰爬犁两侧，刚刚被打扫出来的一块冰面，冰是透明的，呈现着一种晶莹的绿色，好像一眼能望见冰层底下流动的江水，望见江底鱼儿自由的游动……

他抓起一把雪沙，快速搓着手背，想了一会儿，回答说：

"忧愁？为了让人家同情你吗？我不需要。在物质生活上，我从来不富裕，所以也无所谓失去。我不像有许多人可以抱怨命运，我好像连抱怨的资格也没有……一个人假如不能自拔于困境，也会流于庸俗。更何况，人活着……总不能仅仅为了自己……我宁可撞死在自己的理想上，也决不回头……"

他忽然惊喜地指了指前方：

"你看——冰帆！"

芩芩看见在不远的江面上，疾驶着一行鼓满风帆的船。小小的船只尖细的桅杆上，挂着一面面三角形的白帆。原来船身的甲板只是一根粗大的木方，下面安着两根三角形的铁轴。风吹动白帆，铁轴迅速地在冰道上向前滑行……每只船上都坐着一群兴高采烈的孩子，戴着五颜六色的滑雪帽，不时发出一声声惊呼……

他们情不自禁地朝着冰帆跑去。

"可我还是盼望春天！"芩芩忽然站住了。她的脸让风吹得通红，围巾在脖子上飘动。她凝视着曾储那乌黑的眼睛，大声说："开江了以后，我们来划船好吗？你会划船吗？"

"当然会！"他点点头，大口大口地吐着白色的寒气，"我也盼望春天……可是，从开江到真正的春天到来，还有一段泥泞而漫长的道路……解冻的地面也许布满陷坑，但充满生机。要走过这一段刚刚开化的路，真不容易……不过我相信我们会走过去的。"

"可惜我不会划船。"芩芩不好意思地说。

"我来教你！还有游泳，都可以学呀，学会游泳就可以横渡松花江了。知道吗，只有盐才会溶化在水里，而石头永远不会……"

又有一个穿红棉袄的小女孩，坐在雪爬犁上飞下来，像一个红色的绒线球，一直延伸到江心，像一道彩虹，横贯了整个江面。那不是红绒球，是芩芩小时候的滑雪帽，是旋转的红冰鞋……那一切是多么遥远哦，远得好像天边的北极光，在宽阔深邃的天际闪耀，照亮了地球的天空。是的，北极光——你永远不知道它什么时候会出现,但它一定会来的。

芩芩眨了眨眼睛,那炫目迷人的光泽消失了。有一群轻捷的小鹿,在雪地上不知疲倦地奔走,扬起了一道道迷蒙蒙的雪雾……呵,那不是鹿群,而是几匹健壮的枣红马,正嘚嘚地从江对岸迎面驶来,拉着满载的货物。芩芩和曾储以前在农场劳动时,都曾坐过无数次的那种结实的马车。马车上覆盖着一层新雪,在阳光下闪耀着质朴的光……

1980年冬季写于哈尔滨
2022年1月修订

芝麻

郭芝麻急慌慌撞进大钟寺边上的那栋楼房，只见大厅里满眼都是女人。她在心里喊着晚了晚了，还是晚了。倒了三趟公共汽车到这里，光路上就得一个多小时呢。她心里有些丧气，这么些人，到哪会儿才轮得上她呢？站排的那些女人说是排着队，哪有个正经的站样儿，倒像一根儿酥脆的天津大麻花，好多股拧成一团，油乎乎地拥在门边。她听见那个戴着尖尖白帽的小护士，拉长声喊着一个女人的名字，门开了，一个女人红着脸出来，另一个女人忙不迭地挤进去。有个男人撞过来，像是要跟着往里进。小护士紧着关门，门缝里留下一句话：嗳嗳，抬眼看看门上的字儿，一边儿待着去！

芝麻心想，出门在外，是个城里人就能训你。

门上的蓝字儿有草帽那么大，明明白白写着：孕检。

孕检就是孕检。检查之后在表格上卡个戳，由妇联转回老家去，证明你在外打工没有超生。孕检这两个字儿，芝麻来北京五年，看了五年。每隔三个月来看一次，倒着写都认识了。其实芝麻心里一点儿都不愿意孕检，一次交 50 元，三天的活儿都白干了。可每次三个月一过，她又盼着来孕检。每月的 4 号到 10 号，按照妇联的规定，就好像是专给河南来京打工的妇女办聚会。一屋子进进出出都是河南老乡,满耳朵是吵吵嚷嚷的女人声音,那声音芝麻耳熟,嗓子吊得又脆又亮又高,就跟梆子戏开了场,热闹得很。三个月听不着河南话,芝麻还真有点儿想。五年下来,芝麻觉着在北京城里做孕检,除了大夫说话和气、屋里的机器光亮,其他呢,跟乡里计生办的"孕检"也没啥不一样。女人还是那些女人,衣服穿得比老家齐整些了,哪管是烫了头,可一张口,就知道是个河南老乡。

芝麻交完费,排上队,把前头的人跟紧了,一步一步地挪动。手里的身份证、暂住证、外出务工证,都快攥出水了。这些证件可不敢丢了,要是做不上孕检,乡里让交罚款,一罚好几百块,值不当。一想到罚款,芝麻心里就有气。乡里养着那么些个吃皇粮的人,准是发不上工资了,找个茬子就让交罚款。还孕检,在北京打工这些年,芝麻的身子一年到头旱着,一粒种子都播不上,空空的肚子能长出苗来吗?男人喜树在家也是旱着,除了种地再养一窝猪娃,一夜一夜陪着猪娃睡觉。喜树搂不上老婆睡觉,只能陪猪娃睡觉,那是命,九个猪娃是喜树的命。要是一个能养到三四百斤,就能卖上好几千块钱。去年婆婆养了七只羊,上了满膘每只都有七八十斤儿,眼看就该出栏了,可不敢大意,羊群就圈在灶房,公爹卷了铺盖睡灶房,跟羊挨着睡,到了大清早一睁眼——七只羊愣是一只都不见了。公爹哆嗦着去喊婆,说树她娘,羊丢啦!婆迷糊着眼问:咋丢的?公爹说,被人偷走了,半夜我伸手还摸着一手羊毛软乎乎的,咋就被人偷走了?婆婆一边往灶房跑一边骂:咋没把你也给偷走呢?我要是跟你睡一起,半夜先把你卖了,再跟人跑了,等你睁眼,我都跑到驻马店了!公爹丢了羊又挨了骂,哭着闹着说是不想活了。七只羊啊七只,一年花销全指着它们呢。婆婆哭公爹哭，喜树给芝麻打电话让给家邮点儿钱，芝麻握着话筒也哭了。芝麻刚到北京时成天想家，有时候问自己，老家有啥可想的，那地方的人啥都偷，方圆跑不出几十里地，专偷知根知底儿的乡亲。芝麻一家人从不偷别人家东西，别人家就惦记她家的东西，养鸡丢鸡，养鸭丢鸭，见天防贼来偷。喜树敢不跟猪娃子睡一起吗？说人也不信，芝麻刚嫁给喜树那年，结婚没三天，喜树就搬到灶房去看牛了。家家的牛都跟人睡，若是头母牛呢，男人和牛就像是夫妻差不多少。喜树夜夜看着牛睡，芝麻就看着鸡鸭睡。芝麻嫁给喜树十几年，说真的没跟喜树在一起睡上几个囫囵觉。好容易等鸡鸭猪羊都宰了卖了，喜树和芝麻上屋睡一夜，就超生了。

芝麻看着"孕检"那两个字儿，眼睛生疼。想着夜夜陪猪娃子睡觉的喜树，心里拱起一股火。怨不得北京人不待见河南人呢。那年芝麻等在保姆介绍所，好容易来个人，问你话，一开口，那人脸就变，摇头就走。介绍所的阿姨都急了，说河南人怎么了？河南人也不个个都是坏人啊，您先试用一周，不行再给我送回来。刘丹妮把芝麻领回家那几天，李阿姨成天像个尾巴似的跟着芝麻，芝麻心里知道，阿姨是怕她……芝麻说不出那个"偷"字。她想你要有能耐，就像喜树守着猪娃一样，一夜夜守着我不睡觉呗。真要干坏事儿七只羊睡你床头你也看不住。一个星期过去，那天晚上阿姨边看着电视，长长松了口气说：留下吧，你这个傻郭。

芝麻知道自己有点儿笨，上学那会儿，考试能及格就是好事儿。但芝麻勤快，芝麻不怕干活。傻郭听上去，是个好的意思，傻郭从不拿别人的东西。

郭——芝——麻——小护士像唱歌一样喊起来，忽然就乐了：芝麻，你怎么叫这么个名儿，好好玩啊，该你了，快进去吧。

芝麻不笑。芝麻不觉得这名儿有啥好笑的。娘生她的那天，家门口的芝麻开花了，紫色儿的小花瓣，就像芝麻小脸上的耳垂子。娘说这闺女就叫个芝麻吧，芝麻开花节节高呢。这护士还小，没见过啥，不知道村里的男孩儿，还有叫"尿壶""砖头""驴娃""狗蛋"的，那才"好好玩"哩。芝麻一点儿也不喜欢刘伯伯李阿姨管她叫"小郭"，小锅大锅铁锅砂锅还罗锅呢，叫芝麻多好，芝麻能磨香油，论是穷家富家，谁家也离不了芝麻的呀。

芝麻在铺着白床单的小床上躺下来，熟练地解开扣子，把裤子往下褪褪，露出圆圆的小腹。一台电视样的仪器就架在她脑袋顶上。戴着口罩的女大夫，往她的小肚子上挤"牙膏"，然后用一把硬硬的刷子，在冰凉凉的"牙膏"上抹来抹去。机器吱吱地响着，像耗子磨牙的声音。芝麻知道这仪器叫作"毙超"，她都"毙超"了那么些年，每次躺下，心里仍是害怕那刷子把她的肚子咬坏了。她的身子一动不动，忽然就觉得喜树好可怜，喜树挨不着她的身子，她的身子倒让机器啃了，每隔三个月啃一回。是谁发明了这该死的孕检，就像翻兜儿抓小偷那样，让女人把肚子一个个打开，查你偷着生孩子没有。芝麻心里有说不出的委屈。

还没等芝麻的委屈窜到脸上，耗子磨牙的声音忽然停了。完事儿了，起来吧。女大夫抓过一沓纸巾盖在她肚子上。护士说，表格我们会统一转到省妇联去的，你可以走了。

芝麻仰起身子说：你们给我卡上戳啊。护士就当着她面儿，啪一声把戳卡了。

芝麻放了心,把肚子上的"牙膏"擦净了,扣好裤子,说声谢谢,抿着嘴走了出去。

芝麻急匆匆走,一边走心口就有点发疼,50块钱在老家能办多少事哩,置一床被窝打一口箱子;给爹买一件褂子一条裤子还能剩下好几块呢。得卖100斤鸡蛋才能挣下50块,刨去饲料人工防疫针啥的成本费,就得卖200斤鸡蛋都不够。可是念头转回来,要是不出来打工,这一个月500块的工钱就挣不着,挣不着就连这50块都拿不起,拿不起就还不上超生罚款欠下的债,全家人就没好日子过。算来算去,还是到城里打工,比在老家待着强。50就50吧,就当养了一群鸡,全得鸡瘟病死了呗。

每回做了孕检,芝麻都得这样反复算一算,心里才会好受些。她抬头看看大厅墙上的钟,想着得快些赶回家做晚饭。忽然就听队伍中有人冲着她喊:芝麻芝麻!好久没听人喊她的名字了,芝麻心里忽地一热。那声音嘎嘣溜脆的,只有老家的人才这么喊她。芝麻的眼睛刚扫过乱糟糟的人群,一双热乎乎的手,已经把她箍住了。

是凤啊?芝麻有点不敢相信,真的会在这里碰见同一个村儿的凤。凤看上去比在老家时瘦多了,瘦得眼睛都眍䁖了。凤与芝麻同岁,是芝麻去年回家麦收后,带到北京来打工的。芝麻每次回老家,总有那么些大姑娘小媳妇,求着她带她们来北京打工。芝麻禁不住人求,那次一咬牙带来了同村的七八个女人,都交给家政服务介绍所了。过了好几个月,芝麻给家政介绍所打电话,才知道她带来的人,跑得就剩下一个人了。有的人是因为人懒又不讲卫生，被雇主家辞了的；也有的是在城里待不惯嫌钱少又想家，自个儿买了火车票走的。就剩下一个叫凤的女人没走，给一个大款家带小孩儿。芝麻知道凤是走不成的，凤的男人一喝酒就打她，凤想和她男人离婚，男人不离，凤只好躲进城里不回去，也算是个"逃婚"的意思吧。

凤说：芝麻，看你脸儿圆的，又白又胖，一准过得不错啊？

芝麻嗯了一声，芝麻心说自己的苦只有自己知道，想想，咽下了没说。

凤亲热地拉着她的手，问这问那的，比如说，芝麻每月的工钱多少、吃米饭还是吃面食、有没有电视看、东家待她咋样啥啥的。芝麻一一答了。凤把芝麻上下打量一番，说芝麻你今天出门，咋不穿上件好看点的衣裳呢？芝麻笑笑说：哪有几件儿好衣裳呀，我是黄鼠狼赶集，出来进去一张皮。凤也笑了。芝麻这才想起来还没问问凤过得啥样，就说凤啊你还真行，到底是挺过来了，其实习惯了就好，也没啥难的……

芝麻的话没完，凤的眼圈就红了。凤接着絮絮叨叨颠来倒去地说了许多，芝麻用心地听着，大概是听明白了凤的意思。凤是说，早知道城里人那样抠门儿，说啥也不到城里来了。一天关在高楼上的房子里，脚沾不上土地，也出不了门，就跟圈猪差不多了。带小孩又怕磕着又怕摔着又怕噎着，几个月也睡不了一回踏实觉。可是城里的活儿再难也能学会，受气也不怕，看人脸色也惯了，就是吃不饱饭。那样有钱的一家人，三天两头给孩子买个玩具就好几百块，咋就不让人吃饱饭呢。一顿一小碗米饭，倒是有菜有肉的，刚垫个底儿就没了，一天饿得心慌，喝水喝得一天光上厕所了……

芝麻听得心烦，打断她说：我不怕吃不饱，就怕受气。

凤撇嘴说：咦，饿你几个月试试？人一饿就没力气，咋干活呀？

队伍往前挪了，芝麻被凤拽着，一边说话一边跟着凤走。芝麻想，莫不是还得陪着凤做一回孕检吧，该回家做晚饭了呀。可凤不放她走，凤说今儿见你真是高兴，你家日子好过了，往下也多帮衬帮衬我啊。芝麻说我家日子好个啥，超生罚款没还清，前年又盖了房，到现在还该人家儿千块钱没还上呢。凤说你骗谁呢，我听村里人说，你家前些日子刚买一台拖拉机，喜树开着拖拉机满处跑，没把他美死！

芝麻的脑袋嗡地一下炸了。你说啥呢？她瞪大了眼睛问凤。你是说喜树买拖拉机了？我咋不知道哇？凤瞥她一眼说：别装了，你蒙谁也别蒙我啊！芝麻急得脸一下儿通红，她说谁蒙你啊，喜树那个王八蛋，他买拖拉机真没告诉我，他一准儿在蒙我！

芝麻说着就要走，她的头脑一阵阵发涨，脚板一阵阵发烫，大厅外头就有公用电话，她恨不能立马打个电话给喜树问个明白。凤一看芝麻的脸色不对，眼看着队伍也快排到地方了，便一把抓住芝麻的胳膊说：你走你的，你得给我留个电话号码，哪天咱俩凑个日子一块儿放假，再好好聊个够。哎，你要是遇着个好点的人家，也想着叫我去啊。

芝麻没心再跟凤扯，一时竟忘了李阿姨说过，不要把家的电话号码告诉别人的话。又见凤已跟后头的人借了圆珠笔来，塞在芝麻手里，芝麻想了又划，划了又涂，总算把刘家的电话记全了，写在凤从兜里掏出的一张一元钱的钞票上头。没忘叮嘱一句说，你可别在中午打电话，人家老头儿老太太午休呢，记住了啊?芝麻说完,丢下凤就走出大门了。

喜树你个浑球!你是个驴养的!你买拖拉机那么大个事儿,都不跟我说一声,我跟你没完!你要是打我,我就跟你拼命!你有拳头,我有擀面杖、笤帚哩,李阿姨说了,那叫……叫个正当防卫,不犯法!你要敢再打我,我就不跟你过了,我待在城里再不回去了。你自个儿跟赵刚过吧,我把燕儿带走,让她到城里上学,我一人挣钱养她。我一个月挣好几百,还养不活个燕儿吗?这么些年,还不是我一个人在外头挣钱,才把欠下的账还上了一大半。换你行吗?换了你,下煤矿怕塌方,上省城当瓦工,白干一年也拿不到工钱,养几个猪还成天怕人偷了。你一个大男人,能给家挣回几个钱呀?还美得你牛得你,买上拖拉机了你!你这个败家子儿,你不是个浑球是个啥?!

芝麻站在大楼外的电话亭前,等着给喜树打电话问个明白,一边恨得牙痒痒。她在心里骂着喜树,把平常日子骂人的狠话,都用上了一遍,可是电话亭前面排队的人一个不见少下去。芝麻有点急起来,打电话的人咋这么多呢,听口音,全是河南人。好像如今河南人全不在老家待着,都跑到北京来找饭吃了。她打定主意不再等了,还是先赶回刘伯伯家打紧。晚上干完了活儿,跟李阿姨说一声家里有事要借电话,李阿姨也不会不同意的。

芝麻上了公共汽车。快到下班时间了,汽车上的人就像秋收掰下的玉米棒子,一根根挤成了堆儿。马路上跑的全是小汽车,街两边走的全是人,男人女人老人,瞧瞧他们探头探脑的样儿，多一半儿都是像芝麻那样出来打工的人。芝麻要是不从老家来北京，她想自己一辈子也不会知道，咱中国这地界上，原来有那么多人。多得像棉花地里长疯了的虫虫，捉也捉不完；多得像下雨天水洼里蠕动的孑孓，捞也捞不尽。指不定其中有多少人，是超生出来的呐。芝麻心里有了一点隐隐的愧意。生孩子不难，也就跟下个蛋差不多，可超生一个孩子，算上罚款得花费多少钱粮。就像燕儿。为了生燕儿，芝麻押上了自己的后半生。

喜树你听着，你要不把拖拉机给我退了，我带着燕儿就走！芝麻在心里喊着，一边抓紧了车上的扶手。当年要不是你和你妈非要让我再生一个，咱家至于到现在这样儿，穷得一年四季仨人盖一条被窝，盖了房子安不上窗户，一年到头就听窗户上的塑料纸哗啦哗啦响……

芝麻的眼里忽然有酸酸的泪涌出来，她低下头，用手背把眼角抹了抹，呆呆地望着慢吞吞后退的街景。一想起燕儿，芝麻心里就像有针扎着似的，身子动一下，针就动一下，扎得人心肝疼。其实，要说燕儿的事也不完全怨喜树，就怨喜树他妈。芝麻头一胎生下个大胖儿子，起名叫赵刚。刚满月了，村上的支书来找公爹，说你好歹是个党员，带个头吧，办个独生子女证，咱也好向上头交代。证办下没三天，公爹后悔了。婆婆没把公爹骂死，三年里天天叨叨着让芝麻再生一个。芝麻说你把证办下了，再生就是违法。婆婆说都像你这死脑筋，咱村儿里这些人，都打哪出来的？你看看谁家就生一个的？马和骡子配种，才下一匹哩。你是骡马还是马骡？芝麻不理婆婆了，这些年芝麻见得还少吗？村里那些超生的人家，哪家不是被乡政府罚得倾家荡产，芝麻害怕呀。拖过一年，偏偏芝麻害上了肚疼的病，每个月身上来了那个，血流得跟尿尿似的。上医院一检查，说是有炎症，炎症一时半会儿治不了，医生就把芝麻身上的节育环儿取了。取下环没两个月，芝麻的炎症倒是轻了许多，身上那个不来了。再一查，说是芝麻怀上了。医院让芝麻做流产，婆婆公爹带上两个小叔子，赶到医院就把芝麻给抢回了家。芝麻说那咱赶紧补办一个准生证吧，婆婆说你红嘴白牙说得轻巧，一个准生证500块，咱家50块也拿不起。从古到今，咱就没听说生孩子还得花钱买证，证他个娘！

孩子生下了，是个女娃，婆婆的脸拉得比驴脸长。婆婆给芝麻煮鸡蛋汤，舀上一勺红糖，又倒回罐里半勺。芝麻吃不下，芝麻心里像拴着块铁，气儿都喘不匀乎了。燕儿刚过满月，杨宝拐（国）果然就带人来了。杨宝拐可不是一般人，杨宝拐管着全乡的计划生育，说罚谁就罚谁，比个铁面包公还铁面，比乡长还牛气。有一年，前院儿的草儿怀上了第三胎，肚子都冒了尖，那胎儿不说八个月也有七个月大了，芝麻听着汽车响，就见杨宝拐带着三个男人跳下车，跟那电影里头演的绑票似的，愣把大肚子的草儿拽上汽车，送到了乡医院，一刀就给宰了。宰的不是草儿，是草儿的肚子。孩子宰没了，草儿要跳河，杨宝拐还让大伙儿都别拦着。打那以后，草儿听见杨宝拐的名儿就哆嗦。村里谁家孩子哭闹，大人一吓杨宝拐来了，那孩子吓得就没了声儿。那一天，杨宝拐带着人到了芝麻家门口，二话不说就开始卸芝麻家的门窗，卸下门窗就搬东西，一麻袋一麻袋粮食、柜子箱子凳子桌子架子车，除了房屋搬不走，能搬动的全搬上了车，临了还牵走了栏里的牛和猪，那辆破烂卡车装了满满一车厢。公爹上前小声求情说：你好歹给留下点儿东西吧，你瞧瞧这家啥都没了，可咋过日子呢？杨宝拐一边往车上拴绳一边大声嚷嚷：谁让你们生那么些孩子，你不知道河南省的人口都快爆炸了吗，你叫国家咋办呐？婆婆抄着手在一边哼哼：生下了，你敢把孩子掐死？！杨宝拐回答说：掐不死我罚死你，看你家还长不长记性！你想把这些东西要回来，拿上三万块钱，到乡里去换。婆婆眼睁睁看着杨宝拐的破汽车，把自己一个家都拉走了，她跟着车轮子喊：杨宝拐你这个王八蛋，我操你八辈子祖宗，叫你家断子绝孙！汽车扬起的尘土，把婆脸上一串串的泪，都裹成了泥球球。婆婆……

芝麻突然尖叫：停车停车，我过站了！一边没命地往车门口挤。没人理她，车反倒开得快了，芝麻急得真想从窗口跳下去。车在前一站总算停下了，芝麻挤下车，没头没脑就往回跑，跑到来时换车的那个站，又等一会儿，车来了。芝麻上了车，松下一口气，再不敢胡思乱想，就等着到站。一站一站地盼，眼见天都黑下了。芝麻怕天黑，天一黑城里就像个迷魂阵，哪哪都长得一样，人也就迷瞪了。刚来北京那会儿，芝麻迷过路，就跟在村边上的坟地里迷路没啥两样。后来撞上个警察，是警察把她领回主家去的。芝麻明白了街上为啥要站那么些警察，因为城里的房子都一样，怕人找不着家门。

再下了车，芝麻就不怕了，芝麻认道了。老远就能望见那栋楼，像个竖着的大火柴盒子。一个楼里能装下那么多家，你要是不小心记错一个号，就走别人家去了。这要在赵庄是不会有的事儿，一个房子盖在那地儿，那儿就永生永世都是你的家。杨宝拐带着人把门窗都扒了之后，被他拉走的那些家什，都堆在乡政府的院儿里，风吹雨淋的一天天烂着，喜树向放高利贷的借了几千块钱，又找了叔伯弟兄家给乡长开小汽车的亲戚去说情，才算把一车家什换回来。账就这么欠下了，喜树就是养下再多的猪羊，打下再多的粮食，能还上高利贷的利息就算好事儿。芝麻还有活路吗？没有了。欠下的债就像一根套在脖子上的绳，芝麻觉得自己快要被勒死了。芝麻走在麦田里，麦穗儿窜得正欢，可麦穗儿变黄了也变不成金子，打下粮食卖的钱，一多半都还了赊账的化肥农药还有农业税啥的；芝麻走在宽宽的汝河边，河水浑浑的，都被上游开矿的染黑了，连条鱼都不见个影儿了；河对岸就是芝麻的娘家，娘病着，爹老了，芝麻两手空空，拿什么去走娘家，只怕连摆渡船工的粮食都给不起了。这一天晌午，芝麻绕着村子走了一大圈儿，走得腿肚子攥筋，回到家，劈头就对喜树说：树啊，我想好了，我得出去打工。

你打工？喜树的眉毛都竖起来了。你会个啥呀，你能砌墙还是垒砖？你上城里去割麦子还是采棉花？就你这样人，肚里没一根儿花花肠子，闹不好，倒把白个儿给丢了⋯⋯

我会洗衣做饭不是？去给人当保姆不行？我打听好了，当保姆管吃管住还不欠工钱。杏她嫂子麦收后就走，我跟着，她还能把我卖了？！芝麻说得硬气，喜树当时就傻在那儿了。

芝麻走了三年，挣的工钱差不多就快把杨宝拐的罚款给还清了。前年芝麻回去探家，才发现老房子早已摇摇晃晃的咋也站不住了，喜树发了狠心盖新房。盖房又欠下几万块钱，芝麻真不知道这辈子，啥时候能过上不欠账的日子。这事儿究竟怨谁呢？喜树不赌博不喝酒，一天光知道干活儿，地里挣不上钱，能怨喜树吗？怨婆婆？要说，也怨不得婆婆。燕儿长到两岁，芝麻去了北京，燕儿就扔给婆婆了，燕儿是婆婆给带大的，婆婆也苦着呢。芝麻也不敢怨政府啊，政府早就把道理告诉你明白了，谁让你不办准生证呢？可人活一世，凡事总得有个头绪啊，芝麻想了好几年，思来想去，觉得还是该怨那个该死的杨宝拐。是杨宝拐罚款害得芝麻一家走投无路骨肉分离，谁知道罚款的那些钱，有没有进了杨宝拐的腰包呢？芝麻到了北京后，很多年里就翻来覆去地细想着老家的事情。李阿姨说这事儿谁也不怨，就该怨芝麻自个儿。芝麻不服。芝麻怀上燕儿，不是故意的，是一不留神，怨得着芝麻吗？芝麻满心的怨恨，过了五年都出不了这口气。喜树倒不发愁，如今不知道上哪处借了钱，买上拖拉机了，他真想把芝麻气死不成？！

芝麻一路小跑进了楼门，开电梯的小兰对她笑笑说：出门会老乡去啦？芝麻点点头，胡乱应着。小兰将她上下打量一番，又说：你呀，以后出门，可得注意形象。芝麻摸不着头脑，问：啥叫形象呐？小兰喷一声说：连形象都不懂？瞧瞧你自个儿吧。

芝麻低头看看自己，裤是裤，袄是袄，扣没扣错，衣襟上半点油星子没有，她真的不明白自己哪个地方"形象"不对劲。小兰是从四川来的，想是她形象好，所以让她开电梯。到了九层，芝麻扭身撇下小兰，咚咚跑了几步，捋了捋额头被汗洇湿的头发，按响了刘家的门铃。

芝麻进了门，没顾上喝水，先洗手，然后再上厕所。这是李阿姨定下的纪律。李阿姨凡事都有"纪律"，还有许多"注意"事项，芝麻来了刘家三年多，一条一条到现在都没记全。芝麻听着客厅静悄悄的，想起来今天是周末，丹妮一家去"购物"还没到家，心里松口气，对着李阿姨的屋喊一声：阿姨我回来了，便戴上围裙挽起袖子，一头钻进了厨房。晚上的蔬菜,芝麻走前都洗净收拾好了,面也和好了,把面条擀出来就可下锅。芝麻做面食不发愁,论是包饺子蒸包子蒸馒头烙饼,开个早店铺肯定没问题。可是开早店铺得有人手和"资金",芝麻两样都没有,就只能在刘伯伯家当保姆。刘伯伯李阿姨有四个孩子,两个在国外,一个在深圳,家里就一个老四刘丹妮,也就是甜甜的妈妈,还有甜甜的爸和甜甜,和老两口住在一起。平常日子,丹妮一家三口,一早就上班上学了,家里白天就剩下刘伯伯李阿姨两个人。刘伯伯前几年得过一次脑血栓,如今走路有一条腿还不大利索。刘家人口不多,房子倒有五六间,打扫一遍卫生就得两小时,样样都不能马虎。甜甜的小舅舅在美国读博士后,芝麻一开始不明白啥叫博士后,是跟在博士身后拎包的还是在博士身后当保安?刘伯伯说博士后就是有学问的人,如今许多博士后都是从贫困地区出来的。芝麻只盼着赵刚和赵燕学习好,博士后不敢想,将来能考上个大专啥的,出息个有文化的人,芝麻就满足了。千万别像芝麻一样,高小刚毕业,连个初中都没念成,回家帮着娘带弟弟妹妹,还得帮爹干地里的活。芝麻从小就不怕干活,芝麻没来北京那会儿,家里的麦子总是赵庄第一个收完的。所以如今一到麦收,公爹和婆婆就盼着芝麻回去割麦子。

李阿姨推开厨房门,说:今天的面条软些,鸡汤要淡,你大爷今儿胃不大舒服。

芝麻应了一声,埋头揉着面团,然后把面团分成三份,拿出擀面杖开始擀面。

凭良心说,芝麻觉得刘伯伯和李阿姨一家,待她还真是不赖。每个月的工钱,到日子一分不差地给了;毛衣外套裤子鞋子还有袜子,全是丹妮给的,虽说旧些,都不用花钱去买,芝麻自打来了刘家,自己就没买过衣服,省下不少钱呢;吃饭分餐制,李阿姨给她夹的菜,总是满满的一大盘,常把芝麻吃得撑着了;刘伯伯对丹妮说,郭芝麻的工作不叫保姆,叫家庭服务员。家里来了客人,刘伯伯给人介绍说:这是小郭同志。来人还伸出胳膊要跟芝麻握手,芝麻把手藏在身后,臊得脸都红了。刘伯伯是个老干部,说话办事可讲道理,他从不说农村如何如何,只说"基层"如何如何,芝麻觉得"基层"两个字儿怪难听哩,可刘伯伯叫得顺嘴。这三年多,芝麻在刘家可长不少见识,脸也白了人也胖了。芝麻去年回家,连喜树都说:在城里享福啊,还惦着回来干啥?

  白面团在芝麻手下变成了一张薄薄的饼,就像燕儿写字的纸那么薄。撒上饽面,叠成几摺,就可以切成细面条了。芝麻在煤气灶上放好煮面条的锅和水,打开煤气,只想快些把晚饭弄完了,好腾个工夫给喜树打电话。一台拖拉机得花多少钱?少说也得是芝麻一年的工钱。这么大个事儿,你喜树连跟人商量都不商量,自个儿就做主买下了?芝麻若是站在那台拖拉机的车轮子跟前,跟它比一比个头,芝麻真就成了一粒掉地找不见的芝麻了。老话说,金窝银窝不如自家的狗窝,喜树你能知道人在外头的难处吗?就说这吃饭吧,老家的人吃饭都是端着碗,满村儿转悠着,要不就蹲在墙根儿底下,大伙儿边聊边吃。可城里人吃饭都围着桌子坐着吃。芝麻刚进城那会儿,坐在凳子上把碗放桌上吃饭,怎么都别扭,怎么就像吃不饱似的,心里就想要站着吃,再不就蹲着吃,又怕人笑话。起先遇上个主家是南方人,一天两顿米饭,一顿大米粥,芝麻连一口米饭都咽不下去。换了一家,那家人不吃米饭,就爱吃玉米糊糊玉米窝头、蒸白薯煮白薯白薯粥,还有小米饭小米粥,说粗粮是健康食品，减肥还降血压。把芝麻吃得脸儿都青了，嘴里一天直反胃酸。芝麻打小就吃玉米白薯，那时候除了玉米白薯没别的吃，实在是吃怕了呀。如今农村人没钱归没钱，可谁家不是顿顿白面的，只把玉米白薯用来喂猪。没出来之前，芝麻想过城里的种种难处，就是没想到，在城里干活，反倒吃上了猪食。你喜树能信吗？芝麻在家政介绍所等了好多日子，直到等来了刘丹妮。刘丹妮开口第一句话就问：你会做面食吗？芝麻这一回才算找对了地方。

面条刚出锅，丹妮一家三口也进了门。芝麻把饭菜端上桌，招呼刘伯伯和李阿姨吃饭。今儿也真是的，不是汤洒了就是筷子掉地了，芝麻觉得自己的脑子好像成了一锅面糊糊。李阿姨用筷子挑起面条，放进嘴里尝了一口，眉头就皱了。她说芝麻我不是告诉你了吗，今儿的面条要细要软，你瞧瞧，这都什么呀，凉菜也拌咸了……

芝麻看着碗里的面条发愣，她也不知道，自己咋就擀出这样宽的宽、窄的窄的面条来。

李阿姨说：郭呀，今天去孕检，遇着啥事儿了吧？

芝麻吃一惊，问：你咋知道来？

李阿姨笑笑说：我还不知道你，你这傻郭，只要有一点事儿，我从你眼里能看出来。

芝麻低下头不说话了。埋头扒了几口面条，还是没忍住，就把遇见凤，凤说喜树买了一台拖拉机的事儿说了。她的话还没说完，丹妮就嚷嚷起来：这喜树也太不像话了，家里买大件儿，得集体讨论通过，哪能他一个人自作主张呢？

芝麻问：你说啥？啥叫——讨——论？

讨论嘛，就是大伙儿一起商量的意思。刘伯伯回答。家里

— 147 —

的事，怎么能不商量着办呢？

再说了，钱是小郭在外头辛苦挣的，盖房的债务还没还完，又借钱买拖拉机，喜树倒是超前消费呀，都成美国公民了。丹妮又说。嗳，小郭你挣钱养家，可是一点儿财权都没有，你这不成了你家的挣钱机器了嘛……

话也不能这么说。甜甜的爸插话。喜树这么干，也许有他的道理，小郭你先别生气，打个电话问问清楚再说。

这顿饭，芝麻吃得没滋没味儿，不知道自己吃的是啥。"挣钱机器"？甜甜的妈说话像一把刀子，在芝麻心里割肉。以前在家时，芝麻当家不做主，说话不算数，喜树啥都好，就是脾气暴，芝麻要是有一回敢不听他的，他抄起手里的家伙就揍人。一次芝麻牙疼得脸都肿了，公爹上乡医院给她捎回点儿消炎药片，芝麻打小没吃过药，喝下去一大缸水，那药片还在舌头上。芝麻一生气，悄悄把药片给扔床底下了。没几天喜树上床底下找鞋，那白白的药片就在鞋帮子上沾着。喜树骂芝麻糟践东西，扑上来就是一拳头，芝麻不干了，挠破了喜树的脸，两口子打成一团，还是婆婆来拉架，喜树才住了手。可自打芝麻来北京打工，这几年没少往家捎钱，芝麻一年回一趟家，发现喜树像是换了个人，望一眼芝麻，满脸上都是笑，再没跟芝麻动过一指头，也知道疼芝麻了，芝麻还真以为喜树把自己当回事儿了哩。可就这一台拖拉机，让芝麻的心凉了半截，原来喜树还是那个喜树，芝麻还是那个芝麻，日子还是那个日子。芝麻就是买彩票中上个几十万元大奖，这个家还是得由喜树说了算。

芝麻去洗碗，手下一哆嗦，打碎了一只盘子。李阿姨没说啥，芝麻心里难受。她说李阿姨你扣我钱吧，损坏东西要赔。

李阿姨说得了得了，你快点干完活儿，去我的屋里打电话吧。别忘了先拨个0啊。

芝麻洗净了手，就惶惶地往李阿姨的房间走。老家的电话号码早在心里背得烂熟。其实，平常没事，芝麻不咋愿意给喜树打电话。村儿里的电话，哪有一家一个号码的，都是好几家串在一起，一拨通那个号码，同时有好几个人一块儿接，乱七八糟地响成一片，谁也听不清谁的。有一回，在外打工的砖头，给他媳妇叶儿打电话，砖头说：叶儿，我想死你了。叶儿说：我也想着你哩。忽然耳边响起一片嘻嘻嘎嘎的坏笑，两人才想起那电话是有人听着的，叶儿吓得把话筒摔了就跑。那以后，砖头回村，走哪都有人冲他涎笑着说一句：我想死你了！弄得砖头讪讪地抬不起头来。芝麻记下这教训，每回给喜树打电话，一是一二是二，半句多余的话没有。其实，和喜树那样人，有啥话怕人听呢？芝麻问他：家里好吧？喜树答：都好。喜树问：你好吧？芝麻答：好着呢。芝麻想想又问：家里人都咋样啊？喜树答：还那样。芝麻就不知咋往下说了。这电话打着有啥意思，还白花钱。倒是燕儿有句话，好几年过去了，还让芝麻一想起来心里就乐得不行。那还是燕儿四岁那年，村儿里刚有几户人家安了电话，芝麻给那家打电话，让人家去喊喜树来听。喜树带着燕儿来了，让燕儿也听听芝麻的声音。芝麻对着话筒，长一声短一声喊着燕儿燕儿，燕儿抱着电话说：妈呀，我咋看不见你哩，你在哪儿猫着呢？那个傻丫头，真能把人笑死。

芝麻收起了嘴边的笑容，只听见电话里传来嘟嘟的忙音。再拨一遍，还是嘟嘟个不停。也不知是线路繁忙，还是老家那几家人合用的电话，正有人在打着。芝麻等了一会儿，再拨，心慌慌的倒把号码拨错了；重又拨一遍，还是不通。她叹口气，只得把话筒放了回去。她想喜树咋就不给她来个电话呢，几千块的拖拉机他都敢买，可打个电话几块钱都舍不得花。这么一想，芝麻就有些气恼起来，她想还不如不给喜树打电话哩，看他以后咋跟她说！

芝麻走到客厅里，见一家人正看足球。看一眼墙上的挂钟，已经过了新闻联播，天气预报也播完了。今天错过了天气预报，芝麻不知为什么觉得心里空落落的。她刚想起该给甜甜洗脸洗脚了，只见丹妮对她招招手，把她叫到了厨房里。

丹妮说：跟你说了多少回，每天晚上剩下的饭菜都得倒掉，你怎么又留下了呢？尤其是蔬菜，隔夜就会产生有害物质，明白不？

芝麻有些不好意思，笑笑说：今天晚上的面条我没做好，剩下不少，看着怪可惜的，就想留着明天中午我吃。

丹妮说：你这人可真是的，又不是花你的钱，在我家，你吃剩的也不行，我就得让你改改这毛病。不是我说你，你也太农民了……行了行了，倒了吧啊。

说完她就走出了厨房。芝麻端起碗，掀开垃圾桶的盖子，刚要往下倒，手却停在那里。

甜甜的妈比芝麻小不了几岁，可芝麻常常觉得她和自己，好像是两个世界的人。丹妮两口子的工资加起来，一个月万把块钱都有了，还总吵吵钱不够花。买下东西不合适，转手就送了人，芝麻看着都心疼。丹妮从小在城里长大，哪里知道粮食的金贵。芝麻从打生下来，就像是为粮食在活。种地打粮，种地打粮，一年到头村里人惦记的就是这么点事儿。可年年不是天旱就是地涝，在芝麻10岁以前，生产队分下的粮食，从来也没有够吃的时候。李阿姨有时候对她开玩笑，说小郭你这人可有点笨，教会你一件事儿真费劲啊。芝麻在心里应着说，自己的脑袋是玉米面糊糊喂大的，能不笨吗。芝麻只记得11岁那年，大概是一九八一年前后吧，生产队把地都分到各家各户了，全家人从早到晚在地里干活，巴望着能多打点儿粮食。那年年成也好，六月收小麦，晒场上的麦子流得像条河；秋收打下玉米，粒粒都像金豆豆。芝麻打小也没见过这么多的粮食，粮食堆在仓房里，冒尖冒尖顶到了房梁上，像座滑溜溜的小山。家里堆起了粮食，芝麻爹娘的脸上就堆起了笑容，笑得嘴都歪歪了。那些日子芝麻领着弟弟妹妹，成天在粮食堆上打滚儿闹玩儿，吃饭端起碗就坐在玉米堆上吃，晚上睡觉也不回屋，就躺在麦子堆上睡觉。晒干了的粮食上，有一股子太阳的香味儿，暖烘烘的、干爽爽的，吸一口就觉得肚子都饱了，呼一口又觉得肚子饿了；芝麻和弟弟妹妹在粮食堆上唱着跳着，脚丫子陷在粮堆里了，再蹦再跳，身子就钻进粮堆里了。满囤的粮食能当被子盖，比刚翻的土地还软和。等到芝麻的娘把他们一个个从粮堆里拽出来，芝麻的头发上、脖子里、鞋壳里，全都沾满了麦粒。有一粒麦子钻到了芝麻的肚脐眼里头，把芝麻弄得怪痒痒的……

　　李阿姨总说芝麻记性不好，可芝麻的脑子再不好，也清清楚楚地记得，生产队集体种粮那会儿，一年也就给芝麻一家分下三四百斤小麦；可分了地之后，一家就能打下三四千斤小麦，差十倍多呢。分地后的那几年，芝麻一家的日子好过了，春荒时候，再不用东家西家借粮，顿顿吃白薯干了，锅里三天两头有了冒热气的大白馒头。馒头就是比白薯干好吃，就连村东头的那个傻子坯头，你若给他馒头和白薯干两样东西选，他连眼珠子都不转一下,抢了馒头就跑。刚出锅的白面馒头,咬一口那叫香啊,软乎乎的,没留神就咽下了,可不像窝头那么拉嗓子。一个馒头吃完了,就跟没吃完似的,舌头上一天都留着甜味儿。芝麻进城后,在刘伯伯家吃过不少鸡鸭鱼肉,可芝麻觉得,这世界上最好吃的东西,除了馒头,还是馒头。

芝麻到现在也想不明白,为啥打从嫁到喜树家,这些年农村的日子越来越难过。粮食打再多,卖完了刨去成本,就管了自个儿家的几张嘴。打下粮食挣不下钱,花钱还得指着用粮食去换。那时芝麻生下赵刚,又奶孩子又下地干活,不吃饭咋顶得住。芝麻胃口大,婆婆不愿意了。芝麻端起碗出溜出溜喝粥,婆婆在一边叨叨说:磨不大,瞎咋呼呢。芝麻撒了碗不吃了。不吃就饿呀,又过了几年,芝麻下了狠心走。芝麻走了以后,家里的粮食松快不少,油盐酱醋都指着芝麻的口粮去换。

芝麻给甜甜洗完了让甜甜睡下,李阿姨从电视上抬起头问:你给喜树的电话打了没有?芝麻说:打不通,不打了,他睡得早,我明儿再打吧。李阿姨说那你来看会儿电视吧,歇歇。芝麻说歇啥哩,又没下地干活,累不着。说着就打了个哈欠,却在电视机前站着不走。刘伯伯拿着遥控器在调台,说要看晚间新闻。屏幕上忽然就跳出来个天气预报,芝麻一下儿就精神多了。

芝麻这才明白,自己原来一直是在等着重播天气预报呢。芝麻也奇怪,李阿姨交代的那些家务事儿,一天总是记了这个忘了那个,可咋就忘不了这天气预报哩。芝麻在城里这些年,别的毛病没有,就落下个看天气预报的习惯。说实在话,北京的天气有啥可惦记的呢?刮风下雨都在屋里待着,下雪天有暖气,就是下雹子也砸不着她,芝麻看天气预报,不是瞎耽误工夫吗？其实刘家的人都知道，芝麻压根儿不看北京的天气，芝麻看的是河南的天气。半个桌面儿大小的一台电视机，透亮透亮的，一个中国大的地方全在上头了。那个气象先生和气着呢，气象小姐俊着呢，他们啥都知道，告诉你云打哪儿过来，风走到哪儿了，哪地方下雨哪地方刮沙尘暴，最高温度最低温度，一样儿不缺。那河南省就在中国的正中靠下一丁点儿，好比是人的肚脐眼那个地方吧，一找就找着了。虽说人家只播郑州的气温，可郑州就离驻马店三个小时火车，郑州一刮风就刮到驻马店了。芝麻的眼睛一眨不眨地盯着电视机，她看见半个中国都哗哗掉着雨点儿，雨点儿把河南的天空都盖住了，一丝儿缝缝都不露。从大前天开始，厚厚的云就像是长在河南了，三天没挪动过。芝麻心里有点着急，这些日子正是小麦扬花的时候，这雨要是下个不停，小麦的花粉都让雨水给冲走了，麦粒灌不上浆，小麦就得减产。芝麻愣了一会，一直看到河南河北山东山西一个都不见了，才回过神来。

看过天气预报，这一天算是真正过完了。看过天气预报，芝麻的心放下了又更放不下。

北京咋就不下雨呢？这雨都下到河南去了？老家的地怕旱又怕涝，要是再下上几天，今年的馒头就吃不上了。芝麻一边脱袜子一边还在想着。汝河会不会发大水呢？汝河要是发了水，一村儿的庄稼全毁了。芝麻钻进被窝，觉得自己的心也忽地沉了下去。她住的屋子临街，关了灯就听见从街上远远传来汽车的声音，轰隆轰隆响，就像汝河山洪暴发时候发出的那个响声。每天晚上到了这个点儿，外地来的卡车都上了三环，马路上的汽车轮子声一夜都歇不下。芝麻来了北京五年，就是听不得这个声音。躺在床上的芝麻，心一阵一阵地发颤，那呜呜的怪叫声，像是冲着芝麻的耳朵在吼，野兽一样扑过来，只差一点儿就把芝麻卷走了……

汝河水库崩了的那年，芝麻才六岁。村里连着下了七天的雨，把墙根都泡软了。那天夜里10点多钟，爹猛地把芝麻从梦中晃醒了，芝麻听见屋外传来轰隆轰隆的响声，像是天上的雷落在地上了。爹娘颤声喊着来水了，拉起芝麻姐弟四个就跑，天黑得锅底儿一样，冰凉的水没过了芝麻的脚脖子，四处都是水，爹说咱上书记家吧，他家的瓦房能抗住水。走着走着就觉得水没了膝盖。书记家四间瓦房，里头满满的人，人把门都堵住了。书记说赶紧上房顶吧，晚了房顶都上不去啦。男人们手忙脚乱地在桌上架凳子，够着屋顶了，用棍子捅碎了瓦片，又一张张把瓦片揭开，掏出一个大洞，把女人和孩子一个一个托上去。等着芝麻被娘拽上房顶，就见身后的桌子都在水上漂起来了。爹——芝麻拼命喊，爹没答应。爹背着弟弟，拽爹的草绳断了，爹和弟弟都不见了。芝麻哭着上了房顶，被娘按着岔开两腿，让她骑在屋脊梁上。娘说别动啊，掉水里你就见不着娘了。芝麻紧紧搂着妹妹的身子，一动不敢动，腿都麻得不是自己的腿了，尿顺着裤腿流下去，尿和雨水分不清了。那一夜芝麻又冷又饿，眼睁睁看着白晃晃的大水，一寸一寸涨上来，天快亮的时候，芝麻的脚都挨着水了。她对娘说我怕，娘说不怕，这瓦房塌不了；她对娘说饿，娘就脱了一只鞋，兜了房檐下的水给芝麻喝。天亮了，雨停了，芝麻看见眼前的村子没了，村子变成了一大片水，连草房的尖尖都不见。水上漂来一根大木头，大人把木头拦下了，抱在怀里。大水一直到中午才慢慢退下去，木头架在墙根下，人都顺着木头往下滑，芝麻被木头茬子剌一下，剌去一块肉，那伤疤到现在还像一条蜈蚣，趴在芝麻的胳膊上。水退了，娘领着她和妹妹往家走，找不着家，那一间草房被冲得没影儿了，只见爹蹲在门口的泥墩子上抹泪儿。娘见了爹，娘也哭。爹把弟弟交到娘怀里，说昨夜那草绳断了，他背着娃被水冲跑了，撞着一棵树，是棵臭椿，他顺着树干往上爬，水往上涨一点，他往上爬一个树杈子。水猛地打过来，娃一下子掉水里找不见了。他哭着喊着，喊不着一个人。过了好一会儿，天上打个闪电，他见水里有个东西一沉一沉的，用手一抓，抓住个衣角，捞起来一看，正是自家的娃。他把娃翻过身，搭在肩上控水，娃把肚子里的水都吐了，控着控着娃就活过来了。娘说娃要死了，我也不活了。第二天天晴了，村里到处都是淹死的人，七横八竖地躺得哪都是，芝麻不敢看，走路用手掌捂住眼，手指间露个缝找路，缝缝里还是死人。草房里剩下几袋玉米面没冲走，太阳一出都捂了，发了霉长了毛，吃不成了。有飞机飞来，扔下大米白面和盐，村里的人都抢。柴禾湿了，点不着火，就拌着盐生吃。芝麻家听信儿晚了，抢不上粮，也没人把粮食匀给他们，爹娘就带着他们几个，走路去了几十里外的姑姑家，住了半个月，一直等到公社的救济粮分下来。虽说芝麻的记性不好，可那么多年过去，那一夜轰隆轰隆的水声，还在芝麻耳边响着，就跟这马路上汽车的声音一模一样。芝麻不喜欢拖拉机，一听见拖拉机响，她就想起那一夜大水，看见自己分开腿骑在屋脊上，身子僵得像块木头，一动也不敢动……

　　芝麻睡不着了。翻个身，用被子捂住耳朵，那拖拉机的声音倒把床震得颤悠起来。喜树你等着，等我麦收回家再跟你算账！芝麻冲着窗外的拖拉机喊道。你当真以为我在城里享福呐？喊，这么多年，多少苦处都没敢告诉你，怕说了你再不让我出来。你说城里有高楼,城里有柏油马路,你说得没错。城里人家的地板,天天擦,擦得比咱家的面板都光溜;城里人家的坐便器,刷得比咱家的饭盆亮堂;可那不是咱自己家。实话跟你说,出来打工的人,一个个就跟要饭的差不多。芝麻刚到北京那会儿,天天就站在马路边上,等着找活儿干,两毛钱买个凉馒头,上人家小饭馆要一口自来水喝,一站站一天。要是来个男的,看样儿说话儿有一点不规矩,芝麻就是饿了三天了,也不敢跟他走,怕是个人贩子,把芝麻卖到山沟沟里去给瘸子当老婆。芝麻去的第一户人家,大热天也不让保姆洗澡,洗衣裳也不让,怕费水费电,得等着全家洗完衣服的水,用来给她擦澡,好像芝麻有传染病似的;第二家人,家里所有的柜门都上着锁,吃好东西都背着芝麻,水果一筐一筐的,宁可放坏了,也不让芝麻动一动;第三家那老太太更有病,你要是跟老头儿说一句话,她就跟儿女告状,说老头有啥——"外语"了,还说芝麻勾搭老头,芝麻实在忍不下这口气。后来有老乡让她到家政服务介绍所去,才算遇着讲理的人家。在城里干活,一大早人家没起你得先起,分分钟忙个不歇脚,连个擦汗的工夫没有。哪像在老家,做完了饭喂完了鸡鸭,想上谁家串门儿,抬腿就走了。想跟谁聊天儿,端起热腾腾的面条碗就走了;村里的大柳树下,一天从早到晚,啥时候都有闲人,等着你去闲聊。老家除了麦收秋收赶时辰,平日里,想几点睡就几点睡,家里那点事儿,想啥时候干就啥时候干,兜儿里没钱是没钱,可日子过得自在着哩。喜树你是不知道,住人家看人脸色是啥滋味儿。就你这脾气,干不了三天就得往回跑。李阿姨这楼里头,差不多家家都有保姆,芝麻在这里,出来进去时间长了,啥事儿不在心里装着哩。一门 20 层那个小保姆,那天抓着我的手哭说想家。她说那家人真是把人不当人呢，全家围着桌子吃西瓜，没一个人叫她吃。她刷完了碗，想去收拾桌子，老太太呵斥她说：刷完碗就没事儿了？打苍蝇去！

这城里人和农村人，不都一样是人吗？咋就有个高低贵贱呢？喜树你说。

话说回来，要不是芝麻狠下心上城里打工，咱家欠下的账能还上吗？新房能盖上吗？不说这些了，这些年再难也熬过来了。只要城里能挣着钱，芝麻啥苦都能受。你还记得赵刚的那个小学老师吗，那个戴老师，是个女的，我听凤说，她不教学了，上头总拖欠教师工资，她家的日子过不下去了，也上北京来打工。有一回病了，发热好几十度，也舍不得花钱看病，最后活活地烧糊涂了，送到医院人就不行了。她男人从老家赶来，给她换衣裳，才发现她兜里揣着3000块钱。她攒下3000块了，就是不舍得花一分钱治病……

那老师死了，你说人活一世，为的是个啥呢？看看那城里人，就说甜甜她爸妈、她姥姥姥爷，都有个工作，有个事业，攒下钱，上国外旅游，叫个巴厘岛，也不知在哪哈，回来给我看那些相片儿，咦，咱没去过天堂，看那风景，天堂也就这样儿了。人家这一辈子不白活。你说咱家的刚和燕，能把书念下来吗？将来别像咱这么活，好歹也有个事业啥的……

街上轰隆轰隆的水声走得远了，芝麻心里的那些气恼和憋闷，也在一点点散开去。她觉着眼皮沉沉的，脑袋也迷糊起来。她梦见自己坐在院子里，一个劲地嚓着白薯干儿，那白薯丝儿那么长，像条围脖把她缠起来了……

芝麻像往日一样，早早起了床，觉得有点头昏，心里堵得慌。急着用电饭锅把粥熬上了，煮上鸡蛋，然后把客厅里散乱的报纸杂物收拾整齐了，再扫地抹桌子，都利索了，才顾上去梳头洗脸。今天是星期六，丹妮一家人都在睡懒觉哩，刘伯伯和李阿姨下楼锻炼去了，等丹妮一家起来了，再把牛奶热上，把面包片烤上不迟。刘伯伯不喝牛奶，李阿姨不吃鸡蛋，甜甜不喝粥，甜甜的妈专吃煎鸡蛋。一家人得做好几样饭，早餐就够芝麻忙乎的了。哪像在老家，蒸一锅馒头，能吃上好几天。煮一锅烂乎乎的热汤面，全家都撑得肚儿溜圆。吃啥不一样吃饱啊，城里人吃饭顿顿都换花样，也不怕费事，可甜甜的妈说这叫生活质量。芝麻问啥叫质量，甜甜的爸说：该怎么跟你说呢，比如，小麦的品种不同，种出来的麦子，有的就粒儿大、饱满，有的就又小又瘪；含水高的麦子，质量不够好，卖粮食的时候，等级不够，卖不上价。芝麻说，你这么一讲，我就明白了，城里人的生活，就是好麦子。一家人都乐了。

这几年芝麻在城里，学了不少新词儿。比如说"信息""高科技""歧视""家庭暴力"啥的，只要她开口问，刘伯伯可愿意给她讲，一直讲到她好像是明白了，又好像更不明白为止。李阿姨常说，芝麻你才三十来岁，以后的日子长着，你得勤学多问，没事儿的时候，也看看报纸什么的。芝麻有空就看报纸，看着看着，脑子倒越发糊涂了。

她想起小的时候，每年交公粮，亲爹都是把最好的麦子选出来，送到公社去。嫁到喜树家，公爹可就不这样，公爹总是把最次的粮食拿来交公粮，把狠施了化肥农药的蔬菜，拿去赶集卖给镇上的居民，把没施化肥的菜和粮，留着自己家吃。公爹以前还当过生产队长，咋就这么没质量呢？办了赵刚的独生子女证还赖账,害芝麻几年都翻不了身。

钥匙在锁眼里响动,芝麻知道是刘伯伯和李阿姨回来了。她赶紧到厨房去,想看看粥好了没有。可平时滋滋冒热气儿的电饭锅,这会儿却一声不吭,一点儿动静没有,芝麻纳闷着,伸手摸一把,吓了一大跳——电饭锅冰凉,就像是刚从雪地上端回来的。

咋回事儿呢?芝麻围着电饭锅转来转去,又拍又打的,忽然就想起来,刚才盖上盖儿的时候,肯定是忘记把锅上的那个开关样的小片片儿,按下去了。就是立马按下去,这粥也起码得半个多小时以后,才能吃到嘴。芝麻哭丧着脸向李阿姨报告,李阿姨不高兴了。李阿姨说,小郭不是我说你,你总是这么粗心大意,每天出一回错都是少的。吃完早饭我和你刘伯伯还得出门呢,今天社区有健康讲座,你这不是影响我们的工作吗?

芝麻恼恨地拍拍自己脑袋说:你看我这脑子,咋就这么不好使呢?

不是脑子不好使,是因为从小到大,你就没使过脑子,缺乏这方面的训练。李阿姨说。上回让你给地板打蜡,原先的蜡用完了,换了一种地板蜡,你也不问,也不看说明书,不管三七二十一,就往地板上喷。要知道,牌子不一样,用法也不一样,结果呢,那蜡都结成小疙瘩沾在地板上了,我从上海厂家邮购来一瓶去蜡水也洗不干净,到现在还在那儿待着呢。你说你。就这七八年,我先后用过五个家庭服务员,个个全像你这样儿,没一个脑子好使的。为什么?就因为从小习惯了不用脑子。不过,话说回来,真要来一个心眼多的机灵鬼儿,我还更不放心呢。有一回……

看李阿姨说个没完，芝麻有点着急。她小心地打断李阿姨说：要不要我下楼去买点豆腐脑，五分钟就能吃上早点了……

对对对，吃豆腐脑吧。刘伯伯插话说。好久没吃豆腐脑了，馋得很。

芝麻就拿了锅，下楼去买豆腐脑。她有些恼恨自己，昨晚尽做乱梦了，一早晨起来，这脑子就跟豆腐脑差不多。还是怨喜树那个浑球，都是让他给闹的。芝麻拿定主意不给喜树打电话了，说不定在电话里就得跟他吵起来。要是一生气，使唤那些家用电器更得出错了。就说这电饭锅，也真让人烦哩，插上了电插销，还非得按下那小片片才中，家里那么多电器，谁能一样样都记下？比如那个微波炉，东西放进去，还得按一下微波，按一下时间，再按一下大火小火，最后还得按一下启动，箱子里的盘盘才会转起来，时间短了不热，时间长了东西就干了糊了，一丝一毫都不能差。还有那个洗衣机，也是让芝麻头疼的物件，说是电脑控制，那么多个小点点，按错了一个，它就像个死猪似的不动弹。有一次咋弄它，它都不出水，突然间又猛地一震，咣当咣当响，差点把芝麻的魂都吓掉。去年甜甜她爸给家里买了个35寸的大彩电，就把原先那个20寸的旧彩电"淘汰"了，放在芝麻的小屋里，李阿姨说让芝麻晚上看电视，好长长见识。那个电视遥控器，芝麻拿在手里直哆嗦，心里害怕把那些按钮按错了，电视机会嘭地爆炸。甜甜的爸教了她好几回，总算能出人影出声儿了，前些日子，芝麻不知按了哪个按钮，就把那么些个电视"频道"都给按没了，河南卫视也不见了，只剩下北京台了。芝麻最喜欢的河南豫剧也看不成了，气得芝麻直跺脚。甜甜的爸说她把遥控器的"系统"弄乱了，等他得空给弄，可他一天哪有空呢，有点儿空他还得

"上网"呢。啥"上网""上网"的,不就一台电脑吗,网都在哪儿晾着啊……芝麻从此一挨着家用电器,心就怦怦跳个不停。可不敢随便去摸,只怕不小心招惹了它,那家伙又使坏捣乱……

也真是,这城里人的日子,过得太累。累心。芝麻心里涌上许多的同情。一家家那么些电器,把人都变得像个机器似的。芝麻也快成机器了。可老家没有电器,外头啥事儿不知道,吃了睡睡了吃,没吃的了就去偷,虽说不是个机器,可也跟个牲畜差不多少。村里买得起电视机的人家,晚上挤一屋子年轻人,就跟生产队放电影似的。要说喜树也让人心疼,没敢买个电视机看着玩儿,先紧着把拖拉机买下了,也是为干活用的哩……

芝麻吁了口气,要是让她在当机器和当牲畜之间选一样,她还真不知道该选哪样。

芝麻端着锅,在电梯里见着小兰,冷着脸没跟她搭腔。

电梯到了一层,芝麻刚走出大门,碰上二单元的一个湖南小保姆,名叫春娥。春娥刚从老家出来不久,倒是嘴甜,见了谁都叫得亲热。看样儿春娥是去买菜,手里拿个塑料条编的篮子。春娥一把挽住芝麻的胳膊,凑到她耳边说:芝麻姐姐,我正要问你点事儿呢,你到北京时间长,能听懂北京话吧?

芝麻笑着说:别提了,刚来那会,啥都听不懂,接个电话,那人说是科技大学,我写下来是个啃鸡大学,我说话人家也听不懂,闹的笑话多了。

春娥的嗓子突然变细了,说:那你现在懂了啵?我问你,啥叫"这人挺贼的"?是不是说我是个贼呀?他们要是敢说我是个贼,我就去告他们!

芝麻给她弄糊涂了：谁说你是贼了？他们说话得有证据，没有证据，就是，就是诬……什么陷吧……

春娥气呼呼的：主家的人在客厅里说我呢，让我听见了。他们说：这姑娘挺贼的。

芝麻一时真的不明白"挺贼"到底是个啥意思。想着李阿姨还等着吃豆腐脑，就说你再问问别人吧，先别着急啊。我也帮你问问。芝麻走到早点铺，碰巧遇上个三单元的安徽保姆，趁着等人盛豆腐脑的工夫，芝麻赶紧问那个安徽阿姨，北京话说"这人挺贼"，是不是说这人是个贼的意思。安徽保姆点头说，在她们老家，贼就是小偷的意思，肯定没有错的。北京话嘛她就不知道了。芝麻打上豆腐脑，不敢再耽误时间，赶紧往楼上奔。

芝麻一进门，看见丹妮已经起来了。芝麻一边张罗着给李阿姨盛豆腐脑，一边跟丹妮打招呼，说大姐今天起来咋这么早呢？星期天还不多睡会儿？丹妮一脸不高兴的样子，说：还问呢，一大早就来电话，把我吵醒了。芝麻附和着说：这人也是的，一大早打啥电话呀。丹妮说：是找你的！

芝麻吓一跳，转念一想，该不是喜树给她打电话了？

是喜树吧？她小声问。

哪呀——丹妮把声音拖得老长。是个——女的，听口音，像是河南人。我不是早跟你说了嘛，不要把家里的电话号码，告诉你那些老乡。

芝麻一勺下去，豆腐脑溢在碗沿儿外了。

丹妮往洗手间走，一边说：那人说她就在北京，一会儿还打来，你可告诉她啊，以后没事儿少打电话。李阿姨也跟了一句说：是啊，这是个安全问题，可大意不得。

会是谁呢？芝麻在厨房里忙乎着，心里直打鼓。老家在北京的人，没几个人知道她的电话号码。再说，没事儿谁愿意花钱打电话呀，准是有事儿了。可谁有事儿找芝麻呢？芝麻又不做买卖也不开公司，真是有人求到芝麻头上，就剩下借钱一件事儿了。芝麻才不借呢，芝麻攒下的那些钱，等下个月麦收，就得带回家去还账。求芝麻办啥事儿都行，就是不能借钱，钱一借走，十年八年也回不来了。

这天上午，芝麻觉得客厅墙上挂钟上的针，就像电池快用完了似的，走得那个慢。芝麻用吸尘器吸地板，找不着电插销了；芝麻洗衣裳，洗衣液一下子倒多了；芝麻洗菜，把烂叶子留下把好叶子扔了；芝麻从米箱里舀米，记不住舀了两勺还是三勺……芝麻想坏了坏了，万一是娘病了爹病了弟弟妹妹有灾有难了，这千里地，长了翅膀也飞不回去……

丹妮进厨房来拿杯子，瞧她一眼，说：郭呀，你就经不住一点事儿，不就是个电话嘛，至于这样呢。我看你呀……

她把话打住，不往下说了。

我咋了？芝麻愣愣地问。

我要不说，你又该犯嘀咕了。我看你呀，这么说吧——丹妮的两条细眉，像两片柳叶儿，一挑一扬的：我看你，好像是一个人分成了两半，一半在我家，还有那一半，留在河南驻马店呢。要是用书上的话说，就好比一个人身心两处，身子和心思是分开的，你的身子在北京，可是心呢，从来都在你自个儿家。我说得对不对？

芝麻不吭声。她想甜甜的妈到底是有文化的人，眼睛咋这么尖哩，一下子就把人的心看透了。叫她这一说，芝麻忽然明白，自己真就像她说的那样，身子在北京，心呢，连一半儿也没在这。在哪儿呢？在河南赵庄。

要说也是呐。芝麻胡乱应着，赶紧把话岔开去：大姐我问你点事儿吧，北京人说"这人挺贼的"，是说这人是个贼吗？芝麻就把刚才遇着春娥的事儿说了。话没说完，丹妮就仰头大笑起来，差点把眼泪都笑出来了。她一边笑一边说：我的天，这哪儿是哪儿呀，北京人说这人挺贼的，是拿贼的眼睛来打比方，意思是说这个人挺精的，心眼儿多，不是说这人是贼，绝对不是，这回知道了吧？

芝麻也笑起来。笑着笑着，脑子里忽然闪过了一张一块钱的人民币。

对了，电话该是凤打来的吧？前几天孕检那会儿，她给凤留下个电话号码，就写在那一块钱上了。当时真是犯傻了，就不会说记不住吗？可芝麻天生是个笨人，芝麻不会编瞎话。要真是凤来的电话，凤找芝麻准保有事儿。凤那人，打小就有点儿"贼"……

刚想到凤，电话铃就响了。芝麻抢着去接，一接，真的是凤。芝麻等了好半天的电话，却原来是凤，芝麻觉得有点儿失望。凤的声音听上去怪热乎的，长一声短一声地叫着芝麻。芝麻听了一会儿说，凤你有啥事儿就说吧，我还得做午饭呢。凤嘻嘻地笑，憋尿似的，又扯一会儿，才哼哼呀呀地说到正题儿上。芝麻听得费劲，把话筒使劲儿按在耳朵上，按得耳朵都疼了，也听不明白。有一阵子好容易听清了，又觉得肯定是自己听错了，再问一遍，凤又说了一遍，芝麻心里一冷，拿着话筒的手臂就举在那儿，说不出话来。

凤说的事,大概是这么个意思:

村西头的那个杏儿,就是凤的干爹家的儿媳妇,(排下来,也算是喜树家二叔的干闺女)怀孕都五个月了。杏儿前几年生了一个闺女,第二年又生一个,还是个闺女,杏她男人不让杏儿去结扎,非让杏儿生第三胎。可村里乡里计划生育查得紧,育龄妇女每三个月得交一份孕检证明,杏有了身孕,这孕检哪能通得过,证明交不上,超生就露馅了。杏的男人想了一个招儿,他对村干部说,他带着杏外出打工去了。其实呢,男人把杏带到了安阳的一个亲戚家,想让她在那儿把孩子生下来,然后再回村去。这叫作生米做成熟饭,孩子一生下来,你杨宝拐还能把孩子塞回娘肚子去?只要生下个儿子,认罚认赔咋的都认了。前几天,杏的男人打电话找到了凤,让凤想办法在北京给杏办一个孕检证明,先把乡里的干部糊弄住了,不让他们起疑心多生枝节。叫杏先混过这一关,只要再等上几个月,杏把孩子生下了,就咋的都不怕了……

芝麻说:这事儿你找我有啥用?

凤说:有用啊,这事儿还非得你不中。

芝麻说:我又不是接生婆。

凤说:谁让你接生了,是让你去给杏做个孕检。

芝麻结巴起来:为啥?我咋给杏做孕检?那得大夫做。

电话里的凤嚷嚷起来:你咋这傻,是让你拿着杏儿的身份证,哎,就是让你扮成杏儿,你就是杏儿,替杏儿去做个孕检,杏儿就妥了。

芝麻半天才转过弯来:你这是让我做假骗人哩?

瞧你说的,这是帮忙,助人为乐,你上学时没学过?

那……凤你咋不装成杏儿呢?要装你自个儿去装啊。

哎呀，我这阵子不是瘦多了嘛，长得不像，跟杏儿身份证上的照片差远了，大夫一看就查出来了。那天我一看见你，差点儿就把你认成杏儿了，你跟她长得一模一样，就你中。

你可拉倒吧。芝麻有点生气。我不是杏儿，咋能假装杏儿呢？

你这死脑筋，你帮人这么大个忙，人家还不好好谢你哩。

要去你去，我不中，我害怕。

我不是跟你说了，我长的不像嘛。哎，你就算帮我吧，人家求到我了，我也没法子。

不中不中。芝麻一口回绝了。我真的害怕。

我陪着你去，中吧？凤那边还没完没了地磨着，就差没说求求你这几个字儿了。

那也不中，我挂了，我得做饭了。

你再好好想想啊。凤都快哭出来了。你说，人家有难处，八百年不求咱一回，要是不给办，以后回村儿去，抬头不见低头见的，咋跟人处呢？你说……

芝麻撂了电话，倚在沙发上发呆。丹妮走过来说：怎么了？出什么事儿了？我就知道，你老乡来电话，十有八九，没什么好事儿。

芝麻心想，这电话来来去去的说这么长时间，她这么精个人儿，怕是早就听明白了，还不如告诉她，让她给拿个主意呢。就把杏儿的事，前前后后的都给甜甜的妈说了。

丹妮还没听完，就打断她说：噢，我知道了，超生先斩后奏，水平越来越高啦，还知道冒名顶替、互相配合、集体作案呢。

芝麻低着头说：你别说这些我不懂的词儿，你说我该咋办哪？

这有什么咋办的？你不是告诉她说不愿意嘛，这就对了。别这么愁眉苦脸的，行了行了，快去做饭吧。丹妮说完，就上甜甜的房间给她检查作业去了。

午饭时，甜甜的妈却当着芝麻的面儿，向老太太报告了这件事。李阿姨一听，面孔就暗下来了，沉着脸对芝麻说：这可不行，做假证是违法的！

刘伯伯纠正说：这不还没做嘛，只是，我们要把事故扼杀在摇篮里。

芝麻端着碗，一口也咽不下去了。

下午芝麻擦窗玻璃。玻璃上映出个人影儿，圆脸、细眼、阔嘴，一头短发，刘海齐额——芝麻吓一跳，这不是杏儿吗？活活的是个杏儿，连着嘴角上怯怯的笑容，也跟杏儿一模一样。芝麻真要是替杏儿去孕检，大夫还真的认不出。凤这人可精呐，一眼就把芝麻相中了。

芝麻肯定不会去替杏儿孕检的。李阿姨都说了，做假证是违法。这道理芝麻明白。

难的是咋跟凤说呢？凤的身后是杏儿，杏儿的身后是喜树的二叔家，二叔家的身后就该是公爹和婆婆了，公爹婆婆的身后呢？是一个村儿的男女老少。再说，当初来北京打工，还是杏儿的嫂子把自己带出来的呢……

芝麻心烦得很，心里乱得像蓬干草。她把脸从玻璃上挪开了，侧着身擦窗子。她不想看见自己的脸，眨一眨眼，这张脸就变成了杏儿的脸。

杏儿咋这么没主意呢，你男人让你生你就生啊？芝麻在心里骂杏儿。你就是把孩子生下来，又是个闺女你咋办？孩子生下来，好几万块钱的罚款，你拿啥还哩？孩子要吃要穿将来还要上学，养活三个孩子，以后受苦的还不是你自个儿？生生生，农村的人就知道生，生那些孩子有啥用？没看人家刘伯伯李阿姨，养活了四个孩子，有出息的，都走了，上外国奋斗前程，谁能留在爹妈身边守着老人呢？到老了，家里一天都离不开人照顾，还得去请个保姆来侍候。就算身边有个孩子，就像甜甜的爸妈，一天忙成啥样，能顾上老人多少？单位都是竞争上岗，弄不好就被"淘汰"了。要是下了岗挣不来钱，孩子靠啥养活？在城里念书，找个好学校，光是那学费就吓死你，一般人念不起。甜甜的爸妈对待父母，就是有那份孝心，也没那个时间。芝麻在城里五年，看得多了。报纸上天天说失业待业就业的，但芝麻知道，城里只有一份工作，到啥时候都丢不了，那就是当保姆。因为城里的爹妈，都不愿带孩子；城里的儿女，都没工夫照顾老人。

　　芝麻一时已经忘了自己当年超生的往事，她在心里一遍遍埋怨着数落着杏儿，怪她不该怀上这第三胎。芝麻想起了村里的那些孩子，没人管没人教的，成天在路边上瞎玩儿，浑身滚得像只泥猴。自打芝麻离开家之后，赵刚的学习成绩从来没有超过70分，燕儿刚上小学一年级，看不出来往后是不是块读书的料，也不知是农村的老师教得不好，还是赵刚和赵燕学得不好。这些年，芝麻出门在外，自己没管过孩子，喜树一年到头种地喂猪，回家来屋里连个做饭的人都没有，赵刚那孩子才七岁，就会抱柴禾烧锅了，还得浇园子喂鸡鸭，他那学习能好得了？村儿里的孩子都是这么长大的，芝麻也是这么长大的，

— 168 —

长大了能干啥？那些男人出来打工，当个电工都不够文化，就会砌墙垒砖盖房子，要不就到搬家公司给人卖苦力，挣的钱全吃肚里了。就那些十六七岁的女孩儿，能找上轻巧的活儿，上饭馆当服务员、上发廊给人洗头啥的，没文化也凑合。可是往后咋办呢？结婚生孩子，一眨眼人就到三十几岁，到了芝麻那样的年纪，还能干啥？只能当保姆了。如今当保姆也不容易，看个电器说明书都费劲，还想指望人给你加工钱？一个村儿的人都这么稀里糊涂地过，还想生，生你个述！

芝麻的眼前一个个人影来来回回地晃，全是赵庄的人。她想起到北京后，第一次回老家，有个老太太问她说：你去哪啦？芝麻回答说去北京了。北京在哪哈？在北边儿，远着哪。你咋去的北京？坐火车。火车是个啥？着火了还能坐人？用牛拉着还是用马拉？芝麻咋跟她说也说不明白，笑得眼泪鼻涕一把一把地甩。芝麻去年春节回家，正是农闲时，家家的男人女人，都蹲墙根儿底下晒太阳，晒着太阳就瞎扯，说着谁家的媳妇孝顺、谁家的媳妇厉害；说谁家下了三条腿的牛犊、谁家的母鸡抱了窝……没太阳的日子，就聚在屋里打扑克。女人们都来家喊芝麻打扑克去，芝麻说咱玩牌就是玩儿，可不许耍钱啊。人说不耍钱玩个啥意思？芝麻说我没钱。人说你没钱谁有钱啊？你在城里那么些年，早就大款了。芝麻哭笑不得，玩上一晚上，输掉四块八毛钱，输得芝麻直心疼，以后再不敢了。不玩牌，也没个电视，黑灯瞎火的还能干啥呢？也不能天天吃了饭就上床吧。芝麻说咱聊天儿吧，你们有啥不明白的事儿就问我。有人就问：我听人说，老王家那丫头进城给人当保姆，说是住别墅里，啥叫别墅？是不是专给人栽树呢？芝麻说那哪是栽树呀，别墅是个房子，就咱这样独门独院儿的房子。大伙儿说，咱这样的就是别墅，那还上城里去干啥呀？芝麻给问住了，答不上来了。有人问芝麻，说当保姆挣钱容易，受气不受气？芝麻说那得看运气，东家要是好人，就不给气受。又有人问：听人说，当保姆就像扛长活儿那样，不叫一个桌上吃饭。你那东家，叫你在一个桌上吃饭不？芝麻回答说：我到北京这些年，都跟人家一个桌上吃饭。大伙都点头，夸芝麻有福。有个人插一句：不管咋的，咱再穷也不能让媳妇给人去当保姆，就说那在医院当保姆的，还得给人老头儿老太太洗……洗屁股哩。你们瞧南边儿狗蛋家，盖上新房了不是，可那新房全是狗蛋媳妇，天天给人洗屁股挣下的钱……大伙哈哈大笑，笑得喘不上气儿，笑得芝麻心里好难受。

就是这么些个人，年年月月，除了种下那一亩三分地，成天不是打牌就是蹲墙根，连个广播都懒得听，活该受穷哩。芝麻恨恨地想。还一个劲地生生生，生下这么些人，一辈子啥见识没有、啥奔头没有、啥好日子没过上，生下个人来，这人究竟为啥活呢？以前在老家时，芝麻不想这些。可现在咋就不一样了，芝麻就是不愿想，那脑子自己就转上了。芝麻下辈子假如能重新活一回，肯定就不这么活了。至少不能像村里人活的那个样。她忽然觉得，甜甜的妈前几天说的那个话，也不全对。甜甜的妈说芝麻的人分两半，身子在北京，心在老家，这话也只说对了一半。芝麻惦着家，是惦着自家的孩子，惦着赵刚和赵燕，将来不再像自己这么过一辈子。芝麻才不惦念老家的那些人，她压根儿不惦记那些人，她心里分明是有了瞧不起那些人的意思。还让她去给杏儿做假证，她不就成了跟那些人一样的人哩。

芝麻这一天，就这么七上八下地过去了。芝麻害怕电话铃声响,她发愁凤要是再来电话,她咋说才能断了凤的这个念头。

才一天过去,芝麻的脸就瘦了一圈,丹妮大惊小怪地告诉她。芝麻听了,倒是高兴起来,开始一天三遍地上洗手间照镜子,馒头从两个减到了半个。她想要是就这样瘦下去,不就不像杏儿了吗?不像杏儿就不用去替杏儿做孕检了。

这天上午,甜甜一家都上学上班了,李阿姨去医院给刘伯伯拿药,就剩刘伯伯一个人在家。电话铃声突然像只乌鸦一样呱呱叫起来。芝麻故意磨蹭着不去接,铃声响了好几遍,就听到刘伯伯在洗手间喊道:芝麻你接电话呀,说不定是你李阿姨在外头有什么事儿呢。

芝麻只好朝着电话机走过去。刚喂了一声,就听到了凤的声音,芝麻真想一下把话筒甩了,却不敢,拿着话筒,半天没说话,那话筒竟像砖头似的沉。

凤说:芝麻我听见了,是你呢。你就听我说一句,说完了你再撂不晚。昨天晚上,杏儿他男人又来电话了,让我告诉你,你给杏儿做孕检,不会让你白干。他说已经把杏儿的身份证寄出来了,只要你把孕检证办下,他就给500块,亲手交给你家喜树。

咋这多呢?芝麻脱口而出。

不少吧?赶上咱一个月的工钱了不是?凤的声音一下子欢实起来。杏儿他男人这几年一直在郑州捡垃圾,攒下不少钱呢,只要杏儿给他生下儿子,他可舍得花钱。你不用惦记着,他到时候要不给你,我替你要去!

芝麻说：他要给我钱，我更不能去了。我成啥人了？

咦，你看你。凤喷了一声。你这个死脑筋，在北京咋越待越傻了？你成啥人？好人，热心人，讲情义的人。乡里乡亲的，要是见死不救，那才是良心被狗吃了呢。钱是他愿给的，不是你要的。现如今都讲有偿服务，咱不亏心……

芝麻听着，觉得话都让凤说完了，自己啥话也说不出来了。

芝麻呀，咱都是女人，你就不替杏儿想想？凤又说。这事儿还真得快办，杏儿的肚子一天天冒尖儿，要是真让杨宝拐发现了，把杏儿绑上去做引产，你想她得遭多大的罪？芝麻你咋不说话呀？你就这么心狠？……你把地址告诉我吧，等我收到了杏儿的身份证，我就去找你，按杏儿的照片，再把你的头发整整，不能叫人发现了……

你别来！芝麻往刘伯伯的房间扫了一眼。我不要那个钱，我也不想变成杏儿。你别再给我打电话了啊。芝麻说完就把电话撂下了。话筒让她捏得潮乎乎地发黏，手心里全是汗。

刚放下电话，刘伯伯就从他房间出来了，手里拿着一张报纸，笑眯眯地看着芝麻说：来来来，我给你看一篇文章，写的就是你们河南泌阳的事儿。刘伯伯把报纸在茶几上摊开了，用手指点着一个大标题，说：你看看，这儿——有志不在家贫穷，农家女考上航天大学。来，你自己念念吧。

芝麻一声不吭地把报纸接过来，却不好意思念出声。上学认那些字儿，早忘差不多了，念得磕磕巴巴的，叫人笑话。就把报纸铺在膝盖上，埋下头看起来。报上说是一个农村女孩，父母都有病，家里穷得交不上学费，她用星期天和寒暑假的时间，到处捡塑料瓶子、硬纸壳和废旧物品，卖了攒钱交学费，从小学捡到高中毕业,学习成绩一直排第一,后来终于考上了北京的航天大学……文章有名有姓有乡镇和村子的地名,旁边还有那女孩一张笑呵呵的照片。人家也是捡垃圾呢,咋就能捡成个大学生?芝麻看着看着,鼻子一酸,眼泪就流了下来。

哭什么呢,傻孩子。刘伯伯在芝麻对面坐下来,拿起一把剪子,把报纸上这一大块给剪了下来。剪下来就递给了芝麻,叫她把报纸收好了,等麦收回家时,拿给赵刚和赵燕看看,说不定能鼓励他们好好学习呢。芝麻一边抹着眼泪,一边嗯嗯地应着,把报纸小心地叠成四方块,走到自己房间,拉开柜子,用手绢包好了,压在衣服底下。她一眼看见了柜子里的那个包袱,忍不住打开了,用手轻轻摩挲着里头的东西——那里有一套给喜树的秋衣秋裤,枣红色儿的,经脏又结实。还是春节前陪李阿姨去一个展销会的时候,早早就买下的,花掉了芝麻好几十块钱。有一条粉红色的连衣裙,袖口和领口都带着白色的花边,漂亮得让人眼都花了,裙子是丹妮给芝麻的,说甜甜一次都没穿过,就嫌小了,让芝麻回家时带给燕儿穿。燕儿要穿上这条裙子,全村儿的人还不都得来家参观呀。还有一沓子硬皮儿的笔记本和一盒彩笔,是甜甜的爸送的,说是给赵刚上学用……这些东西,芝麻经常在晚上没人的时候拿出来,在灯下一遍遍地看着摸着,那软和那鲜亮那齐整,看一回叫人喜欢一回,看也看不够。包袱越来越鼓了,里头的东西越来越多了,离芝麻回家的日子越来越近了。那块淡黄色的包袱皮儿一抖开,眼前就像一片金灿灿的麦地,芝麻闻到了麦子成熟的气味。那是阳光留在麦秸上散发的香气,是麦粒儿溅出的麦浆的香味。芝麻把眼闭上,也能看见刚和燕儿在麦堆上蹦着跳着的情形。芝麻合上了包袱,就去看墙上的挂历,麦收的日子一天天近了,还得给爹娘给公婆再买几身儿衣裳才行……

500块呢,芝麻脑子里跳出凤的声音。500块能给全家买下多少东西?最起码买下拖拉机的两个轮子,能给刚和燕交上一年的学费。平常日子,挣下500块钱,得养活两口大肥猪三十只大公鸡呢,是芝麻在城里干一个月的工钱……

芝麻忽然觉得,自己挂了凤的电话,像是丢了什么东西似的。

就是那天晚上,刚看完新闻联播,电话铃声又响了。芝麻不接。李阿姨在家呢。家里的电话,多一半是找甜甜的妈,丹妮只要一接电话,说起来就没个完。

李阿姨拿起了电话,听一会儿,对厨房喊:小郭,你的电话。

芝麻在厨房探出脑袋,一个劲跟她摆手,李阿姨不明白,又喊一声。芝麻轻手轻脚溜到李阿姨身边,贴着她耳朵问:男的女的?李阿姨大声回答:男的,我一听这河南口音,知道准是喜树打来的,说着就把话筒塞到了芝麻手中。

喜树?芝麻心里一颤。喜树到了是来电话啦?忙着拿过话筒,只听见里头一个男人沙哑的声音,冲着芝麻的耳膜吼道:芝麻你能耐了你!家让你办个事儿,咋就这费劲哩!

芝麻的嘴唇哆嗦一下,没来得及喊声公爹,那声音又说:杏儿有了难处,理该大伙儿相帮,他家就是不给钱,咱也得给办。不就是坐一趟汽车吗,也不叫你走着去!

趁着他喘气儿的工夫,芝麻赶紧插话说:爹,不是我嫌麻烦,是杏儿的事,这么干不合法……

爹打断了她：啧，天下哪有那些合法的事？你生燕儿的时候，也说不合法，现在不都长这大了？在乡里，人情就是法，你得明白，咱这的法，跟北京那地方的法，不一回事儿。

芝麻的心咚咚跳，她觉得自己的声音轻得都快听不见了。她说：杏儿该去引产，要不，将来生下了，罚那多钱，不值当。这钱要留着，给她家老大老二上学用，多好……

公爹的声音更加怒气冲冲：她家的事儿不用你操心。你就给我说一句，你去是不去？去了，咱全家都舒坦；你要不去……我和你婆婆，在村儿里咋还有脸见人哩……

芝麻拿着话筒，半天没吭声。那头喂喂地喊，喊了好一会，芝麻才搭腔说：喜树呢？我跟他说句话啊……

他干活去了，你跟他说，没用。你要再不听，我找你娘家人说去！你要不去，你……我看你以后咋有脸回来……

芝麻眼泪一下儿就涌了上来。听着话筒里传来的嘟嘟声，眼前模模糊糊的，一时竟看不清电话机的位置了。甜甜的妈快步走过来，把话筒接了，叹口气说：哎呀，你们河南人也真是的啊，集体轮番轰炸，够顽强的呢。看来，你要不去扮演一回杏儿，弄不好就得给开除村籍喽……

李阿姨点头说：要不报上老批评河南人，这一次，我算是领教了。

刘伯伯放下报纸，纠正李阿姨：不要老说河南人河南人，这是中国的普遍现象……

一家人七嘴八舌地议论着，芝麻一句也听不见了。她走回厨房，在小凳子上坐下来，用手掌捂着脸，想哭又哭不出，一肚子的气没处出，要是个高压锅，就该炸了。

这河南人是咋的了呢？芝麻懊恨地想，忽然记起刘伯伯有一次告诉她说,河南省的人口,已将近一个亿了。一个亿到底是多少,芝麻想象不出来。该是像闹蝗虫时候,满天空呼啦啦地来了沙尘暴,虫子落在地上,把麦苗盖得黑压压,看不见一丝儿绿了。芝麻春节回家,那火车车厢就像个大麻袋,把人塞得透不过气儿;行李架上座位底下全是人,比村头那个养鸡专业户的鸡场还挤。有一次芝麻买不上票,硬是从驻马店站了十几个小时到北京,站得腿都肿了,是憋尿憋的。在火车上可不敢喝水,喝了水上不成厕所,那车还没开,厕所就被占领了,里头能挤下三五个人。芝麻每次坐火车回老家,把带回家的钱,贴着脚底板藏在袜子里,袜子再穿在鞋里头。虽说走路有点硌脚,可每走一步你都能知道它在那儿,心里踏实,比缝在衣服里还保险。有个外村儿的老乡,把钱缝在秋裤的肚子那儿,半夜一迷糊就让人给掏了。你想那小偷该多厉害。芝麻想不明白为什么世界上会有那么多人,芝麻只知道那么多的人,大多都是穷,穷人争一锅饭吃,谁都吃不到嘴,吃不到嘴就偷就抢。人说兔子不吃窝边草,才不是,兔子饿急了,哪儿有草就吃哪的,管你是老乡是亲戚呢。前些年,芝麻那个村儿的高压线被人割走了,从村里一直割到乡里,割得那叫利落。芝麻家刚盖上新房,村里就断了电,全村人多半年使不上电,黑灯瞎火的,一直熬到县上拨了钱,重新给拉上电线。明知那贼就在眼皮子底下猫着,你没当场抓着,只能干瞪眼。你骂不死他,他装听不见。有一年芝麻家喂个猪,养到一百多斤儿,快出栏了,村里来个剧团唱大戏,家里人轮流守着猪,不敢听戏去。到了唱戏的最后一夜,芝麻忍不住去听了戏回来,实在困得不行了,倒床上就睡着了。第二天早上起来,怎么也推不开房门,喊后院的人来看,见房门被铁丝从外头拧上了,贼把猪偷了,还不忘把人关在里头不叫你追。再说村东头那个叫坏头的傻子,养着一头耕地的黄牛。坏头跟牛睡一屋,就怕人把牛偷了。可坏头一睡觉就跟死了一样,啥动静也听不见。有人给他出个主意,教他每晚睡觉之前,在牛的两个犄角上拴上两根绳,然后把那两根绳分别拴在屋两边的柱子上。还不够,再在牛腿上绑一根绳,拴在了坏头睡觉的床腿上。坏头有时也不傻,夜夜都照这法子办。有一晚,贼果然就来了,贼不走前门,在后墙上掏个大洞,人钻进来,把牛角上的两根绳儿不慌不忙地解了。凿了墙洞又牵牛,这么大动静,坏头还只顾打鼾做梦。幸得那贼没看见牛腿上还有一根绳,牵起牛要从那洞里出去,牛腿上的绳儿拽着坏头的床脚,把床一块儿拽到了洞口,床出不去,一动又一动,坏头的脑袋被牛尾巴甩得疼,才算把他给闹醒了。睁眼一看,后墙上好端端地出了个大洞,慌着钻出洞去,那贼早跑得没影儿了……

这种事,在老家稀松平常,就像鸡屎牛粪,一捡一大堆,说也说不完。芝麻一想起来,心里就恨得冒火。按芝麻的看法,这样的坏人抓起来,一个个都该枪毙了才解气。

芝麻把脸从手掌中抬起来,揉了揉眼。她觉得心里好像有什么东西在蹿动,一拱一拱,闹得她胸口一会儿热一会儿凉。她站起来,觉得腿有点儿酸,脑子倒是像刚睡醒一个好觉,透亮透亮的清楚起来。

不管咋说,芝麻可不想给农村人丢脸。她不愿让刘伯伯一家人瞧不起河南人。这一回,她偏要跟赵庄的人较较劲儿。她好歹在北京待了五年,她知道自己该咋办。

第二天早晨，芝麻等一家人吃了早饭，洗净碗筷，把几间屋子的卫生收拾利索了。然后从自己房间拎出一只鼓鼓囊囊的编织袋，走到客厅里，低头叫了一声李阿姨。

李阿姨抬起头，不由吃了一惊，她看看芝麻，又看看地上的编织袋，问道：

小郭，你这是干吗？

我要走了。芝麻回答，眼睛仍看着地板。地板被她擦得那么光亮，比老家的锅台还干净。她的嘴唇蠕动着，却发不出声音。她想说谢谢李阿姨一家人，三年来对她的关心，让她学到了许多做人的道理。她想说她也不愿意离开这儿，但如果不走，凤和老家的人，就会没完没了地找她，逼着她去做孕检做假证。她是没有办法才走的，她惹不起还躲不起吗，躲到一个凤找不到她的地方，凤就不会再来电话了……这么多话都堆在嘴边，却不知先说哪一句。

刘伯伯费力地挪着助步器，朝她走过来，颤颤地说：你要走？为什么？

我走了，凤就找不到我了。芝麻说。

大家都愣在那里。丹妮这天没上班，在家写文件，这时也走了过来。听了芝麻这句话，丹妮却不知为什么咯咯地笑起来。

丹妮的笑声却被一阵急促的电话铃声打断了。电话铃声像一只报晓的公鸡，催着芝麻出门。芝麻说：你们听，凤又来了，我说不过她，我不想跟她说话。

丹妮把电话拿起来，芝麻已经转身去开门了。丹妮在芝麻身后大喊：你等等，这是你家喜树的电话！你要走，也等接完电话再走啊。

当真是喜树？芝麻站下了。你可问清楚了，这一回，怕是我亲爹来电话了。

真的是喜树，他都说话了，他的声音我还听不出来吗？丹妮有点儿急了。

芝麻慌慌地把东西放下，抓起话筒那会儿，她心里忽地涌上那么多的委屈，一种酸酸涩涩的说不上来的滋味，堵在了胸口。她真想骂一声喜树你个混球，你开着拖拉机成天在外头瞎晃荡，美不死你！到现在才知道来个电话。再晚一会儿，你就找不着我了。可她只叫了一声喜树，张着嘴，说不出话来。

她只听见那个熟悉的声音，像一口大钟在耳边嗡嗡地响着。她听见喜树说，芝啊，我问你一句话：你是杏儿吗？

芝麻答道：我不是杏儿，我是芝麻。

那个声音震得芝麻耳朵疼：我不叫你变成杏儿，你不是杏儿，你是芝麻，明白不？

芝麻嗯了一声，嗓子像是被啥东西堵住了。

喜树又说：你别管那事儿，这儿有我哩。

喜树又说：要是能倒回去七八年，咱也不能把燕儿生下了。

喜树还说：其实杏儿也不愿生，她不会怨你的。

喜树还说：芝啊，你听着的吗？你倒是说话呀。

芝麻心里坠着的那个秤砣，砰地落了地。芝麻脚下踩着的棉花，变得像雪地一样瓷实。芝麻忽然间冲着电话大声嚷嚷说：喜树，你买下个拖拉机，咋不告诉我一声呢？

喜树咳一声说：你咋知道来？

芝麻说：你别管我咋知道，反正我是知道了。

喜树嘿嘿地乐。喜树说，不告诉自有不告诉的道理。一是怕她担心家的钱不够,硬拦不让买,反误了农时。喜树说,这多年,咱家有犁铧有耙子,就是缺个四轮拖拉机头,翻地耙地都得跟人借车头。这回自家有了拖拉机,拉化肥拉种子运粮食,麦收一完想啥时翻地就翻,再也不用求人了,这不比买个啥都强哩。

芝麻不吭声了。她想喜树说得也对,这些年,一到农忙的时候就发愁,你借人家的拖拉机,可人的车头没空,你就得等着人家使完了,再给你使,等来等去,农时等没了不说,还欠下人情。芝麻多少年就想给喜树买个拖拉机,可家没钱,只管想不管做。

那"二"呢?芝麻追着问,她还是不想轻易放过了喜树。

那个二嘛……喜树吞吐着。二是想……是想等你麦收回家时,我开着拖拉机去驻马店接你,吓你一跳,叫你高兴个死。就像电视里演的那样儿,给你一个惊喜。

还电视呢,就你会哄人。芝麻嘴里嗔怪着,心里猛地辣辣的热了。忽然想起那年回家,把家里的活干差不多了,抽一天空儿去走娘家。到村口遇上了朵儿,朵儿问芝麻去哪,她说去走娘家。朵儿说:你还有娘啊?芝麻说:谁没娘呢?朵儿说:你有娘,你娘咋不给你家拆洗被窝,你家的被窝咋那么脏哩,也不知道洗洗。芝麻说我娘有病,隔着一条河,哪有工夫呀。说完芝麻就去了渡口。一路上想着朵儿的话,越想越不对劲,心里那个别扭。看完了娘回到家,劈头就问喜树:我说,朵儿上咱家走得挺勤啊?她咋知道咱家被窝脏啊?你给我说明白了!喜树摸不着头脑,回答说:我睁眼就起来干活,两个孩子急着上学走,能吃上饭就不错了,那被窝一年也不叠一回,就那么掀在床上,谁来家都看着了,我咋知道朵儿就留了心哩。

芝麻不依不饶,她说为啥就朵儿知道咱家被窝脏了哩,谁知道她在咱家被窝里干啥事儿了?喜树生气了,说你别没事儿找事儿啊,你不在家那么多年,我要是不规矩,别说是个朵儿,花儿叶儿都该找遍了。喜树气得一根烟接一根烟地抽,赵刚和燕儿都叫唤起来:朵儿没来咱家,哪个女的也没来咱家……

芝麻细想起来,觉得喜树也真是不易哩。这么多年,一个男人带着两个孩子,又当爹又当娘,夜夜的被窝都是凉的,连个暖脚的人都没有,可喜树从没怨过芝麻一句话。芝麻忽然记起来,等回老家前,千万别忘了上街扯些布,让裁缝做上两个被套,带回赵庄去,就像城里人那样,往被窝上一套,就不用回回拆洗缝线了,又干净又方便哩,让喜树也提高一下"生活质量"。这么个不喝酒不赌钱的喜树,一心就想买台拖拉机,能算是个过分的事儿吗?

可芝麻偏不这么说。芝麻对着电话大声地问喜树:那个买拖拉机的钱,你跟谁借了?等家里欠下的那些账都还上了,再买不行?你急啥急?

喜树一点儿不急,稳稳当当地答给芝麻说:前些日子猪的价钱好,我卖猪得了两千多,又跟我弟弟借了三千,凑凑就够了。你想想,先把拖拉机买下了,一年半载就挣回来了。你算算,哪样划得来?家里原先该人的账,我跟人说了,人说先把利息给了就行……

芝麻仍是不依不饶:那车斗呢?买得起马你配不起鞍,买个车斗还得两三千块呢。

喜树的声音就有些结巴起来。喜树说车斗嘛,车斗好说。等下半年咱家老母猪再下了羔子,我把猪养大卖了,车斗的钱就有了。眼下嘛,眼下我钉个木头板架子车,安上两个旧胶皮轮子，叫拖拉机拉着，也一样好使……

芝麻忍不住扑哧一声乐了。

芝麻说：我要是不给杏儿家办事，麦收我咋有脸回呀？

喜树一时被难住了。喜树说：那就不回了，我花钱雇联合收割机收麦子，也中。

芝麻说：那秋收呢？

喜树说：秋收也不回了，我有拖拉机了，我跟人换工。

芝麻说：那春节呢？春节也不回，我就一辈子待在北京，再不回赵庄了。你再找一个能给你拆被窝的人吧。

喜树不说话了。他好像还没想过这个事儿。等了好一会儿，芝麻听见那声音从很远的地方传过来，喜树说：不回就不回，等我再挣下钱，我上北京看你去！

芝麻放下电话，坐在门口的编织袋上出神。她想还是喜树明白事理呢，有了喜树这句话，她就不怕了。但她走还是不走呢，要是不走，凤的电话又快来了呀。芝麻忽然后悔当初生下燕儿后，为啥不去结扎呢。她不该相信婆婆的话，婆婆说女人一结扎人就废了，后来李阿姨告诉她说，那种看法无知得很。芝麻要是结扎了，就不用每三个月去做一回孕检，能省下不少钱呢。芝麻要是早早地结扎了，凤也就不会给她找下这个麻烦了。

很多事情，为啥都得绕上好大一个弯儿，才能明白过来哩？

李阿姨走过来，拍拍她的肩说：好啦，这回踏实了吧。把包儿拿回你屋去，该准备做午饭啦。

芝麻迟疑着，仰着脸问：我不走，那要是凤再来电话，可咋办哩？

全家人忽然都哈哈大笑起来，弄得芝麻有点发蒙。

李阿姨板着脸说：你看你，说你是个傻郭，我看真是没说错。你怎么就不懂得一点儿斗争策略呢？难道你还用真的离开这儿，才能把杏儿躲过去吗？我教你个法子吧，你愿意不愿意，也只能这样了。从现在开始，三五天之内，有电话响，你就别接。家里的人都听好了啊，谁接上电话，有人找小郭的，就说小郭走了，不在这里干了。对方如果问小郭去哪儿了？回答说不清楚。大家听明白了？

都说听明白了。丹妮笑着又加一句：这回轮到咱集体作案了。

芝麻不好意思地笑起来，想想自己确实是够傻的。这一招，可把凤和杏儿还有公爹，全给治住啦。到底还是城里的人"贼"啊。

芝麻走进厨房去，一边淘米择菜，心里却被一粒细细的沙子硌得慌：就算照李阿姨说的办，芝麻不也说了瞎话吗？只不过骗的是凤和杏。像凤那么精的人，怎么会不知道芝麻是故意为了躲她，才"走"的呢。凤那张嘴是不会有好话说给杏儿听的，公爹还不定怎么生气咧。要不了三天，全村儿的人都会知道芝麻是个坏良心的人。你就是有一百张嘴，也没法说清了。

一年多了，芝麻就盼着麦收时能回家，麦收眼看快到了，她却回不去了。

一条命还没出世，说不定就没了，也真是可怜呢。芝麻轻轻叹了口气。人活这一辈子，到底是图个啥呢？她问自己。人生下来若是受苦，莫不如不生哩。转念一想，心就狠了起来。

芝麻有些发愁地望着窗外。城里的楼房叠着楼房，汽车追着汽车，人挤着人。灰灰的天空，往南望去都是云。她觉得赵庄突然变远了，远得生分，她找不着自家的屋了。

写于 2003 年

荧惑

夏天的傍晚,我走出地铁口,穿过一片高楼之间狭窄的阴影。一抹惨淡的晚霞,挂在楼顶一角;黑压压的乌云,从另一边卷过来。狂烈的干热气浪,吸尽了国槐青杨元宝枫树干内储存的水分,树叶一片片软软地耷拉下来,好像被抽去了经脉。行道树上热衷于发表意见的蝉鸣,集体沉默寂静无声。它们究竟是呼吸暂停还是睡着了?无法确定。

正是高峰时段,马路上车流蠕动,却仍然觉得城市空空荡荡。蒸腾的热气里,潜藏着一种莫名的不安,唯有路边一排粉红色小花开得正旺。不太确定持续的高温是否意味着副高压带控制?还是即将形成强烈的对流云团?总之,夏季的暴风雨或是台风迟早会来,或许还有洪水。不过这些与我无关,我只关心今天是否会下雨,因为我没带伞。

奄奄一息的街市渐渐复活。走过一条小路口,见路边的夜排档已经开张,一张张白色的塑料小圆桌铺排开去,啤酒烧鸡花生米煮毛豆,烤肉串冒着烟雾,人声喧闹。前几年已经取消了街边烧烤,淄博火了以后,如今墙边被允许摆摊儿撸串,脏乱差总比关闭的卷帘门好些。然而,落下的卷帘门还是太多了,我知道那里曾是门口排队的奶茶店、挂满衣物的洗衣店、香艳的鲜花店，一夜消失了。

我急急赶路，像风火轮上的哪吒，滑过路边两个衣着靓丽的女孩子。她们是双胞胎吗？大大的眼睛，尖尖的下颌，标准化或是格式化的那种漂亮。金黄色的吊带衫，粉红色的短裤，露出一圈白皙的腰肌，像两根剥开的彩色雪糕。曾在抖音上撩过一眼，今年夏季青春装流行色彩鲜艳的"多巴胺"风格，是多巴胺刺激了时装，还是时装刺激了人体的多巴胺？我的目光扫过周围，搜寻那些街拍爱好者是否藏在树干后头偷拍女生。也许他们去了时髦的CBD商圈？不确定。

走过一家星巴克，大玻璃门正在开合，出出进进的人，拎着黑色的公文包。从大玻璃窗望进去，里面竟然很拥挤，小圆桌旁围着一些男人，埋头在笔记本电脑上，像是有干不完的活儿。有一次我曾问过蕾表姐，他们是在模仿巴黎咖啡馆写作的诗人吗？她摇头：这些人，都是所谓的慢就业者，躲在这里假装业务繁忙。

乌黑的云团卷压过来，似有一股不可阻挡的力，正从天穹深处涌现。像极了如今ChatGPT与生成式AI的奔涌浪潮。云中传来低沉的呼啸，而地面则无声无息。明暗各半的天空，像一条老化的塑料布，在风中被撕扯。那些翻滚的云层，会不会裂成碎片，像雪花一样飘落？

碎片是我们生活的常态，尘土般的微粒已填满所有的空间？

我不太确定。大多数情况下，我总是忐忑犹豫。

唯有一件事可以确定：此刻我正去往蕾表姐公司，每隔几周她会约我在办公室见面。她有一间宽敞明亮的办公室。在那里我不喊她表姐，而是称呼她：蕾总。

最近我与蕾总"失联"了，无论试图和她语音通话、语音留言或是发文字信息，微信始终保持静默。蕾表姐一向是个"靠谱"的人，事无巨细都要操心。唯一的可能是累病了？她曾"透露"手头正在操作一个AI大项目，有点神秘。

平时我很少与人交往，高中、大学同学以及阶段性的同事，走着走着就散了。唯有蕾表姐是一个例外，像一块磁铁吸附着周围的铁钉。自从疫情后我"灵活就业"以来，大部分时间都躺在床上沙发上看书，我原本就是文科生，喜欢历史文学哲学书籍还有网上的博文，不敢说博览群书，日过几万字稀松平常。看得眼睛酸涩，戴上耳机听音乐，或是刷手机快手抖音，短视频一条条蹦出来，就像西北那种名为"一根面"的面条没完没了，不确定在哪里咬断。偶尔也浏览科普读物，却攒下许多疑问。两年下来，我终于活成了大学时代曾经嘲笑同学的那种"知道分子"。其实呢，做一个知道分子并不容易，一旦掌握了基本常识，没人再敢忽悠我。在我看来，这个世界所有一切都是不确定的，不确定肯定是确定的。只是我懒得与人分享。我对自己的懒散惰怠比较了解，但我不想改也改不了。

一周前蕾表姐曾微信我，说这几天让我去她的公司一趟，要和我谈点事儿。我猜想肯定与科技有关。蕾表姐是要给我补课吗？不确定。可以确定科学知识是我的短板。然而一周过去，她好像已经把自己的邀约忘记了？

刚刚我在床上刷手机，一条信息忽然从微信里蹦出来：下午我有点空五点钟你过来——蕾表姐从不使用标点符号，这个读秒时代，标点符号会影响输入速度，她一直生活在速度里。她的微信头像是一粒暗红的星球，远看像一只即将成熟的石榴。蕾表姐微信名叫火星，是去年新改的，我不确定她是否迷上了火星。

蕾总从不邀请我去她家聊天，我已经很多年没见到那个表姐夫了。我也不愿让她去我家，我的小房间太脏太乱，仅有的一把椅子嘎嘎作响。再说，父亲如果知道蕾表姐来了，会抓着她讨论数学的圆周率是否能被除尽，说个没完。

二十年前，我小学还没毕业，蕾表姐已是当年本市的高考状元，考入国内一家名牌理工大学，本科毕业后全奖去美国麻省硕博连读，又去硅谷打拼了几年，然后海归。她学的是自动化专业，一起步就在科技应用领域的前沿。十年前回国，开了一家小公司，代理国外的几款先进软件，销售业绩相当不错，一年后就开上了奔驰车。没过几年，蕾表姐的公司扩大了规模，公司董事长是蕾表姐的闺密，闺密玩一把风投，公司丢给她，不过问具体业务。蕾总找来一些"有情怀"或是各种动机的人，成为她的股东与合作伙伴。蕾总担任总经理后，公司的发展速度变成了百米跨栏障碍赛，她说一口流利的美式英语，一年出差好几趟硅谷或是以色列，就像去逛商场，但她恰恰很少逛街。你看她平时走路的姿势，像极了一头昂扬的长颈鹿……以上这些都是听我妈妈说的，她认为蕾蕾是我家堂兄表妹的优秀榜样，让我向她好好学习，所以从小我就躲着她，避免作为一种优劣的对照物。一直等到我大学毕业参加工作以后，经历了多任废物老板，才发现蕾总每次的重大决策都比别人快一步。不过蕾总仍然和表姐夫住在结婚时的房子里，除了那辆开了多年的奔驰。她好像永远没钱，因为她把所有赚的钱都用来投资了。

我看一眼手机时间，已经四点多了。我在手机上双手击键：好的马上！

我看见自己的头像飞速弹了出去，一座火星探测器瞬间在火星上降落。这是蕾表姐替我设置的，可以确定，她痴迷于所有的电子设备。我一边跑下楼梯一边猜想，她究竟找我干吗呢？她明明有助理，总不至于让我帮她去小店铺修拉链吧？蕾表姐善于处理公司的一切事务，就是不善家事。我妈妈曾用不屑的口吻做出评价：你表姐啥都好，就是少了烟火味儿。她没当过妈，缺点妈味儿！

我和蕾表姐似乎处于地球的南极与北极，我是浮在冰面上陷入沉思状态的白熊，她是小步快跑风雪无阻的企鹅，虽然外观都是白色，但企鹅有翅膀，白熊没有。

进了那家外观一般般的写字楼，上电梯到9楼，拐弯就是蕾总的办公室。门敞开着，几个中年男子，在沙发上围了一圈，耷拉着面孔，有人提高了嗓门，分明在气恼中，气氛有些紧张。我进也不是，走也不是，只好站在门边发愣。顺便环顾了一眼蕾总的办公室，发现原来墙上的一幅图片不见了，换上了一面大屏幕，正对着蕾总的办公桌，蛮有气派。窗台上摆了一盆新鲜的绿植，也许是绿萝也许是文竹？不确定。反正过不了多久，它们都会枯萎下去，因为她经常出差，就连仙人掌都养不活。

蕾总坐在靠窗的办公椅上，正低头看手表。她喜欢用腕表确认钟点，而不是用手机。通常她戴一块银色的欧米伽坤表，白色的表带，把时间分分秒秒绑在自己手腕上。镜片下的每一瞥，时针都不可能从她指尖溜走。每次看到她的手表，都会使我想起达利那幅画《记忆的永恒》，扭曲软化的钟表，悬挂在荒原上，变形的时间软塌塌地流下来。有一次我用不屑的口吻说,手机早已成了身体的一个器官,如今谁还看手表呢?表姐坚决反驳:你看,每次用密码打开手机屏保,打开微信,再找到时钟,最快也得10秒钟。手表呢?一抬手即刻而知。她看了一眼手表,意识到回答我这句话用去了10秒,显然有点心疼。

旁听一会儿,我大概明白了,在座的都是智汇公司的小股东,前来兴师问罪抱怨责问施加压力,顺便讨个说法。大致内容如下:

……如今人工智能闹翻天了,上半年还在说元宇宙元宇宙元年,下半年又来了一个AI,就是那个ChatG……GTP,哦,不对,是GPT(读起来有点费劲,打了磕巴),蕾总曾在股东大会上讲解过,我还是没太听懂。据说这个东西无所不能,将来会计律师医生建筑师那些岗位都要被它取代,那么,难道连我们都要失业了吗?据说这种ChatGPT还有自我学习功能,可以代替人脑思考,那么,将来中学和大学统统都可以关门了?智汇公司热心投资ChatGPT大模型,但是上半年已经过去,公司的财报还没出来,只好登门拜访。你一再说智汇公司会有效益,可我投了上百万,三年过去,公司一分钱分红都没。去年年底公司的财报利润是零,今年已经过半,弄不好还是一个零?你得给我们说清楚了,这种所谓最先进的AI大模型,可有靠谱的盈利模式?哪天才会盈利?

蕾总无动于衷地倾听完毕,快速回应:

你们说得没错,公司去年利润是零。你们做好思想准备,今年公司的利润可能还是零甚至负数。ChatGPT为啥又叫大模型?它由海量的数据训练而成,用来生成无限量的新知识。数据也称语料,需要进行人工采集输入,所以才叫人工智能。智能机器人进步的速度太快了,甚至超过了人类的预期。你们只知道微软谷歌英伟达,但你们听说过今年开始的国内百模大战,还有七国争雄吗?AI 行业正在加速洗牌,进入了 ChatGPT 的激烈竞争,赛道已经响起了发号令,已经有几十家公司获得了备案许可……

有人嘟囔:听说过百模。那都是国内顶级大公司,我们顶多给人做配件……

蕾总立马振奋了,镜片后面的目光像是刚刚充过电……

大公司都是小公司发展来的。我负责任地告诉大家,智汇公司的几个项目,已经排进了 GPT 行业的排行榜。今年的零,不等于去年的零,我们的努力是有成效的。一旦获得了那个关键的 1,前面所有的零,都可以无限增值!

众人哑然。

蕾总终于看见我了,她指了指门边的一把折叠椅,示意我坐下。

现在我给大家演示一下。蕾总把桌上的笔记本电脑转了 90 度角,我赶紧站起来,走过去歪着脑袋看屏幕。她一边移动着无线鼠标一边说:你们看仔细了,这是一种 GPT 生成式软件,最简单的那种。我输入"流水""小桥""芳草""鲜花"几个英文单词,然后让它开始工作——

瞬间,屏幕上出现了一幅色彩鲜艳的图片,绿色的草地、白色的流水、棕色的木桥、紫色的藤萝花,结构错落有序,画面完整,带有西洋油画风格。

再轻轻动了一下鼠标,画面变成了黑白色的水墨画。

你们有谁向它提问,无论什么问题它都能回答。

那些人想了想,一个头发谢顶的男人问:

智汇公司什么时候能盈利？

蕾总把它译成了英文。

GPT回答（英文）：当它的智慧被运用在最恰当的地方。

众人相互交流了惊诧的眼神。又有人问：机器人你到底是人，还是机器？

GPT回答：很快会诞生仿真机器人，但在它拥有自主意识之前，它并不具备真人的属性。

我一时兴起，凑上去，亲手打进了一行字，存心为难它。它很快回答：

十年前的传统观点认为，人工智能首先会取代体力劳动岗位，然后是知识型劳动，再然后，有一天可以做创造性工作。现在看起来，它会以相反的顺序进行。

你确定吗？——确定！

我不得不承认，这个家伙厉害的。

蕾总站起来，微笑着说：以前的AI是人工智障，只能给人类做工具。但是未来呢，说不定人类只能给AI做助手了。

那些股东沉下脸，显然不愿再和难缠的GPT纠缠下去，先后借故离开了。

蕾总把门关上，风轻云淡地丢下一句：这些人，在背后议论我是"自嗨"，自嗨有什么不好呢？我就有这样的自信！总有一天，我要让他们都嗨起来！

她拿起一只遥控器，把办公室的顶灯线灯壁灯全打开了，雪亮通透的灯光下，蕾表姐像一面发亮的荧光屏站在我面前。她亲自为我冲咖啡，丝毫没有抱怨的意思。

眼前的窗玻璃模糊下来，街市渐渐隐没在昏暗的天幕下。望着窗外，对面的楼群窗户星星点点地亮起了灯光，明亮的楼窗与黑暗的天空，被划成两个不同的场域。那么，对面楼窗的人看过来，这个房间是否像一个小舞台，有一个正在自嗨的身影，跳过商界俗世的藩篱，沉醉于她内心隔绝的空间。这个充满活力的女人，与那些路上匆忙或是悠闲的行人，有关系吗？不确定。

蕾表姐说她这里只有速溶雀巢，没有卡布奇诺。

她知道我喜欢卡布奇诺，那层厚厚的泡沫，可以把嘴巴藏在里面。

未未，你知道我最近在想些什么？她叫我的名字。听起来就像是：喂喂！我觉得喂喂不错，模糊的，虚空的，没有所指，就像本人的一个代码。

不清楚，我没有特异功能，蕾总。在老板面前，必须谦虚谨慎。

我告诉你啊，我的脑子里总有一串串问号盘旋，像一架架无人机。

无人机？它们飞去哪里？

它们载着许多问号，飞着飞着就不见了，或许飞向了未知的未来。

未来？我斗胆反问。未来太奢侈了，那是埃隆·马斯克才关心的事情，你的公司目前最需要创造利润……

目光短浅！蕾表姐打断我，语速加快：我听见了未来的敲门声。不不，没有敲门声，是电子锁无声解码。这个世界将会发生彻底改变人类古文明直到现代文明几万年的大变局！也许是第四次工业革命。但是并没有太多人意识到机会或是危机的来临去思考人类如何应对变革！刚才那些股东，总对新事物抱怀疑态度,缺乏远见,而今天这个时代,更需要科技头脑的超前目光……

她苍白的脸浮起一层红晕,像是被自己感染了。

哎,未未你说,十年二十年以后,这个世界会是什么样?

这个问题很难回答。以目前这般的神速,十年后的世界基本是科幻了。

想起几个月以前,有一次蕾表姐忽然微信我,让我到她公司去一趟。我猜测除了去小铺子修鞋子,也许会有其他不寻常的事情发生。

蕾总的办公室,靠窗一张"老板桌",几乎有一张小床那么大,上面是电脑、文件,堆满了电子产品。靠墙还有一排长长的铁柜子,锁着什么样的秘密?她把桌上的一个纸盒打开,拿出一个奇怪的东西:黑色的环形圈圈,像一只头盔或是紧箍咒?前面有一副凸起的眼镜,像以前看立体电影的那种3D眼镜,更像是一条盘起来的眼镜蛇。不太确定。还有两只无线的白色"吊环"分别抓在手里,那是遥控器。蕾总口令:把它戴上!我就乖乖戴上了。蕾总指示:把按钮打开!我就打开了。蕾总问:你看到前面的小屏幕没?看见了看见了!点击你喜欢的那个屏幕。我就伸出食指,点击了一个闪亮的"多巴胺"屏幕。屏幕瞬间放大,出现了一片深蓝色的海水,五颜六色的海滩,一些穿着比基尼的女孩子在走来走去或者躺着晒太阳。她们距我那么近,我看见她们丰满的胸脯上滚动着晶莹的水珠,被海水打湿的头发上披一层细沙……

我忍不住伸出手去,试图摸一下其中一个漂亮女孩的头发。

却什么也没有,我的手是空的。空气从我指缝里流过,我什么也没抓住。

她们明明是"活"的人嘛,在我面前蹦蹦跳跳。难道我出现了幻觉?

我又选择了另一个屏幕:一辆红色的跑车飞一样冲我开过来,越来越快,我来不及躲闪,跑车从我身上碾压过去。我尖叫一声,腿脚都断了。我肯定流血了?我摸自己的手,感觉不到疼痛……

好了好了,停下吧!蕾表姐的声音隔空传来,变了腔调。

我把头盔摘下,眼前的屏幕瞬间全都消失了。这是魔术还是巫术?它是真的,但又不是真的。我诧异地盯着蕾总,两腿似被施了定身法。紧箍咒在我手里捏出了汗,这条眼镜蛇分量很重。

我忽然大喊一声:传说中的元宇宙游戏吧?三维世界?

蕾总哈哈大笑:让你开开眼界!这只是元宇宙游戏的广告片!好玩儿吧?

早就听说过元宇宙游戏,原来是3D的加强版?不过元宇宙科技含量更高,不需要大屏幕,随时随身戴上"眼镜蛇"就可以呈现了。每一个观众都置身于逼真的环境中,比如大海冲浪草原骑马悬崖攀登珠峰登顶侠客亮剑饕餮大餐降魔谍战破案,你可以变身超级大老板住在世上最奢华的别墅里、你可以当上总统走过红地毯、你可以成为超级巨星在演唱会上受到万人欢呼、你身边簇拥着无数的美女……面对元宇宙,你将美梦成真,天下无敌!在这里,你能实现所有的愿望,包括那些隐蔽最深的欲望……有学者认为,元宇宙将建立一种另类的空间感,建立社会新的组织方式以及结构方式,使得社会群体的相互连接成为可能。

但我并不觉得元宇宙游戏有多么诱人，反而产生了一种被欺骗的警觉。我偶尔也在网上浏览最新科技动态，但我对所有的新奇事物，一般都以怀疑开始，以拒绝结束。我用警惕的目光盯着蕾总手里的那个"紧箍咒"，她拿在手里摆弄，就像在玩着一条被驯服的眼镜蛇，一边说：

未未，这个仅仅是元宇宙的初级阶段，未来的三维仿真游戏，几乎可以满足人的所有愿望。人不再需要努力工作，而是沉迷于元宇宙提供的虚拟幻象之中，自我欺骗、麻醉，令人为此疯狂，巨大的商业利润绑架高科技产品建立新的商业模式，没有一道法律能够禁止它在未来泛滥成灾。但是，尽管这些产品具有无法估量的商业价值，我的智汇公司目标绝不在此！我有更重要的事情做，是对社会发展进步有重大贡献的那种，而不仅仅只顾自己赚钱。今天让你来体验一下，就想提醒你千万不可沉迷这类游戏……

我连连点头。我一向对游戏很不屑，那是打工者与初中生的娱乐活动。我喜欢刷短视频，短视频涉及的内容太广阔了，那是另一个真实的世界。短短几分钟就可以看到逼真的社会现实还有智者的良心话，讥诮锋利有声有色，丑陋的美好的，用碎片填满破碎，用碎片拼接碎片。假若生活中没有短视频，就像《失明症漫游记》描述的那样了。

那一刻蕾总的眼睛像眼镜蛇一样凸起，发出幽绿的亮光：

不过我反对极端！假如有公司开发出更高级的游戏软件，比如，移民火星的元宇宙游戏，那时我愿意戴上这副眼镜去登陆火星！

回到了眼前的蕾总办公室，我决定实话实说：

十年二十年以后无法预料，生活也许会变得美好，也许更糟,不确定。顶级科学家也无法预测未来。我只是有些担忧:假如ChatGPT替代了大多数工作岗位,只剩下2%的人在创造价值,那么98%的人是否都就没有价值了?与此同时,一艘一艘星舰,正在搭载地球精英陆续逃往火星?

Nonono!蕾表姐打断我,她一着急就会使用英语单词,好像这样更有表现力:那不是逃往火星而是移民火星。平行宇宙中有多少未知的星系呢?或许人类就来自其他被废弃的星球?你若是用未来视野看世界,就知道地球资源终究会被人类用尽,人类必须要开拓新的居住地……她不顾及我的感受一口气说下去。

那么人呢?人在哪里?我更关心人的未来!我在心里反驳蕾总:没有人文的科学,科学为谁服务呢?我更想知道人类在毁灭之前,究竟如何生存?就算未来家务全由智能机器人担负了,比如ChatGPT绝顶聪明,能帮人考试考级、给人看病理财翻译、做饭洗衣打扫卫生;未来的城市上空,飞翔着地空两用的电力飞行汽车,再不担心马路上塞车;家里安装着完美的监控系统,你可以在东半球监测西半球的父母有没有跌倒?(最近我老爸已经跌倒了两次,幸好我在家)。那又怎么样?未来人怎样才能活得快乐无忧?未来人是否还相信爱情呢?不确定。

喂喂,你对未来的理解肤浅了,让我失望。蕾总不屑地瞥了我一眼。未未同学,你对任何新鲜话题至少要怀疑三次。如今,其实很多人都在一点点死去,从麻木的四肢直到神经系统,僵硬!麻痹!就像得了渐冻症。这种病明显具有传染性。

我一时无法和蕾总争辩,颓了。我的知识存储量明显不够,只好闭嘴。

这一次科学技术革命，几乎等同于神的创世纪！未来的世界会彻底变样，目前所有的生活方式都会被替代！蕾总豪迈地宣告，像是在股东大会上讲演。

那一刻我想起老爸。他是一个沉默寡言的男人，一生的话似乎都早已说完。我的妈妈是个爱讲话的女人，于是就和另一个爱讲笑话的男人走了。老爸亲手为她打包行李，妈妈走了以后，他变成了一个哑巴。

奇怪的是，前些天，老爸突然说话，一开口石破天惊：

小未，地震了！难道你没发现？脚下的地板在抖，我的骨头都要被它抖散了。你看，我的胳膊也在晃荡！如果不是地震，也是火山爆发，或许是小行星撞到了地球？你去帮我查一查……

老爸的筷子在抖，肉片掉在桌上；老爸端茶杯的手抖，茶水泼在地上；老爸看报纸，报纸发出响声；半夜里我被隔壁老爸的床铺摇动吵醒，妈妈走了以后，很久没有听见床的震颤了……

我奉命去抖音帮他搜索新闻，无数字节抖动跳动飞速掠过，全世界的八卦新闻爆棚，也许有一半都是假消息。没有地震没有火山爆发，只有远方传来听不见的战争炮声。龙卷风飓风森林大火远在一万多公里之外的太平洋西岸，传递到八达岭长城有相当难度。几天以后，我陪老爸去医院神经内科查了一查，折腾几番，确诊老爸处于帕金森综合征早期。我的脑中第一个念头：帕金森综合征会不会遗传？

此时，面对蕾表姐自信的预言，我忽然明白：老爸的帕金森来自地球的深层震颤，或是外太空的太阳风与星际穿越。电磁波、暗物质、波与粒，分分钟都在穿越人的身体。老爸是一个退休的数学教师，第六感官的灵敏度异于常人。或许他接收到了这些异常信号，但是他无法使用ChatGPT进行数据分析，只好把震荡感纳入自己体内。此刻坐在这里的人，应该是我老爸而不是我。

为了转移话题，也为了回应蕾表姐的惊人之语，我把老爸的反常表现告诉了蕾表姐。

蕾表姐果断回答：那就对了！科技革命必定在人体内引发激烈震荡。大模型会迭代升级，泛行业应用。今天向你剧透一下：我创建智汇公司十年来，一直在积累知识大数据，已经给几百万本行业书打了标签，也就是IT的行话——语料！备好了语料，就像储备了丰富的食物，才有条件创建多模态的行业大语言模型。

我弱弱地问：难道，我爸的病，要等马斯克的脑机接口芯片来救？

在未来，帕金森综合征渐冻症阿尔茨海默病抑郁症，所有神经系统的问题，都不是问题！

蕾总的兴趣点显然不在我老爸那里。她陷入了持续兴奋：

未未，今天我请你来，就想给你演示一下ChatGPT，让你了解大模型。我在IT行业十几年，心里一直有个大目标，说远大也不过分。智汇公司产品开发绝对不走模拟仿真这条路，我想建一座专业的知识图库，留给未来使用。ChatGPT生逢其时，可以帮我实现，也许很快就可以实现！过几天，我带你去一个地方，你才会了解蕾表姐这些年都做了什么……

我连连点头表示同意，把疑惑的目光移开，懒得问一声到底要去哪里。假如我对此发出异议，我死亡的速度还将更快。蕾表姐发表意见一向犀利精准，甚至可以精确到百分比后面再加小数点。虽然我还不到三十岁,如果不是还有这个蕾表姐管着我,我也许早就不在人世了,我指的是精神上的死亡。虽然有一次我愤怒地把一本书朝她丢过去,差点把她的眼镜砸落。她把书捡起来,狠狠地拍在我屁股上。谁让她是我的表姐呢!

我暗暗猜测,她要带我去的地方,不是工厂就是油田。这几年智汇公司的工程师一直在各个厂家来来去去,把智汇公司的智能芯片,安装在各种产品的流水线上,比如汇源蒙牛椰子汁,二维码对每一件产品的包装盒自动检测筛查,节省90％的人工。然后他们又开始进军油田,在每一口油井上安装一台智能管控仪,回收生产参数,自动调节油与水的压力,据说已经安装了上万口油井,稳油控油的效果不错,也挣到了一些钱。

其实我已大概了解到,蕾总眺望油田已经好多年了。最近几年她的宏大理想猛然升级,打算用 ChatGPT 在油田建立知识工程。通俗的表达就是创建油气大脑,也就是油气知识图谱——这个计划听起来很美好。

但我对油田一点都不感兴趣。我只听说过油管但没见过。尽管蕾总一再给我上课,告诉我新能源虽是未来的主力能源,特斯拉生产各种型号的新能源汽车,即将占领国际汽车市场。但油气依然是能源储备的稀缺资源,人的衣食住行都离不开油气。比如说可口可乐冒泡的那种气体,也是石油化工产品……可惜我不喜欢喝可乐。蕾总为我描绘的原油前景,我基本无感。

假如蕾总你能带我移民火星,也许还值得我考虑一下。不过那个星球上全是荒漠沙丘,没绿树没有液态水,火星也没啥吸引力。即便你买得起星舰的船票,我还懒得去呢!比如,早上我起床,毛巾被蜷成一团像一只猫,晚上临睡前,那只猫还是保留着原来的姿势一动不动地趴在床上。我哪里都懒得去。

蕾总在那排文件柜里翻找资料，动作有点烦躁。手机响铃，她也不接。

蕾表姐凡事依赖手机，手机从不离身。有一次我无意中拿起她的苹果手机，比我的手机重多了，可见容量很大。她炫耀说，手机就是我的移动办公室，公事私事所有的事一部手机搞定！还可用它直接给高管发工资！

蕾表姐的眼镜片闪闪发光，她戴眼镜不是由于近视而是矫正远视，因为她总是看得太远。她喜欢穿蓝色系的衣裙，深蓝浅蓝天蓝灰蓝，每次见到她，好似遇到了一片天空。她习惯穿平底鞋，也许是为了加快走路的速度，一路过去，刮过一阵穿堂风。因为我缺乏鉴赏能力，不确定是不是名牌。作为公司的CEO，平日里她不是出差就是开会，不是接电话就是打电话……一天工作十几个小时。春节时全家一起吃年夜饭，表姐夫抱怨说，她每天晚上回到家，总是累得话都不愿说了……

这就是我和蕾表姐的差别。蕾表姐热衷于危言耸听，而我常常无动于衷。我每天都松松垮垮无所事事，拥有大把大把的时间消磨生活。偶尔考虑一下我应该做些什么，但总是无法做出决定。而她永远没有时间，因为她要一一去落实那些已经决定的事情。不过，我也能感觉到自己的小变化：自从今年春天在蕾总办公室看过那条"眼镜蛇"之后，我开始悄悄关注科技信息，重读《时间简史》《未来简史》，读得越发一头雾水。这是为了蕾表姐还是为了我自己呢？不确定。

你上我的车，我送你到地铁站！蕾表姐站起来，她惯常的速度回来了。

她从公司写字楼的地库里把车子开出来，以前的那辆奔驰，已换成了一辆白色的特斯拉。蕾表姐也许是这个城市最早的特斯拉客户。在她眼里，特斯拉完美得像一粒钻石。

我看不出特斯拉和其他的汽车有什么不同，因为我根本不会开车。但我无所谓，我不需要汽车，我对任何高级物品都无所谓。

我在副驾驶位上系好安全带，有什么东西硌得慌，原来是一张金灿灿的卡。我猜一定是她不小心掉出来的，把卡递还给蕾表姐。她瞥了一眼，笑笑：哦，高尔夫球场的年卡，一次也没用过呢。又加了一句：那些电视剧里，总把企业家写得纸醉金迷喝酒养小三，但我周围的大多数企业家都在疲于奔命。比如我吧，你信不信，我已经十几年没进过商场了……

这会儿我们挨得很近。有一刻她的头发擦到了我的额头，有点痒。我闻到了一股头油味，她好像几天没洗头了……忙成这个样子，她哪有时间陪伴表姐夫呢？侧脸看去，无意中窥见蕾表姐白皙的脖颈，那一瓣莲子似的圆圆耳垂，竟然没有针尖般的耳朵眼儿，怪不得蕾表姐从来不戴耳坠。

天已完全黑了。蕾表姐的车速很快，在车流中游刃有余地穿梭，我担心她会追尾。车灯晃过萧条零落的店铺，昔日的霓虹灯招牌暗淡无光。她的目光掠过路边冷清的街市，还有路边茫然麻木的行人，快速发表感想：

未未你说这些人群中有几个人能明白一场深刻的变革正在到来，是人们绝对无法想象的全新的生活方式，他们如果不改变自己，早晚会变成那个98％！

蕾表姐走在路上，与一般的中年人没啥两样，看起来只是一个普通平常的女人，却有一种无法描绘的魔力，在她褐色的瞳仁里闪烁，我不得不时时低头躲避那些亮光。

幸好此刻，乌黑的云团融入了黑暗的天空，雷暴的至暗时刻并没有来临。

我被她的特斯拉无情地甩在了地铁站，车轮重新启动，迅疾地消失了。

那一刻忽然意识到，她最后的那句话，其实针对我！

我决定回家好好做功课，关于AI、关于未来。

我和蕾表姐总是在某处断开链接又在另一处重新链接。

很多年里，蕾表姐与我并无太多交集。她其实并不是我的嫡亲表姐，我的亲舅妈早早过世，没留下一儿半女，我对亲舅妈早已没印象了。后来舅舅又娶了新的舅妈，新舅妈带来一个八九岁的女儿，也就是现在的蕾表姐，那时我还没出生。据说舅舅对她十分宠爱，但她从不娇惯自己，特别懂事也格外用功，各门功课的成绩总是满分，就连出国留学都是拿的全额奖学金，让我们这些表兄妹对她充满羡慕和嫉妒。她从国外回来以后，人长高了，五官眉眼变得舒展自信，散发出一种成熟女人的气息，坦白说有点盲目地吸引我。

我妈妈还没离家出走之前，曾经隆重安排我和蕾表姐吃饭，拜托蕾表姐帮我联系出国读研，那次被我搞砸了，很长一段时间她不搭理我。反正我习惯了自由散漫，对科技＋商业活动毫无兴趣，很难跟上她的节奏，渐渐也就疏远了。

我和她重新建立联系，是在三年前，那段日子大家每天什么都不做只做核酸。

疫情期间，蕾总公司的业务量相对减少，她的高速度不得不降下来。她开始给我打手机，问我最近有哪些好书可读？七〇后理科博士，请教一个九〇后的普通文科生，让我受宠若惊。我很乐意在她面前显摆，给她开出一串长长的书单，其实她根本不可能把这些书读完。我有点小得意，甚至有点飘了。世上的人，终其一生每天24小时读经典，也无法把世上的书读完。我又给她开了一份"不推荐清单"，得到了报复性快感。我和她在这几年里变得亲近起来，后来几乎无话不谈。我们把停滞的时间用来读书，时间在书页里雷厉风行。我们用无限量wifi微信聊天扯皮，把我有限的文化向她兜售。终于有一天，蕾表姐给我发了6个表情（拥抱），还有一行字：你给我做编外助理吧！我每月给你发劳务费2000块，还可以更多。

这份弹性工作听起来还不错，我最讨厌朝九晚五地上下班还要加班。再说，前年丢了工作之后，我一直在家做全职儿子，网购食物打扫房间，老爸管做饭，一日三餐包吃包住，但没有零花钱。自从老爸去年生病以后，我只能叫外卖了。一年多下来，我终于发现手头拮据，反正一时也没有合适的工作，于是同意成了蕾总的虚拟下属，尽管接受这份编外工作有点令人难堪，不过也顾不得那么多了。再说，其实我还是愿意经常见到蕾表姐的，这似乎与她的AI无关。

当天晚上，我的手机邮箱以及微信，同时收到了蕾总发来的一堆文件：有关大模型。

我的目光从那些不太好玩的句子上滑过去、跳过去，眼前留下一些陌生的黑点：基础模型、多模态大语言模型、生成式预训练转换模型、通用大模型、行业大模型、垂直大模型、专属大模型、思维链推理……

大脑要炸裂了，即将发生核聚变还是核裂变？我把手机狠狠关掉。

醒来已是第二天上午,不知道几点。老爸那边没有声息。

起床有难度,五脏六腑不停颠颤,我是否也患了帕金森综合征?

蕾表姐从窗帘中间的光缝里浮现出来,表情严厉地盯着我。

我下意识把被单拉起蒙住了脑袋。我是一个没什么故事,也不会发生事故的人。个人履历比较苍白:大学中文系的本科学历,暴露我一无所长。没有硕博学位,不能在大学任教;没有专业特长,金融经济高薪机构招聘,我识趣地绕道。上高中时,妈妈逼迫我报过一个跆拳道培训班,她说男子汉要有英武之气,学点防身技术不会受人欺负。跆拳道学了一年多,得过一次什么奖,忘记了。工作以后,偶尔在办公室里比划一下拳脚,用来炫耀。记得在大学实习期,妈妈找人让我进了一家IT公司做文案,每天每天加班,一坐就是十几个小时。至于那些文案都用在了什么地方?不确定。听说有个女孩因为坐得太久得了"死臀肌症"。就是这种能把人活活坐死的工作,却随时都有被解雇的风险。实习生通常只拿正式员工的一半工资,廉价劳动力频繁换人。某天,我偶然从自己的网格子往后看了一眼,后三排的网格子原来全是密密的脑袋,一夜之间,那些脑袋全不见了。再过了几个月,我的实习期满了,也被清退了。后来我也尝试过一些其他岗位,广告公司民营出版物杂工多媒体小编……还做过网剧的策划,只要有薪水的工作就可以,只差没有当过理发师厨师送快递或是外卖小哥。那些技术含量不太高的职业生涯中,我喜欢做短视频策划,几个小伙伴胡乱侃到半夜,天亮就成了。反正老板不懂,他只管花钱。如此混了七八年下来,我也成了一个经验丰富的江湖新手。去年那家影

— 206 —

视公司欠款几千万，老板一夜消失，不知"润"去了哪里。我在半年没拿到工资后，只能卷铺盖自动离职。重新找活儿，不是岗位无趣，就是工资太低，耗了几个月，只好向老爸摊牌。老爸说你另租房子不划算，还是回家"伙"着过吧，也不差你一双筷子。我想想没错，反正他就我一个儿子，不管我管谁呢？我退掉了出租房，一下子轻松了。老爸的退休金不算太多，除去水电物业柴米油盐什么的，所剩无几。幸好我有良好的消费习惯：不花钱或是少花钱。妈妈偶尔也会从微信里给我转账三五百零花钱。

我就这样和老爸成了过日子的"搭子"，平日我们很少交谈，躲在各自的房间里，各做各的事。也许什么也没做。

就在这几年我刚刚知道，这座城市颜色斑杂的人群里，藏有很多不同的"搭子"。两个人或是三个人，叫"团队"太正规了，只是一个临时搭建的帐篷，可搭可拆。比如"健康搭子"，每个人都想健康又想偷懒，需要有人结伴去健身房，就有了互相监督的理由。比如"旅游搭子"，两三个人结伴出去游玩，有人擅长制定攻略、有人擅长订机票订酒店，总能做出性价比最好的选择；有人像一只大袋鼠，旅途中饥寒交迫的时候，能变出各种美味的零食。"饭搭子"最常见，单位没有食堂，每天中午都要去外面找饭吃。哪里有好吃不贵的餐食，荤素搭配合理，必须有饭搭子互相提供、交换最新信息。还有"拍照搭子""咖啡搭子""考研搭子""追剧搭子"……所有的开销都是AA制。就连广场舞大妈的"跳舞搭子"，打麻将的大爷们的"麻将搭子"，费用也早就自付了。搭来搭去，就像我小时候搭积木，搭好了推倒重来。在我看来，搭子是功能性的，特别实用的临时"组合"。旅游回来，这个临时搭子就自动散了,直到下一次有了游玩的冲动,再搭建一个"草台班子",随时可以中途换人。我的同龄人之中,每个人都拥有各种不同类型的搭子,用来满足各种需求。"搭子"不是"搭档",没有合作项目。每个搭子都具有良好的"职业训练",搭子有男有女,即便是异性搭子,也很少会发生感情纠纷,搭子只做搭子的事情,权责分明。搭子的实用性远远大于情感依赖。这个边界是清晰的,有原则的,大家都守规矩,一旦"混搭"就不好玩了,下一次你就找不到愿意和你玩的搭子了。我的那些同事或是老同学,没听说有谁把搭子变成了女朋友或是男朋友。

我喜欢这种魔方一样不断重组的搭子,每一个人都独立存在,它使生活变得自在多了。需要的人,在需要的时候及时出现,彼此都没有社交和友情负担。不过,我也常常疑惑:现代社会,人与人之间的关系难道就是搭子关系吗?

以前早出晚归的上班期间,我的搭子大多限于"饭搭子"这个范畴。自从我"灵活就业"或是"慢就业"之后,我的生活里"搭子"越来越少。我和老爸的关系形同陌路,连搭子都谈不上。

有一天,蕾表姐突然惊呼:未未,我发现,我们是读书搭子!

我恍然:原来读书也可以有搭子!

新冠疫情那三年,我和蕾表姐一起读了不少书。网购图书传染的概率很低,逛书店戴口罩很难传染吧,隔空讨论更不会传染。那个时候唯一能做的就是读书,我给蕾表姐推荐的大多是现代文学经典,古典主义太遥远就算了,20世纪以后的新经典,或许更适合她的口味。诸如《看不见的城市》《美丽新世界》《玩笑》《生活在别处》《在路上》《小于一》《朗读者》《追风筝的人》……像一份奶油杂拌。但我最喜欢的《麦田里的守望者》不在名单里。

蕾表姐读书的速度,相当于蕾总开车的速度,那些书没多久就被碾压了。她对这些全世界最优秀的文学作品,做出了惊人的判断。在她看来,这些文学作品,无论哪一部都无法真正打动她,虚构的故事总是经不起追问。她强烈建议我阅读人物传记,尤其是科学家企业家传记,比如爱因斯坦比尔盖茨霍金……

我彻底明白了,一个文科生无法改变一个理工学霸的审美趣味。蕾表姐几乎没有一纳米的文学细胞,不过这并不影响她对文学作品做出科学评判。

大半年之前,蕾表姐"阳"了以后不久,她用微信给我发来一份书单:《今日简史》《人类简史》《AI未来》《知识机器》《平滑世界》《星际信使:宇宙视角下的人类文明》……好像她在高烧中收购了一家图书馆。

我不得不硬着头皮去啃书,不断去百度那里搜索新名词的注释。那些天我一口气瘦了几公斤。但我不得不承认,"AI未来"为我打开了一扇新的门窗,尽管远处模糊不清,近处已让人目不暇接。AI就这样蛮横无理地侵入了我的生活,我被蕾表姐拽进了一个全新的语言系统,幸好那时候巨无霸大模型还没浮出水面。

她会在半夜突然微信查岗:未未你在读哪一本书?看到多少页?

我假装沉入梦乡。反正第二天早上她的兴趣肯定早已转移到别处。蕾总的公司千头万绪,资金周转、融资还贷……那些才是她的正经工作。

偶尔，我也敷衍一下：金牛座，吃草反刍。

可以确定的是：我和蕾表姐"一起"读书，似乎在表演羽毛球友谊赛。发球——接球——回球——扣球。时而高扬、时而飘飞、时而打偏……偶尔会产生心灵碰撞的快感，像流星闪过，来自夜空又坠入夜空。

假如她哪天发来一大段没有标点符号的长消息，大概率意味着公司业务暂时停滞。假如她突然消失好多天，大概率意味着她又在琢磨一个新的项目。

奇怪的是，我和蕾表姐的读书往来，表姐夫似乎严重缺席，他从不参与我们之间的聊天。有一次，我在微信用语音小心试探：未未热爱文学，但对科技的兴趣有限，你为啥不去和表姐夫讨论这些？他不是文化学者吗？

你不懂！表姐断然否定。你表姐夫的话我早已听烦了，他喜欢研究过去的事，我忙着寻找未来，我和他不在同一频道。你姐夫不喜欢我做公司，整天忙在外头不着家，应酬啊谈判啊算账啊，他动不动就打击我。我实在厌烦传统的家庭生活，婆婆妈妈柴米油盐的家务事，夫妻动不动就吵架。但我身边总得有个人能说说话吧？我也得更多了解年轻人的真实想法。智汇公司的技术员工程师除了操作电脑情商普遍太低，他们和你的年龄差不多，独生子女父母溺爱缺乏责任心还有自理能力更不善于和老板交流，公司若想裁员弄不好就违反劳动法……我管钱管技术还得管人，我不是老板只是一个占有企业股份的职业经理人！

只怕未未……和那些年轻人没啥不一样！我谦虚地补了一句。

未未，表姐点了一个微笑的符号给我：你虽然有点懒散，但脑子勤快，有独立思考能力。你的知识结构与我差异较大，正好互补。

明白了。我叹服表姐的深谋远虑。她说是"读书搭子"也没错，很实用啊。只是搭子的有效期长了一些，不确定什么时候收摊散伙。

后来我从微信群里抄了一句话发给她：搭子文化是现代社会的一种轻社交的弱关系，就像可移动的经济适用房。

表姐回复我一个符号：OK！

我想起来，蕾表姐是白羊座，而我是金牛座，据说人和人之间的关系好坏，取决于星座之间神秘的关联性。

不确定我和蕾表姐的星座之间是否抵触，但我和她的关系并不太稳定。我常常忘记蕾表姐长我十四五岁，在她成为我的老板之前，我和她说话没大没小。我偶尔想起她是我亲舅舅的女儿，刚刚产生一点点亲近感，随即被她的严厉训斥及时消灭。大多数时候，我们都处于那种被称为"卷"的状态，我和她在大多数事情上都无法保持一致。幸好我不是一个杠精，遇到麻烦立马像刺猬般缩成一个圆球，让热爱较真的蕾表姐无处下手。

比如，我大学毕业三年后，妈妈希望我出国留学，是为了"深造回国报效祖国"还是"移民前奏"，动机不够确定。反正妈妈拜托蕾表姐帮我物色合适的大学，全额自费不是问题，甚至是月亮大学或火星大学都可以考虑。但我不想去国外读书，一点儿都不想。无论是考托福还是雅思都太难了。我在大学时英语就不够好，因为不喜欢死背单词。我也不愿意考公，不想背诵那些标准答案,所以没考上公务员。那我究竟还能干点儿啥呢?我试过很多职业,但没有称心如意的。在妈妈看来,我眼前似乎只剩下一条路:飞越大西洋或是太平洋,寻找新大陆?

蕾表姐无条件支持我妈妈的计划,她说年轻人应该勇敢地出去闯荡。她先帮我筛选学校,也有很多渠道帮我申请,还有留学的经验传授给我。在这个全球化时代,必须走出去向世界学习!

过了两周,蕾表姐风一样地刮进我家。她带来了一个好消息,她的同学的同学老师的同事总之是某大学东亚方面的研究所明年恰好需要招收一位亚裔学生做一个课题她推荐了未未同学只需要通过英语考试一年半学制就可以拿到硕士学位……

她一口气讲完,没有标点符号,但我听懂了。我并不为此感到高兴,心里塞满问号。在我看来,这些所谓的好消息全是不确定的:我对英语这几年早就忘得差不多了,假如不能通过考试岂不是白忙乎?

不作声,无表情,看不出我的真实态度。

让他考虑考虑。妈妈显得很有耐心。小未从小就有拖延症,蕾蕾你等等。

那是一个令人沮丧的夜晚。我咬紧牙关不说话,不拒绝也不接受。拒绝说不出口,怕她们心梗脑梗。接受也说不出口,我对任何未知的事情都有恐惧感。我并不想让妈妈和表姐不高兴,但也不想让自己不高兴。高兴不高兴,只有我自己知道。凡是遇到不确定的事情,我都用这种办法拖延搪塞。走到悬崖的尽头,晚一分钟掉下去也是好的。

蕾表姐不停地抬腕看表,开始焦躁不安。她说未未你快点决定好不好？朋友还等我回话，要把那个宝贵的名额留出来！

我一直盯着黑暗的窗外，寻找白羊座。星空渺茫，却没有卫星电子定位图。

时间不知道过了多久，妈妈在厨房里进进出出，给蕾表姐端来切好的苹果，也在我面前放了一碟。忽然听见碟子落地破碎的声音，蕾表姐霍地站起来。她大声嚷嚷：未未你不去就算了你浪费了我的时间在这里的每一秒钟都变成了垃圾时间我走了以后我再也不管你了！

听见了摔门的响声。我长长地松了口气，好像从深水池浮出水面。事后妈妈对我叹气，说你以为蕾蕾容易吗？一个女人独自创业，靠自己打拼闯出一片天下。订单竞争激烈，民营企业的利润被压到最低，只要上家说产品质量不合格，就能无限期拖欠付款，一个项目的纯利只有 7%—8%，弄不好就被成本付出吃掉了。假如资金不能及时周转，只好把自家的房子抵押上去。还有公司内部的人事矛盾呢，要坚持意见就会得罪人。那次股东大会投票，你表姐差点被选下来，幸好董事长"一票否决"了……有一次我有急事打电话她不接，我只好去公司找她，推开门，她正蜷缩在沙发上发呆，面前一堆湿嗒嗒的纸巾……

在妈妈的讲述里，蕾表姐的日子过得水深火热。这也是我对那个陌生的商界充满恐惧感的间接原因。

蕾表姐摔了水果盘以后，很久没有露面。妈妈对我极其失望，后来她跟那个爱说话的男人走了，也许与我有关。但我并不感到内疚，家里本来不富裕，在那个遥远而陌生的国度，读书的费用哪里来？拿不到奖学金，没有后援，还得去打工，生活上定要吃苦头，而我不想让自己的人生过得太辛苦。

不过蕾表姐毕竟有胸怀，转年她就把我那次小小的反抗忘在了脑后。有一次她同事的儿子结婚，她还推荐我去做伴郎。伴郎必须是单身，穿西装打领带站在那里傻笑。后来我居然成了一名资深伴郎，每年都能赚到不少辛苦费。因此还认识了伴娘小雪，在我苍白的情感经历上，划下了一道浅浅的痕迹。

我常常郁闷，每年都有人热热闹闹结婚，然后欢欢喜喜离婚，他们真的不嫌麻烦吗？不过这几年婚礼越来越少，伴郎的业务量大减，好像都怕传染病毒。对此我无所谓，反正我目前还没有结婚离婚的计划。这个问题上，我和蕾表姐惊人地一致，她从来不给我介绍对象，也从不操心我的婚事，所以，尽管出国的事情惹得蕾表姐发脾气，我依然对她保持了隐秘的好感。

尽管蕾表姐对婚姻持有怀疑态度，不过她并不反对男生女生拥有异性朋友。有一次她曾问过：未未呀，你怎么不谈恋爱呢？连女朋友都没有一个吗？我把小雪的事情跳过，简单回答如下：根据我当伴郎的经验，有了女朋友或是老婆，成天黏着哄着，陪她们逛街、买东西、打游戏、聊天，做不完的家务事，一旦服务不周，随时会吵架、生气……我连自己都照顾不好，为啥要自找麻烦？

蕾表姐认为我理由充分，对我不谈恋爱表示了深刻理解。临了漫不经心地说了一句：只是随便问问，只要你的身体发育正常，一切OK……你看我和你表姐夫，丁克族那么多年，如今是存量夫妻，反正地球的人口太多了，少生一个也无所谓……

我明白她问的是啥，羞于出口。男生当然有青春期的问题，一般都是自行解决。相比谈恋爱带来的麻烦与后果，那个办法简单多了……

其实，我对蕾表姐隐瞒了一段小小的插曲，关于小雪。

小雪也许可以称为我曾经的女友，但我又好像根本没有谈过恋爱，不太确定。七八年前，我大学毕业以后，很多同学都先后结婚，那些情急的男生下手快，把周围够得到的女生都抢走了。我从没遇到过喜欢的女孩，一条单身狗。疫情之前，蕾表姐让我去给她公司的年轻员工结婚当伴郎，担任伴郎的频率很高。四年以前，我在一次婚礼上担任伴郎，遇到了小雪，她是新娘的伴娘，穿着白纱裙，安静得像一朵白荷的花苞，不过身子有点瘦弱，显得疲倦。婚礼结束后，我们从台上走下来，她提着长裙走在我前面，忽然身上掉下一件小东西，落在我的脚边，一闪一闪。我弯腰把东西捡起来，发现是一只珍珠耳环，一只。我跨了一步追上，把耳环递给她：你的？她回头看我一眼，笑着说了一声谢谢，把耳环接过去，撩开头发，边走边把耳环重新扣在耳垂上，露出雪白的后颈。我发现她的耳垂上没扎耳朵眼，所以她的耳环才会掉落。想起蕾表姐，她也没扎耳朵眼。可我为啥要把她和蕾表姐比较呢？

就在她转头的刹那，我看到了一双清澈的眼睛，她没戴眼镜，如今不戴眼镜的女生很少，不扎耳朵眼的女生也很少吧？我觉得她有些与众不同，瞬间产生了好感。伴郎伴娘换回了自己的衣服去大厅喝喜酒，小雪笑吟吟走过来主动加了我的微信，她的微信头像是一片六角形的雪花。我问她做什么工作，她说在一家互联网公司，新娘是她最好的闺密，今天是第一次当伴娘也是最后一次。为啥是最后一次？她是快要结婚了吗？互联网？哪一家互联网呢？不敢多问。她反问我做什么，我回答说也算是互联网吧。如今的互联网是天罗地网，我们好像在互相打捞。

　　加了微信以后，其实我与她很少联系，我不是一个主动的人，不知道该和她聊些什么。我的"社交平台"有限，只有高中的同学群、大学的同学群，老同学一个个滚雪球那样把我拉进去的。还有以前的短期小伙伴，名字我都快要忘记了。偶尔在群里浏览一下情况，看一眼朋友圈，虽然我没啥内容可发朋友圈的，但希望了解别人在做什么。感觉自己像一艘沉没的潜水艇，拒绝浮出水面。这么隔三岔五地看看微信，基本属于静音模式。所以小雪的名字每次从朋友圈里跳出来，我心里都会微微动一下。

　　慢慢发现，小雪每次发朋友圈的时间有规模可循，晚上9点到10点，然后她就沉寂了。整个白天她都不会出现，好像是一只昼伏夜出的猫咪。为了不让她的微信被淹没，我改在晚上10点看朋友圈。又发现，小雪一旦发微信，好像写日记，记录她今天听见了什么有意思的话、看到了什么有趣的事情，或者在评论区对某件事情发表了什么意见……比如，今天在地铁车站上看到一个戴帽子的小伙儿，边弹吉他边唱歌，有点忧伤，她停下来听了三分钟，抱歉地对他说自己没带现金，那人摘下帽子，指指自己光溜溜的脑袋，头顶上竟然有一块二维码……因此错过了一班地铁，差点迟到。比如，今天下班走过一片树林，发现树上挂满了一串串褐色的小灯笼，远看好像一株繁茂的花树。她拿出手机踮起脚尖，用"形色"对着灯笼拍照查询，原来这是一株栾树。灯笼是空心的，里面嵌着栾树的种子……如此，最近她读完了《解忧杂货铺》，不过她更喜欢前几年读的村上春树的《挪威的森林》……再比如：今天休息，和一个女友，也算是"休息搭子"，去观赏了一个摄影展，那些可爱的动物、奇特的建筑、美丽的云彩，令人向往，希望哪一天能看到真的风景……那家艺术馆甜品区的天鹅蛋糕，看一眼也很享受……

小雪的每一条微信朋友圈我都看得仔细，偶尔也会简单空洞地点个赞："小雪好棒""太美了！"等等。大多数时候，我都用符号代替：强强强！加油加油加油！龇牙龇牙龇牙！显然符号不太够用，符号也有无法到达之处，更多复杂的情绪羞于表达，比如：下次约我一起去？……感觉无法开口。后来我学会了保存一些表情图片，表达的意思总算丰富起来。但我仍然不知道如何往纵深发展。在小雪面前我有点胆怯自卑，女孩子们关心的时装化妆品还有包包，我一无所知。我擅长读书与思考问题，又怕小雪不感兴趣。

奇怪的是小雪很少直接给我发私信，难道我只是她朋友圈的一个点赞者？直到有一次半夜12点，我正打算收线，小雪的头像忽然从朋友圈里掠过：

今天上班被老板狠狠骂了一顿。因为凌晨4点海外的客户发了一封邮件，通知上午9点开视频会，被我遗漏了没及时告诉老板。想想啊，凌晨4点，谁能在线上呢？我每天晚上9点才下班吃饭，10点半以后还得加班处理海外业务，北京时间必须服从美加时间，起码忙到半夜1点钟才能睡下。7点闹钟，不吃早饭，上了地铁摇晃着查看老板的一堆新指示……我累极了，不想干了，我要换个工作！谁有招聘信息给我打个招呼……

我被狠狠地扎了一下。可怜的小雪，原来你累成这样？你是累瘦的。你累成这样怎么好意思露出美好的笑容呢？

立马有人跟帖：小雪你太优秀了，有几个人能干到你目前的职位，可别跳槽，前功尽弃了。比你苦大仇深的人有的是！

问题有点严重哈。我考虑要不要发一条信息安慰小雪，可惜我没有招聘信息。

措辞的犹豫间，小雪却把那条信息撤回了。看来她并不愿意让人知道自己的烦恼，但她在无意中泄露了自己的工作状态和时间表：她从未提到与人去看电影。

过了几天，我鼓起勇气给小雪发了一条私信：

小雪，星期六星期天你休息吗？

等到午餐时分，她的回复来了，只有两个字：

一天。

哪天呢？

不确定。

等你休息，你提前告诉我好吗？

嗯。

我可以请你去看电影吗？让你放松一下。

好。

你喜欢哪一类的电影呢？

都行。

她的回答如此简练，一个字绝不写成两个字。聊天难以继续。

直到有一天，小雪主动告诉我她明天休息，我差点乐得窒息。勇敢地约她去看电影，从此我和她才开始了近距离的接触。电影票是我在网上订的，取了票又买了橙汁和爆米花，因为我很久没吃爆米花了。小雪见到爆米花特别惊喜，抓了一粒塞进嘴里，还往我嘴里塞了几粒……这个大胆的动作让我有点小激动。电影散场以后，我请她去街边吃麻辣烫，顺便对电影发表了一番评论，自认为特别精彩，小雪眼里果然露出欣赏的目光。于是有了下一次，那段时间，凡遇小雪休息，我们都会一起去看电影，然后一起吃快餐聊天。虽然她的话不多，也总算了解到，她毕业于北京一所大学，北漂、职场打拼七八年。她说出自己上班的那家大公司的名字，竟然还是那家公司的产品设计师，去网上查了一下，出乎意料，那个产品蛮厉害的。当然啦，我也对她说了很多，主要转发转播从书上看来的那些故事，也许我平时说话太少了，遇见小雪以后，我变成了一个话痨。看来我确实需要一个女友了？我问自己，不确定。唯一遗憾的是，每到九点半，无论聊得怎么开心，小雪都是说走就走，她要赶回去上电脑处理海外的业务，就像我小时候读过的童话《灰姑娘》里那双半夜12点的水晶鞋。有一次，一部豆瓣评分9.3的大片，据说不可错过，但我只买到晚上九点的电影票，她竟然答应了。那天晚上，她竟然背了一只双肩包，我问有什么好吃的东西带给我？她说：美得你！是iPad！我问：看电影为啥带iPad？她说：今天的时间不对，怕耽误。果然，电影看到一半，她摸摸索索掏出了那只iPad，放在膝盖上开始"办公"。黑暗中，前面是闪亮的银幕，身边是闪亮的屏幕，我都不知道该往哪里看。旁边的观众不满地喷了一声，幸好那个"业务"很快处理完毕了。这就是小雪的日常吗？

　　秋天过去了，冬天来了。外面太冷，除了电影院，我和小雪也没别的地方去。

　　那天又去看电影，银幕暗下去，小雪的身子渐渐朝我倾斜，我闻到了她头发上的香水味。后来她把头靠在了我的肩膀上，我的脑子一热，伸出右手，悄悄地握住了她的左手，她不仅没有抽回，还用她的大拇指，在我手背上轻轻地摩挲了一下，我顿时好像触电了，身子一动不敢动……

电影结束后，我送小雪到地铁口。她在热风中站住，眼睛看着我，蹦出一句：

你喜欢我吗？

我吓了一跳：嗯！

为啥呢？

这个问题把我难住，没想过。

小雪笑起来，说：我有点喜欢你！

我结巴了：那……那……为啥呢？

没得选嘛！她调皮地甩了一下半长的直发。你做伴郎的那天，妥妥的一枚帅哥！不过你递给我耳环的那一刻，手在发抖，如今发抖的人很少……

我尴尬地笑了笑。

回到家以后，发现小雪给我发来一串表情符号：拥抱拥抱拥抱拥抱。我的身体酥麻，秒回她一串玫瑰玫瑰玫瑰。她又发了一串红心：爱心爱心爱心爱心。我拿着手机发愣，不知道下一步如何进行。停顿了一分钟左右，我找到了一个恰当的符号：握手握手握手。秒回：嘴唇嘴唇嘴唇。我吓了一跳，想起有个同学曾说，如今的女生都很大胆，善于对男生进行启发式教育。我的手机微微震颤，这个嘴唇是虚拟的，怎么有点发烫？嘴唇到底是真的还是假的呢？不确定。我有些紧张，停顿了五分钟以后，发去了一个愉快的表情，再发了半个月亮的晚安，收线，关机。那一夜，我翻来覆去，觉得脸上盖满了红色的唇印，怎么擦也擦不掉。

继续看电影，烂片也看，烂片看多了就能辨识好片。我们轮流买票，用微薄的收入为票房做贡献。黑暗的影院让我心安，每一次我都会握住小雪的手，直到手心出汗。然而，现实中的接吻并没发生，只能偶尔想象一下小雪光滑的脸颊。她的嘴唇又在微信里出现过几次，没有得到我的嘴唇回应。虚拟的嘴唇没有温度湿度，小雪似乎放弃了"进攻"，我还是迟迟没有行动。其实也不是不敢，只是我不知道怎样做才算恰当。

我曾问自己：你喜欢小雪吗？回答：应该是喜欢的。那么，为啥喜欢呢？回答：她做事条理分明，比我有主意，没有一般女孩那种"凡尔赛"的毛病，什么叫"凡尔赛"？就是矫情，喜欢炫耀自己在哪家高级酒店喝咖啡、炫耀名牌显摆自己讲究生活品质……然而小雪不是这样，至少我没发现。实话说，我并没有特别迷恋小雪，小雪身材不错，看起来蛮顺眼，但是……她那么忙那么累，我这么闲，两个人的差异是否太大了？

小雪算是我的女友吗？实在无法确定。

最后一次和小雪去看电影，我在取票机旁边等到电影开场，小雪一直不见踪影。打电话过去，先是占线，后来没人接。我给她留言：你路上耽误了？我先进去了，你到了微我，我出来接你。

我一个人坐在电影院里，平均一分钟看一次手机。身边的位置空着，让我感到孤单，不知道那部电影在演些什么。小雪始终没有回复，直到电影散场也没消息。我独自一人回家，对着手机发呆。微信里找不到任何一个符号，可以代表此时的心情。忍不住又小雪发了一条文字信息：

小雪，你回家没？遇到什么麻烦？告诉我！

我等了一个小时，又一个小时，没有任何音信，我靠在沙发上睡着了。

第二天醒来，我第一反应就是去看手机。除了腾讯新闻，一片空白。

有人说，微信时代，男女朋友交往，24小时没有音信，就算拉倒了。

然而，每天晚上十点，我依然准时在朋友圈守候，期待小雪突然蹦出来。但是，小雪始终没有出现。她不仅没回我，也再没在朋友圈露面。我一次次猜测她会发生什么：车祸？病了？也许她家里有事？也许她辞职了跳槽了？也许她又有了新男友？据说有一种病叫作"阳光型抑郁症"？无论什么情况，都无法构成她"失踪"的理由。我不断地刷手机新闻，像一个蹩脚的侦探，企图找到蛛丝马迹，可惜不太成功。偶尔刷到一条信息，说是目前公司招聘员工，都会特别询问应聘的年轻人是否打算婚育。已婚的女孩不要、怀孕的女孩当然不要，甚至，有了男女朋友的人也不要。所以，男女青年干脆不谈婚育，否则生存更加艰难……

难道小雪，是因为这些原因离开我吗？你至少可以向我解释一下？

谜团重重，无法确定。小雪就这样从我生活中消失了，像雪花融化在空中。

那段时间我很苦闷。这就是传说中的失恋吗？还是正在开始恋爱？不确定。我尝到了失眠的滋味，半夜去街上游荡。有一天下雨了，我没带伞，天气很冷，我钻进了一家小酒吧。没想到酒吧后面还藏着一家夜店，有一个看不出年龄的陪酒女，热辣辣地过来招呼我……这就是我的第一次，完事儿以后我觉得整个人都空了，只剩下一副皮囊。从此以后我再也没去过那里，只能把自己封闭了，除了在家里看书，就是刷短视频打游戏……心里仍然徘徊着一个执念,我怎样才能找到小雪呢?才发现自己根本不认识小雪周围的任何一个人。除非去问蕾表姐,当年那个闺蜜新娘在哪里?她总该与小雪有联系吧?

但我却迟迟没去问蕾表姐。我似乎不想让蕾表姐知道我惦念小雪。

以上是我的情感清单,就连发挥一下想象力的空间都没。

回到眼前,小雪迅速隐没,面对着电脑里蕾总蕾表姐的一堆材料。

隔了几天,半夜 11 点多钟,我在床上听一首男声四重唱组合,反复听了好几遍。听完了才发现有一条蕾表姐的微信等着:那些关于 AI 的材料看了没?

我拖了十分钟,回复:这几天陪老爸看病,医生说可能需要住院。

我没撒谎。老爸有点麻烦,昨天把牛奶打翻,今天把面碗掉在地上。

秒回:帕金森综合征不需要住院开药回家服用只能控制病情难道你现在还在医院里?

我在床上发呆,过了很久,我扒开小桌上的衣物袜子耳机充电器空调遥控器,找到那个很久不用的笔记本电脑,用床单把灰尘抹去。打开邮箱收到 360 压缩 ZIP 文件,一页页黑字以及彩色图表排着队,像一堆移动的山丘朝我压来,眼前的字渐渐重叠,犹如天书一样:

产品概述应用场景案例分析……一站式搜索业务协同与知识共享沉淀协同互助……采集加工入库案例案例案例语义魔方行业特征语料库物化探井筒工程油气开发上游勘探业务域……

电子云算力算法显卡……AIGC产业行业资料图谱信息数据库……

  我的脑子开始昏沉发胀，图像停滞不动，当年在教室里面对试卷的狼狈感全回来了。眼皮不可扼制地耷拉下来，只觉得地球似乎偏离了轨道，昏沉中一只巨大的火球上在空中旋转。我躺在赭红色的沙丘上，像一片焦糊的烤肉。确实，我是躺着，平躺，平躺令人神经松弛，近几年我才认识到这个貌似真理的常识。我继续躺着，听见烤肉在铁板上发出滋滋的响声……床单像一层烧烤用的锡纸，贴着我的后背。头发里都是汗，黏糊糊像是在理发店洗头。

  我是被热醒的，发现空调竟然自动关闭了。手提电脑屏幕依然亮着，就连屏保也罢工了。

  习惯性地打开手机，首先看到了一长串未接来电——蕾总！

  然后是蕾表姐的五六条语音留言。我心里咯噔一下，迅速转换成文字，一堆没有标点符号的句子吐出来：

  未未你怎么了不接电话不回复嗯嗯那些资料很难吗有点文化就可以看懂嗯我希望你了解智慧（汇）公司的运作也许对你有用时间还不晚才12点你睡着了醒醒吧太难懂了吗不难懂啊你可以到公司来找我让我的助理给你讲解……你赶紧回复回复再不回复我要生气了……

  未未我知道你的烦恼然而难道躺平就可以解决问题实际上你根本无法躺平地面七高八低你往哪里躺躺下也是硌得慌床垫弹簧早已松弛前后都是窟窿躺下波浪翻滚沙发太软躺下后怕你起不来嗯嗯起不来就麻烦了你还年轻……

  随后是一串表情符号：愤怒愤怒愤怒！抓狂抓狂抓狂！

最后一条，语气似乎和缓了一些：

未未我是你表姐不是蕾总你妈妈以前待我很好九十年代我出国留学她塞给我100美元那是她仅有的外汇全掏给我了你妈妈走了以后你孤独烦闷工作生活都不顺利我应该多多关心你我只有你一个弟弟你不要想得太多我不会勉强你的我只是想让你振作起来……

我的眼眶有些酸涩，10秒钟以后迅速恢复正常。

我知道自己昨晚睡着了太没礼貌，但我不确定如何回复蕾表姐。

想来想去，回复了6个悲情符号：流泪流泪流泪流泪流泪流泪（表情）

一分钟没见回复，大概开会。

想想，又补了6个礼节性符号：抱拳抱拳抱拳抱拳抱拳抱拳（表情）

五分钟没有回复，大概她正在发言。

又想想，再补了6个诚恳的符号：合十合十合十合十合十合十（表情）

这些符号应该充分表达了歉意？蕾表姐你原谅我吧！微信时代，说不出口的话，可以用符号代替，简洁又快捷。我怀疑文字或语言是一个糟糕的交流工具，每个词组每个句子，都有各种各样的歧义和误解，无法准确传送到达或是错位。但符号是形象的、明确的，任人选择，最适合我这样的懒人。自从有了微信表情符号，人与人之间沟通顺畅，效率提高，一个表情搞定，代替千言万语。不过符号也有符号的问题，它表达的内容是单一的固定的呆板的，缺少想象空间。每个人都使用同样的符号，意思也就千篇一律了。假如想要寻找情绪复杂的符号，比如：烦闷、沮丧、沉思、同情、懊悔、感动……经常找不到相对应的内容。依赖符号的人正在变得越来越愚笨，包括我在内。

我起床洗漱，给老爸冲调豆浆煮鸡蛋，早餐他只喝豆浆，热一下昨晚剩下的花卷。我发现老爸的裤子有一个湿印，他含糊回答昨晚起夜，行动迟缓慢了一步。我帮他换洗了内裤。然后我也喝豆浆吃花卷。听见手机响了一声，赶紧去看手机。

蕾表姐的微信，发给我12个表情符号：微笑微笑微笑玫瑰玫瑰玫瑰……

看来蕾表姐心情不错。她已经忘记了昨晚的愤怒？不确定。我发去了一堆符号，此刻回收了一堆符号，扯平了。至少符号可以避免语言的尴尬。

果然，今天上午，蕾表姐的兴趣点已经明显发生了转移，接着发来了一条言辞兴奋的语音，我立马转成了文字：

未未今天下午你有时间吗我想带你去听一个哲学讲座蛮有意思的题目新未来主义的源起及前景这个恰好是我关心的话题我们一起去吧可以讨论呀你听说过醴斯学院吗讲座名额有限有一个叫作宾逸的艺术家创办的暑期公益培训项目好多年前我在洛杉矶认识到前几天在一次应酬上竟然遇到她了

紧接着发来了一张定位图。

看来不去不行了，我不想让蕾表姐再次失望。

好吧，我和蕾表姐成了临时的"讲座"搭子。

那个炎热的下午，我找到了胡同里的一座四合院。"醴斯学院"设在小院内一个狭长的大房间里，十几米长的"课桌"用厚厚的原木板架搭起来，好像一家乡村风味的西餐厅。一个盘头发的长裙女子正在桌边与"学员"低声交谈，半句英语半句汉语交杂，听起来有点像在国外。蕾表姐走过去和她拥抱，很亲热，互相都很欣赏对方的样子。

大屏幕亮了，课堂安静下来。长桌的另一端坐着一位头发花白的老者，穿着一件浅咖色的衬衫。我把脑袋扭过去，才能看到他。盘头发的长裙女子对他做了简单介绍，很多头衔，记不住。年轻的学员报以稀稀拉拉冷淡的掌声，似乎对他的年龄有所不满。有关未来主义的话题，怎么会由一个老教授来讲？

蕾表姐在我耳边低语，说你可别走神儿啊宾逸的鉴赏力很高选择讲课的老师很苛刻据说这位老教授的思想很前卫很锐利否则我不会来你最好一句都别落下。

老教授打开手提电脑，屏幕上出现了 PPT 文件。他没有一句多余的话，先播放了一段视频。视频上快闪了浩瀚的宇宙星空、地球的河谷山川、高楼林立的城市、拥挤的车流与人群……接着是一段庄重的男声，配上了加粗的文字。我刚听了一句，立即在昏昏欲睡的状态中被猛然惊醒：

95%的人并不了解，2023 年将迈入人类历史的全新篇章，这个历史性的转折，需要每个人做好准备。因为整个社会的运行规则和生命的进化之路，都将发生翻天覆地的改变。人类将迎来大规模的觉醒时刻，每个人都需要从内心认识自己并重新定位。这是时代的浩荡潮流，人类千年不遇的共同提升的伟大变革。在这个巨变的时代，你需要清晰地认知自己的生命价值，意义和使命至关重要。一旦你找到它们，你将焕发出全新的生命力。

视频结束。课堂鸦雀无声。有人咳嗽了一声，简直像惊雷炸响。蕾表姐打开了手机录音，身子一个劲往前倾，眼珠子都要弹出去了。

前面的老教授讲得不疾不缓,就像在上一堂普通的常识课。看惯了微信短视频里那些讲演者丰富夸张的表情,听惯了那些幽默精彩的段子,面前这位风度儒雅面容平和的老教授,显得过于严肃,甚至有些枯燥乏味。但我却莫名其妙地被他征服了,准确说,是被他讲课的内容吸引,其中有许多新奇的知识点,犹如乌云密布的暗夜中,一个闪电接一个闪电。大学毕业后,我从未如此认真地听讲,就像一个即将参加高考的复读生。脑子高度紧张,两只手在手机上不停地记录,单词、句子、符号,所有的黑点都连在一起,我不确定能否看清楚。

老教授笑眯眯地坐在那里,像一朵悬浮的云,安静地俯瞰地球众生。云彩背后透出无数细密的光线,笼罩了整个课堂,形成一个神秘的电磁场。我好像要被他吸过去了,拼命用脚尖勾住椅子腿儿。原来"醍醐灌顶"那个成语确实存在啊。思路又瞬间游离:这位哲学教授是在讲授哲学还是物理数学天文学?他打算重新解释世界吗?

事后根据蕾表姐的录音转文字,加上我凌乱无序的笔记,这位教授讲座的要点大致如下:

巨变时代的主要特征:元宇宙虚拟商业娱乐模式;人工智能机器人走向民用市场;ChatGPT 大模型效率工具的升级覆盖;人类对外太空宇宙星系的深入探知,生物基因技术广泛应用……

老教授以下这一段理论性的文字,被我记录得比较完整:

21 世纪 20 年代,对于人类社会发生巨变的预判,即将颠覆人类文明创造的全部认知,带来思维方式与生活方式的全面改变。一切只是开始,未来世界必将重新建构现代美学与艺术理论。在现代性与后现代性的研究基础上，形成新未来主义的理论框架。

新未来主义？我还是第一次听到这种"主义"。未来——这个词语似乎与我有关。我返回首页，在浏览器上快速搜索：未来主义——

360词库：1909年2月20日意大利诗人马里内蒂在巴黎《费加罗报》上发表《未来主义的创立和宣言》。（一百多年前！）宣言一方面讴歌现代工业文明、科学技术使传统的时间与空间的观念完全改变，"宏伟的世界获得了一种新的美——速度美"，主张未来的文艺应当反映现代机器文明、速度、力量和竞争；另一方面诅咒一切旧的传统文化，扫荡从古罗马以来的一切文化遗产。随着第二次工业革命高歌猛进鼓舞人心，而意大利的工业化进程相较于欧洲其他国家而言较为滞后，年轻一代对意大利文艺自19世纪以来停滞不前的落后状态不满，主张彻底抛弃传统，面向未来，尤其倡导机器美学，并使其绘画在元素和技法上都颇有风格。未来主义理论反映了当时意大利年轻艺术家要求创新的强烈愿望。新时代的特征中机器和技术以及与之相适应的速度、力量和竞争表现得尤为明显，未来主义力倡机器美学。对于速度、科技和暴力等元素的狂热喜爱使得汽车、飞机、工业化的城镇、日夜无休的火车等事物在未来主义者的眼中充满魅力。他们热衷于用线和色彩描绘一系列重叠的形和连续的层次交错与组合，并且用一系列的波浪线和直线表现光与声音，表现在迅疾运动中的物象。该画派从新历史景观中提炼了绘画的时代精神，形成了独特风格……

再往下搜索，有关"未来主义"的词条如同黑压压的海浪涌来：法国英国俄罗斯美术诗歌的未来学派纷纭交缠，那种

"机器美学""迅疾运动""科技元素"一系列词组,引起我本能的生理性反感,我赶紧屏住呼吸逃"上岸"。

那么,新未来主义是未来主义的续接吗?还是仅仅借用了那个"主义"而已?新未来主义的内容是什么?还是一种前景?我在心里默默猜想,虽然"主义"与"新未来"的畅想是二者共同的兴趣,但时代的背景已经截然不同——基于思想者对人类巨变的敏感,以及对未来变革的创造性思路?老教授讲得太复杂太丰富了,我并没完全听懂。回到现实生活,眼前哪有未来主义的踪影?到处充满混乱,一切都在衰败退缩中。一部分人生存艰难,陷入灾难性泥潭。除了科学家企业家人文学者,究竟有多少人去思考未来呢?更没人对线与色彩的重叠交错发生兴趣。哪怕就在这个课堂上,对于未来的认知恐怕也是一团乱麻。那些敢于发出新未来主义宣言的人,大概是一半痴了一半疯了?

老教授补充:尽管一个世纪以前的未来主义驳杂多元,但他们大多主张扬弃古典主义传统,持有鲜明的反叛立场,敏锐地关注新思潮与新观念,反对过去那些奢华恶俗的审美趣味。比如波德莱尔的《恶之花》,对"过去"既定的美学观,进行了无情质疑与深度剖析,因此开启了一个时代的新美学。"过去"属于历史,只有清理过去的残渣,才能拥抱全新的生活形态……

然后他谈到了埃隆·马斯克,还有马克·扎克伯格、ChatGPT 的创始人山姆·阿尔特曼,以及那个美籍华裔科学家黄仁勋。后半堂课他一直在谈论这几位当代科技界最具影响力和争议性的企业家,他们在人工智能、再生能源、太空探索以及 SolarCity 等方面,均已取得了重大的突破。那些创造都基于两个字：未来！目标是改变世界，让人类继续进步。老教授强调：企业家狂热地追逐商业利润，以至于某些言论与做法令人疑惑，但他们无一例外对科技发展具有高度的前瞻性、开创性，对于未来整体性的预测眼光。也就是我所说的"未来视野"。毫无疑问，在世界范围里，正在诞生各种具有未来视野的代表人物！

老教授的口气坚定，花白色的头发激动地跳跃着。

蕾表姐似乎已陷入沉浸式体验，老教授终于停下来，课堂瞬时静音，那个盘头的长裙女人宾逸宣布下课，随后，猛然响起一片狂烈的掌声。四合院的瓦顶似乎被掀翻了，灰蓝色的天空豁然敞开，我觉得正在朝着外太空飘移漫游。

接下来是互动环节，提问很热烈，一个个都争着发言。老教授的惊人之语，颠覆了听众有关年龄的偏见。录音机里的声音嘈杂纷乱，难以分辨。

提问者表达了很多疑惑，更多的时候，提问者好像在发表讲演：

请把新未来主义具体定义一下！我们不喜欢主义，只有你们这代"新三届"才会热衷于谈论主义，坚决反对给科学技术贴标签！……马斯克是一个幻想家还是一个骗子？马斯克去火星是否意味着打算抛弃人类？智能机器人善于学习，知识积累后自动生成新的知识系统，一旦获得了自主意识，是否终究将控制真人？人被自己的创造物所控制，是一种新的异化？智能机器人不可控，最终联手毁灭地球？您用新未来主义否定"过去"，那些研究"过去"的人算不算过去呢？

老教授一一耐心回答，也有含糊或是跳过。互动已经超过了一个小时，老教授也许有点累了，他站起来，说了最后一段话：

　　由硅基芯片产生的算力，对于碳基生命来讲，将是人类大脑计算能力的百倍以上。目前的 ChatGPT，用人类的知识做训练，它的智力水平与人类相当，暂时无法帮助我们探索未知的宇宙。超级 AI 将有一个更加开放的学习系统，很快将具有超人类的能力，能够帮助我们更深入地解答宇宙秘密。所以，硅基芯片产生的智力，大幅超越碳基生命的那一天迟早会到来。建议大家关注"涌现"那个词，海量大数据将会自动生成 AI 的智能顿悟，这正是新未来主义的理论背景，必将为人类积极应对未来创造更多的可能性。甚至有可能在远期的未来，建立一条时光隧道，为人类的不归路，提前准备一张回程票……

　　有人激愤地打断他：回程？从哪里到哪里？

　　老教授显然是有备而来：在未来，无法被机器代替的，只能是碳基生命亲自体验的那些创造性的活动，是硅基生命无法代替的那些！

　　我也想提问：您的意思是，机械的归于机器，情感归于肉身？

　　但我不习惯在公众场合发言，又把话咽回去。课程结束了，我们涌到门口，目送老者离去，破旧的胡同里留下一个独行的背影。

　　转身，迎面遇见院子里那株衰老的古柏，树皮的皱褶里嵌着经年累月的沧桑。四合院斑驳的外墙面剥落，露出内里残破的青砖，地面铺上了混凝土。这座百年老院，聚散了多少岁月烟云，逝去的步履掩藏着过去时代的轨迹……刚才上课时感觉到的那种无形的、颠覆性的外部世界科技狂潮，与眼前这个有形的、封闭的、破败的四合院，极不和谐地重叠在一起，生出了一种强烈的荒诞感。

那一刻,我走神了……

这次讲座带给我最大的启发:所谓"新未来主义",并没有设定"主义"的条框,而是意味着一种无限敞开的视野,那种面向未来的宏阔视野。只有获得了这种视野,才能飞越老旧的四合院瓦顶,看到叠加在蓝天上的未来场景,那应该是另一个维度的宇宙存在吧?

我突然很想对蕾表姐说出自己此时的感受,可惜她正和宾逸黏在一起兴奋地聊个没完。她们互相贴了脸好像在告别,但还是没有离开的意思。

终于结束了,蕾表姐谢绝了宾逸的晚餐,说还有事。她带我去麦当劳晚餐。说我们就偶尔不健康一回吧,毕竟可以节约时间。餐厅里有些冷清,座位很空。她给我点了一个牛肉巨无霸,给自己点了一个鱼肉汉堡。我端着两份食物饮料,挨着蕾表姐坐下。

蕾表姐喝着碳基生命的碳酸饮料,冰块在杯沿上碰撞,发出淅沥的响声:

刚刚听课时,有一刻我被那位老教授打动了。我懂得他说的"过去",那一代人,经历了许多挫折与苦难,才有资格谈论未来。可惜,恰恰是那些从"过去"走来的人,大部分人对新未来主义一无所知……

短暂的停顿,她欲言又止:我想到了你姐夫,他总在"过去"和"未来"之间犹疑摇摆,思维逻辑无法自洽……

表姐夫?我是追问呢还是保持沉默?不确定。只好往嘴里一根接一根塞薯条,忘记蘸番茄酱,嗓子被噎住。

蕾表姐自言自语：我理解的过去，不是时间概念，而是一个整体事件。假如忘掉历史，或许变成白内障；但假如看不到未来，也许会变成青光眼！对于这个善于遗忘的民族，反思过去清算历史都是必需的，但更重要的是，彻底摈除过去的那种思维方式：比如仇恨、偏激、绝对、极端、非此即彼、非黑即白……

我是一个九〇后，对过去比较生疏，更不想回到过去，赶紧把话题转移到蕾总感兴趣的火星：我有一个大学同学的高中同学，是一个富二代，他父亲是亿万富翁，他正在美国留学，准备10年后搭载马斯克的火箭，移民去那个暂时还没有国籍的火星。

蕾表姐果然立即兴奋起来：假如我年轻20岁，我也会去火星！

我心里有点惭愧，我比蕾总年轻十几岁，为啥我不想去火星？

忽然，脚底下滚过来一只又红又大的石榴，邻座的一个萌娃，摇摇晃晃钻到桌下捡起来捧在手心，递给她的妈妈：吃！吃！

她妈妈说：没法吃，掰开了石榴籽散一地，等回家再吃。

蕾表姐伸手摸了摸那个小男孩的头发：

你看这只红石榴，像不像火星呀？

火——星？萌娃一脸懵懂地看着她，捧着石榴逃开了，

邻座的家长远远接话：嗯，你这个比喻有趣，还真蛮像的！火星地表覆盖着锈色的氧化铁，中学地理课学过。

蕾表姐进一步发挥：是嘛！火星在肉眼可见的天体中，生态条件最接近地球。等你家孩子长大，说不定能赶上做一个火

星人！

那位家长笑笑抱着孩子站起来，捧着那只石榴火星匆匆离去。

于是我假装懂事地安慰蕾表姐：上高中的时候，学校组织去天文台参观通过哈勃望远镜观测火星，火星看上去就像一只生锈的铅球，表面遍布撞击坑、沙丘和砾石，连一片苔藓都没，更没稳定的液态水……

蕾表姐打断我：现在都用韦伯望远镜了，可以看到峡谷里洪水留下的痕迹。

她露出赞赏的神情：从火星表面获得的探测数据证明，远古时期，火星曾经有过液态水，而且水量特别大。这些水在火星表面汇集成一个个大型湖泊，甚至是海洋。在火星表面可以看到众多纵横交错的河床，可能是当年的洪水冲刷而成。火星上还有移动的沙丘、大风扬起的沙尘暴，南北两极都有白色的冰冠，也有类似地下水曾经涌现的痕迹。火星表面的许多水滴型"岛屿"，也在暗示这一点……

关于火星，蕾表姐储备充足，好像要去参加有关火星的知识竞赛。

请允许我也显摆一下：火星不是因其热，而是因其冷，火星接收到的太阳辐射能只有地球的43%。未来移居火星的人类，需要穿着笨重的航空服，像宇航员一样笨重，像蜗牛一样缓慢地移动。我想不出在火星上生活能有什么乐趣？

蕾表姐对火星的热情坚定不移：伟大的科学探索就是乐趣本身！你觉得自己目前的生活有乐趣吗？在我看来，未来的火星人将会成为太阳系新的生命物种……

我收拾着空了的汉堡纸盒、番茄酱袋子。巨无霸加薯条再加一份冰激凌，吃撑了，打嗝。内心好似有东西翻腾，控制不住，突然冒出一句：

蕾姐，我攒了一些问题，不知该问不该问？

尽管问！姐虽不是度娘，但也有问必答！

你会感到孤独吗？

当然。很深的孤独感，是内心的孤独，雾一样包裹我。看起来，每天我说很多话，但是，真正想说的，没人说，也没人愿意听、听不懂。包括你姐夫……

蕾表姐垂下眼帘，整张脸都暗淡了。

我说得小心翼翼：看你整天忙来忙去，即使为了赚钱，也不用这么辛苦。这段时间，我了解到太多有关宇宙的知识。地球、人类如此渺小，每个人忙碌一生，最终都会死去。尘世的欢乐悲哀全烟消云散。那么，人生的意义究竟是什么？我找不到活着的意义，在我看来，一切奋斗都是无意义的，所以没有动力……

蕾表姐愣了一下，显然把她问住了。

……不对！未未，你说自己无所谓，其实正是有所谓！

我又怯怯补充：无所谓的是眼前，有所谓的是未来。我想知道，蕾总拼命工作的动力，究竟来自哪里？我对人生充满疑惑……

蕾表姐陷入了沉思，停顿10秒？急转：

未未你有一个错觉，你以为我就不疑惑吗？我也疑惑！只是，我的疑惑不是你的疑惑。或者，你的疑惑与我的疑惑性质不同。通常，旧的疑惑解除，新的疑惑又来！先回答你一句，在我看来：人生，并无意义！

轮到我吃惊。我原以为蕾表姐活得特别有意义。

她接着说：然而，无意义不等于绝对无意义，有意义不等于真的有意义。人类究竟来自物种进化还是基因突变？人类被宇宙间的造物主制造出来，那么宇宙又是谁制造的？无数的生命奥秘都没破解，谈何意义？自从人类拥有自我意识，开始追问无意义的人生，非说我要活出意义，于是就有了意义！所谓的意义，其实都是人类自己赋予的！所以，对人类最大的威胁，并非 AI，而是来自人类自身！

绕口令一般的脱口秀把我转晕，脑神经一阵痉挛，心脏悸动！

蕾表姐的语速习惯性加快：我比你年长，经历过的失望甚于希望，或许比你更加悲观。但我仍然努力工作，一天不敢懈怠，也许仅仅是为了消解无意义。

我点头：存在主义的逻辑推理认为，人生无意义，因此人可以去设计自己，让生命变得有意义。但是目前的问题是：我根本无法设计自己！

蕾表姐的手机响了，拦截了人生意义，否则还会继续为我解惑。

她走开去，讲了几分钟，回来：

未未，咱们该走了，你回家收拾东西，带几件换洗的衣服，我们明天就出发去油田。公司最近人手不够用，连我的助理也被派出去盯项目了。你就给我当一次临时助理吧？

临时助理？听起来不错！关于去油田，她已经讲过多次了。

回家把你老爸，哦，我姑父安顿一下，今晚我找人去你家安装 24 小时无死角监控，在手机上随时调看，你可放心出门。

好吧好吧去油田，出去放风，一路把蕾表姐的意义认真研磨一番。我想。

只要不去火星,去哪里未未都乐意奉陪!

我看到油田的第一眼,并没有看见想象中苗圃一般竖立的油井。一眼望去,旷野上盖着整整齐齐的小屋子,犹如一座密集的"城镇"。"屋顶"是银灰或是乌黑的,分割成一格一格一排一排,好像大海里翻滚着无数的大鱼,鳞片闪闪发光。海面上还飞翔着一只只大鸟,单脚立地,柱脚高大粗壮,顶端展开三叶白色的翅膀,不停地煽动、旋转。

那是太阳能!这是风能!都是新能源!蕾总骄傲的口气,仿佛这是她的企业。

明白了,这里的夏天阳光灼热,春秋季冬季寒风狂烈。太阳能风能齐备,整座油田不是在采油而是在发电!满足油田自身的用电需求。

颜色斑驳的农田中,穿插着一根根低矮的桅杆,随着海浪颠簸。

走近了,桅杆原来是一座弧形的大机器,一下一下不停地运动,不知疲倦地弯腰鞠躬。我骄傲地对蕾总说:这个我认识——"磕头机"。

来油田的路上,蕾总曾给我介绍,几十年的老油田,井喷的时代早已过去,油层已被榨干。有人提出"在油田下面找油田",就是往下深挖,原油就藏在地下的岩层中。使用磕头机,通过水井往油井周边的地下注水,用水的压力,把岩层里所剩不多的原油,一滴一滴挤压出来。

进城了,宽敞的街道绿化带一应俱全,高楼林立,霓虹灯视频广告,喷泉公园,街区繁华,一座中等城市的规模。磕头机就在小区的房前屋后不停地作揖，恳求地球给人类赏赐原油。城外的野地里也矗立着一座座磕头机，这是一个现代工业和传统农业混搭的城市，在荒原上野蛮生长，我对油田的印象有点杂乱。

在一家普通的宾馆安顿下来，晚餐还早，蕾总表示要带我先去油井看看，正合我意。开车出城去采油一厂，蕾总告诉司机去166号井，看来她对每一口油井的位置都很熟悉。在路上，她给我讲了油井智能管控仪的原理，不太难懂。简单说：由于地下岩层的地形复杂，原油处于流动状态，油井注水，长期以来都是"盲注"，需要人工测试，不仅费时费工，人工根本无法准确计算每一口不同的油井需要不同的注水量，更无法测算原油流动后水量的调整。智汇公司研发的软件，是一个精确的编程，在每一口油井上，安装一个油井智能管控仪，探知井下原油变动的状况。在油井上安装智能管控仪，可以自动显示并调节注水量，解决人工看管油井以及注水调节不及时的缺陷，极大地提高并优化生产效率……

她在那口标注着166号的油井前停下来，作业区空无一人，我想象中穿着工作服戴着头盔，脸上一抹黑油的采油工并没出现。司机说：哪还有电影里那种采油工嘛，油井只有巡回的维修工和管理人员。

蕾总把我带到磕头机面前，机器的长臂正在不知疲倦地上上下下。她指着机器底部一只CD播放器大小的精密仪器，告诉我这就是智汇公司提供的产品，安装在井口，用来收集井下的数据，然后上传到采油厂的云端管控平台，进行分析处理。这个采油厂目前已经基本上实现了自动化管理……这种智能管控仪，对智汇公司来说，只是小菜一碟！

面对自己的得意之作，蕾总的眼里充满笑意，脸上泛起自豪的亮光，夕阳在她的头发丝上跳跃。那个瞬间，我心里颤了一下：一个人全身心投入一件自己喜欢的事情，应该特别快乐吧？可惜我从未体验过。

我连连点头，假装很懂的样子。似懂非懂，不确定。

那些天，我跟着蕾总还有她的团队，在办公大楼、宾馆会议室、这个那个工作站、信息中心、页岩油实验室进进出出，进行调研对接。蕾总见了很多人，需要研究的问题一个个铺展开来：大模型的数据资料分类、大模型的规划、大模型的资金投入预算……蕾总曾经逼我读过的那些资料，在脑子里慢慢复活。毕竟我也算读过大学，几天过去，我也渐渐被"兴奋"了。

我第一次看到时刻处于工作状态的"高技术"蕾总，不再是那个想入非非要去火星的蕾表姐，她变得事无巨细琐务实，像一个伶牙俐齿不厌其烦的推销员，面对各种不同岗位的领导，一次次耐心讲解油田建立大模型和知识工程，对于未来不可估量的前景。有几位重要岗位的"干部"，虽然听说过人工智能，但不明白 ChatGPT，以及 ChatGPT—4 究竟有什么区别，更不明白"思维链""多步推理""AI 能力"那些科技名词。蕾总瞬间又变身为老师，开展科普扫盲。她的讲述具有相当的煽动性与蛊惑力，那些工程师还真不如她的口才，能把枯燥乏味的科技知识讲得生动吸引人。她在激动的时刻，面色绯红两眼放光，像一头左奔右突的母豹，跃过沟壑穿过丛林，在峡谷中奔跑。

这个过程中，蕾总并不要求我做什么，只是让我经常跟在她身边，嘱我把进行时的点点滴滴记下来。我只需要使用听力与视力，担任听众与观众的角色。

由于以前她已往来油田多次，管理层和技术部门很多人都已熟识，事情进行得还算顺利。有一天她悄悄对我说：我们的准备工作进行到八成了，大模型的赛道已经开通，只要能得到管理部门高层领导的支持就好办了。批准立项是最后的攻坚战！

我坏笑：我也没见你有什么先进武器，那些请客送礼什么的，你好像一样也不会。成天就看你在和各种人没完没了地谈话！

蕾总的脸沉下，变得严肃：油田各方面的纪律规定很严，就连请人喝茶都请不出来。再说，我不屑于那些小儿科，只要你手里拥有真正的好东西，才能把人彻底征服！

我在心里嘀咕：你手里能有王炸？

瞄一眼蕾总挺直的腰板，我把问号变成了句号。

奇怪的是，到了油田几天以后，从小困扰我的过敏性鼻炎，神奇地自我好转，鼻腔与嘴巴忽然呼吸通畅，头顶上蓝天白云，视线里天地开阔。

我的心也好像一下子扩大了许多。一个又一个湮灭已久的念头涌现，在脑子里浮上来又沉下去。

我很快喜欢上了这里的饭菜，尽管是工作餐，茄子豆角西葫芦人馒头，炖排骨炖牛肉小鸡炖蘑菇，大盆大碗吃得痛快，比外卖的味道好多了。

我更喜欢那些技术员或是工程师，虽然大多数戴着眼镜，壮实的身板，大幅度的手势，大嗓门，肤色红黑，自有一股豪爽之气。他们比我大几岁，也有年龄更大的，据说都是硕士或是博士。有时候蕾总与人谈话,我就去他们的办公室转转。办公室很宽敞,一个房间两张办公桌对面对,不是城里那种大公司分成一格一格。办公桌上台式电脑、打印机等,全是自动化办公配置。墙边还有一个多层的文件柜以及敞开的书架。

这些工程师的普通话腔调都不一样,东西南北的口音残留,像很多条河流汇集到这里。他们喜欢和我开玩笑,说这个帅哥挑花眼了吧,三十好几还不找对象!你看我的儿子都已经上学了,那个李工的女儿都上了大学。未未,你没学过量子物理学,"量子纠缠"早晚会来纠缠你的!

其中有一个四十多岁的工程师,面相和善,姓常,大家都叫他常工,说他资历最老,是油田的长工。我问什么是长工,引起一阵哄笑,有人说这个谐音梗有历史感。常工替我解围,说现在的年轻人就连地主都没听说过,怎么知道长工?他说我这个长工不是雇佣关系,我是石油的志愿者。未未你如果愿意,也到油田来当志愿者吧!不过油田的技术含量太高,你起码要去地质大学或是石油学院读上五年……

有一天,我在走廊里闲逛,常工的办公室门开着,我走进去。房间里没人,常工大概临时有事走开了?我站在他的书架前,歪着脖子打量他那些高高低低的书籍,依照我的经验,若想了解一个人,只要看他读什么书就知道了。常工书架里的书还真不少,大多是近年出版的科技书:

《为什么伟大不能被计划:对创意、创新和创造的自由探索》《科学之美:最优雅的科学》《科学革命与现代科学的规律》《算法的力量:人类如何共同生存》《量子物理如何改变世界》《现代科学的诞生》《云端革命:新技术融合引爆未来》《我们的未来:数字社会乌托邦》《人工智能的神话悲歌》《平行宇宙》《线的文化史》《平滑世界》《大模型时代》《AI 时代的知识工程》……

我还看见了去年出版的《重新理解企业家精神》，作者是一位著名的经济学家。蕾总对我提到过好几次，还给公司的高管每人发了一本。我忍不住伸出手，从书架里抽出了另一本《人类还有未来吗》正想打开书页，常工的声音从我身后传来：

哈哈，小伙子，你也爱看科技书？

这些书都太专业了，等我以后慢慢看。我想问你，常工，你从哪里获得这些书讯呢？

常工：在网上查阅嘛，还有同学同事的微信群，互相交换新书信息。比如蕾总，也常给我们推荐。如今在任何地方，都能网购各种前沿科学的新书。难的是选择自己需要的书。

我的目光落在书柜里的一只小镜框上，里面有一张放大的彩色照片，背景是油田巨大的白色"风车"，一个女孩笑得灿烂，背后是常工和一个好看的中年女人，伸开双臂搂着孩子。这是常工的全家照？

哦，我一般都是春节回老家团聚。常工的眼睛笑眯眯。去年暑假，孩子妈妈带着小孩来油田探亲，女孩儿很想留在我身边，但我工作太忙，没法照顾她们……

我的眼睛里弹出一个个问号：你老家哪里？长期两地分居，那你为什么不调回老家去工作？如果全家来油田定居，孩子妈妈可以带孩子嘛。

常工看懂了我的疑问，用平淡的语气讲述了他家的故事，让我有些诧异。原来，常工毕业于北京地质学院，老家在辽宁农村，妻子在县城工作，结婚后也曾打算把她接来油田。但是在油田没人帮他们带孩子，只能留在老家靠婆婆带小孩。孩子长到读小学，正打算把她们接来，爷爷中风瘫痪了，婆婆要照顾爷爷，孩子她妈要照顾全家，目前只能这样凑合着。那么他为啥不调回老家那边去呢？因为他的专业离不开这个岗位，半生的经验，去别处就用不上了……

我不知道如何安慰他，无论怎样的表达都苍白无力。其实每个人都在苦苦挣扎，除了卷与躺，也许还有一种状态叫：坐与站！

唉，不说也罢，她们每天就这样陪着我，也好。常工把小镜框放回原处，很快转移了话题：我们来说说蕾总吧，她的公司原本是工业互联网平台的供应商，几年前来这里开拓工业软件的市场，油井的智能管控仪已经陆续安装了上万台，但她又发现了一个更大的"油田"，建设油田的人工智能与知识工程。这是多大的雄心啊，一般人想都不敢想！这里的人，去年就连ChatGPT都没听说过呢，蕾总一个个一层层去给人讲课，但还有几个梗过不去。后来我带她认识了管理局石油勘探研究院的院长，他是油田的总地质师，经验丰富，脑子特别好使，差不多是一个仿真机器人。他听了蕾总的设想，明白建立大模型对于油田未来的知识共享太重要了！研究院掌握着石油行业几十年的历史数据，起码有上千万条，正是蕾总最需要的语料！所谓的人工智能，首先是人工，大量的人工，给计算系统喂料。勘探研究院也早有建模的设想，但仅靠自己的力量不够，必须与社会资源进行合作。没想到，智汇公司不请自来，如果大模型开建，他们会考虑对智汇公司开放这些数据，可把蕾总高兴坏了……

你们是在说我吗？蕾总悄然站在我们身后，像一个精确的程序进入系统。

常工转身：哎呀蕾总来了，我正在给未未说大模型呢。今天有进展吗？

蕾总的脸上在放光，笑容从眼镜片后面弹出来：

大进展，飞跃天堑！完全超过了我的想象！

在随后蕾总的讲述中，我看见了一个神奇的转折点：

那位勘探研究院院长帮她联系了管理局的高层领导，希望能见面沟通一下。管理局领导爽快地答应了。他的办公室门口总是挤满了等待接见的各色人，就像专家门诊一样拥挤，但他却在百忙中与蕾总会面。蕾总提前做好了功课，大家都帮她准备资料，每一个环节都要考虑周全，就像博士生论文答辩。见面时，蕾总三言两语就把问题的症结讲清楚了：目前国内的软件公司都在PPT上建模，做业务模型需要海量的数据、语料，显卡，显卡虽然被卡脖子，但也有渠道解决。最关键是大模型的算力和算法，需要资金、设备以及大量的科技人员，需要得到管理局的领导支持……她万万没想到，领导对前沿科技很了解，对ChatGPT也很感兴趣，很快就听明白了，当场就请信息部主任过来一起谈，谈了两个小时，顺畅融洽。领导决定把这个计划提交党组会讨论，成立大模型工作协调中心，把所有的科技部门，比如研究院、实验室、测绘局都协调进来一起干，他认为石油行业必须站在时代前列……

蕾总停顿了一下，调整呼吸，转头对我说：未未你相信吗？我当场像被电击一样，心都要跳出来了！惊天动地的好消息呀，我为此已经奋斗了十年！这道门总算是打开了，下一步就是准备进行预训练……

王炸！我在心里说，蕾表姐威武！

常工满脸通红说不出话，咕嘟咕嘟喝下了一整瓶矿泉水。

蕾总看一眼手表,匆匆转身,丢下一句话:

我还有个约,先走了,常工拜托你再给未未详细讲解一下大模型!

蕾总像一阵旋风刮走,步态轻捷,我却感觉到了地层深处的剧烈抖动。

那天傍晚,常工在办公室里对我大谈人工智能的基本原理:在目前的一系列测试中,人类的思考能力是87%,而GPT—4可以达到100%……所谓的人工智能,必须把海量的数据喂给计算机。好比是一部大辞海,每一个条目输入后自动打上标签,计算机会自动进行学习,然后生成新的知识结构。大模型只有起点没有终点,它在大规模的参数集上进行训练,具有复杂的网络结构,在训练时,通过大量数据,不断进行无监督学习、自我深度学习,学习到大量的细微语言特征和语境信息,更好地理解和生成复杂的知识结构。大模型的技术特征一个是"大",另一个是"通用性"。"大"体现在大模型的参数量大、运算量大、数据量大、算力也要大。"通用性"意味着可以在各种不同的任务和语言上进行训练和使用,就好比ChatGPT同时携带着所有同类型的字典。AI大模型在行业运用中,具备太多优势:关联推理能力强,有很强的泛化能力;多任务通吃,人工成本低,适配能力强……总之吧,在未来,通用型人工智能ChatGPT是一个极其便利,应用性极强的软件,它不仅是技术革命,更有可能是一次思维模式的全面勘破……

很多新词汇,从常工那里蹦出来:调优、跨模态、隐形知识、多步推理、第四范式、分离、无限迭代……我的发茬一根根竖起来，头皮发硬，耳膜发胀。公平地说，常工是个不错的老师，能把复杂的程序讲得通晓明白。但我还是半懂不懂，难以确定。

应该到了下班时间，常工却没有离开的意思。

窗外的天空暗下来，传来了隐隐的雷声。雷声迅速地滚过来，震得窗玻璃一阵阵抖动。屋顶摇晃，犹如远方的战争正在临近。

常工的大嗓门压过了雷声：讲一点轻松的，别看蕾总是你的表姐，很多事儿你肯定都不知道。蕾总这个人有远见有眼光，第一次来油田，她的一个大学同学把她介绍给我，让我帮她。当时她没有一个朋友，找了很多人，没人理解她的想法。民营企业处处艰难，我带她一个一个领导挨个儿去拜访，不敢请客送礼，更不能送红包。有一次正好遇上中秋节，她备下一桌酒席，请几个熟悉的技术员全家一起过节。结果呢，等到酒菜都凉了，一个人都没来……真是难为她了。我不放心，赶去宾馆门口等她，出租车来了，我为她打开车门，她直接从车里掉出来，看来是把自己喝醉了，司机说她半路趴在公路的护栏上吐了一地……

常工拉开抽屉，拿出一包饼干，还有一根火腿肠，他把皮剥了，掰开一半给我：先凑合一下。今晚我请你吃饺子，饺子馆在大楼外面的商业区，等这阵雨过去再走吧，正好还能聊一会儿。

一声巨雷炸响，大雨倾倒下来，没人给我们送伞。

我想起蹲在地上大哭的蕾表姐，她穿过黑暗的隧道，只有车灯幽幽发光。

蕾总在这里断断续续坚持了七八年，后来我再也没见她掉过眼泪。常工说。她是一个了不起的女人，我们都管她叫阳光姐姐……

楼顶响起一声暴雷，房间在瞬间堕入黑暗——停电了！

我凝神望着窗外：深黑色的天空中，一个霹雳接一个霹雳，大雨如同锋利的刀斧，划开铁幕，穹顶被撕裂，裂成无数碎片，倾泻而下。闪电照亮原野，夜如白昼，诡异狰狞。近处的杨树披头散发，远处的风能发电机摇摇欲坠，旋转的翅膀有如银色的长剑指向苍穹；大地上铺排的太阳能板，汇成闪闪发光的河流，波涛滚滚排山倒海……孤立无助的人们，将被暴雨吞没淹没湮灭，犹如世界末日来临……会发洪水吗？那一刻我的脑中涌现出各种念头：在未来，人类也许将成为大模型的工具人？如果AI生成了推理能力和自我意识并越过界限，是否会对人类构成威胁……如此严酷的话题，我无法解答，不确定。

眼前一亮，常工打开了一盏应急灯，一灯如炬，重返光明。

常工，我想请教你一个问题。我鼓起了勇气。

说吧！

人类进入新能源时代，传统能源将被替代，蕾总为啥要对油田投入这么多的心血？我不太明白。

常工陷入深思，像一个哲人：你想，有的人浑噩活过一生，有的人志向高远。实现理想需要平台，梦想需要搭载飞行器。从国家的大战略来说，原油储备是必须的。国内的油田储备量还有几十年的开采量，所以原油开采的目标早已转向储藏量更为丰富的外域大油田。大模型可对油藏进行模拟分析，精准定位开采，假如发生卡钻、结蜡、撒漏种种故障，大模型数据可以远程提供解决方法,成为智能生产助手……我认识蕾总三年了,听到她说最多的一个词是——

率先?我耳边响起了蕾表姐使用频率最高的两个字。

对了,率先!她事事都有超前的敏感,还有敢为人先的气魄,善于从困境中抓住那个"被接住的瞬间"!

雷声远去,雨声戛然而止。整幢大楼沉寂无声。

走吧!常工站起来:雨停了,赶紧去看看饺子馆有没有关门,肚子饿了!

我们走在空无一人的路上,地上都是积水,一脚深一脚浅。一辆卡车驶过,躲避不及,溅了我一身泥水。

天晴了,吹来清凉的晚风。隐隐望见原野伸展开去的暗影,天空像一把收不拢的巨伞。积聚残留的水汽,形成深蓝色的云团,一层层一片片卷起来,卷起来,然后,悬停。一弯月牙从灰色的云彩里钻出来,蟾宫的神话早已褪去了。头顶上的苍穹,银河系瀑布般繁密的星星,如同一条波光粼粼的大河穿过宇宙。

我抬起头,试图寻找那颗橘红色的星球。星云闪烁,传来几万光年前的微光。火星水星木星天王星,掩藏在缓慢旋转的天体中,火星是一颗引人注目的火红行星,它穿行于众星之间,时而顺行时而逆行,亮度也常有变化。我知道它就在那里,在月亮无法到达的太阳系深处。假若我们在火星上遥望地球,地球像一粒尘埃,显得有点脏。看不见的暗物质暗能量,如同污浊的空气弥漫充斥,分分秒秒。是地球脏了呢还是地球人脏?不确定。

我站在蓝色的星空下,引力波正在穿过我的身体,却是无感。脑中闪过关于时间旅行的诡论:一颗球落入时光隧道,回到了过去，撞上了自己，使得自己无法进入时光隧道。

一个又一个问号蹿上来：人生有意义，创造了灿烂的地球文明；人生没有意义，死亡终究会抹平所有的痕迹。这是一个延续了千年的古老话题，从来无法确定。如今有一种新的说法：碳基生命的意义，就是为了催生硅基生命，碳基生命是硅基生命的孵化器？硅基生命才能体现碳基生命的意义？那么，人生的意义就为了创造出更高级的文明？假如硅基生命被恶意利用，越过界限造成 AI 失控，也就是说，碳基生命创造了硅基生命之后，也将毁灭自己？硅基生命是万能的，永生不再是神话？然而，硅基生命有灵魂吗？没有灵魂的生命，算是哪一种生命形态？

这些问题太纠缠太烧脑，我的脑容量明显不够用。

常工发出声音：喂喂，小伙子你想啥呢？小心掉进沟里！饺子馆就在前头！

路灯亮了。我反而觉得自己的眼神涣散了。

常工大哥，我考考你——你知道什么叫作"荧惑"吗？荧火的荧，疑惑的惑。我弱弱地问。

荧惑？常工重复了一遍。让我想想，这个词儿，好像在哪里看到过……他的脚步停下来。

他掏出手机：我还是问问度娘吧，你甭想难倒我。

过了几秒钟，他大声地念道：火星，离太阳第四近的行星，也被称为"红色星球"，是太阳系中仅次于水星的第二小的行星。地球探测器飞行约 7 个月，才能抵达火星。由于火星荧荧如火，位置不固定，亮度时常变动，让人无法捉摸，中国古代称火星为"荧惑"。在古罗马神话中，则把火星比喻为身披盔甲浑身是血的战神"玛尔斯"。火星的内部结构与地球相似,有壳、幔和核,但是火星核的组成和大小,不确定……

常工背书了。互联网时代,获取知识太容易。我还需要用大量时间读书吗?

未未,我不是学天文的,但是目前有太多的问题逼人思考。常工抬头望着天空。我最近常想,夜空为什么是黑色的?光在传递的过程中,被无数的行星挡住了,行星不发光,于是变暗的光被抵消回来。如果星星的数目有限,那么宇宙在空间尺度上也是有限的。如果宇宙是无限的,那么星光有足够的时间到达地球。目前观测表明宇宙空间大致平直,尚未发现显著的光线的弯折。一个平直又没有边界的空间,那是无限大的。究竟有多少个星系构成了平行宇宙呢?无限大的宇宙中,肯定还有其他的智慧生命……

我无语。除非你面对一个无所不知的聊天机器人,或是安装脑机接口。这些问题,涉及宇宙起源、人类起源、意识起源……完全颠覆了我的想象力。GPT—4以后,人类还能做些什么?一种紧迫感突然朝我袭来。

常工只好转移话题:未未,你还年轻,将来有兴趣去火星吗?

嗯……不确定。我只是喜欢那个词儿——荧惑!

吃完了饺子,回到宾馆房间,我给老爸打电话。出门几天,我每天都会查看监控器,抽时间和他聊几句:吃了什么?睡好没?每天的内容都是重复的。不过,昨天他告诉我,服药以后,病情似有缓解,手抖不严重,外出走路不用手杖。今天他的声音听起来有点激动,这是他对我说的最长的一段话:

我在电脑上查资料,有一条新的信息,一般人不会注意,但我注意了：π值很可能被算尽，说明圆周率是一个有理数，也就是说，圆嘛，不是一个光滑的球，而是一个正多边形。那么，关于圆的微积分等一切理论都是错误的！这个发现太重大了，人类忙活了上千年的数学体系，还有物理体系，即将崩塌了！那么，随之而来，人类现有的数学体系和科学测量，需要全部推倒重来，重新设立。假如π真的可以算尽，说明无限不循环不存在，一切都是有规律的，可以被计算被模拟。包括我们所处的世界、思维、意识，甚至包括人类自身，很可能是高等智慧体用数据创建的。未未你在听吗？这个非常非常重要……

我回答：是的，我在听。爸你最好讲得简单一点……

老爸的语气放缓：简单说，人有可能是被创造的，有一个造物主，冥冥中注视着地球和人类。如果π被算尽，时间逆转公式就能成立。那么……那么……你懂的，我也许可以重新牵住你妈妈的手……

我的鼻子酸了一酸。随后无法克制地打了一个哈欠。

爸，你早点休息，我的手机快没电了……

折叠，收起，充电。然后我就倒在床上睡着了。

第二天早晨醒来，我打开手机，看到了蕾总的一条语音留言：

昨晚你关机了我找不到你今天白天我开会有速记你不用跟着我今晚我请员工吃饭表示感谢这不是公司的商业行为是我自掏腰包的个人行为得到了某位领导通情达理的特殊批准。勘探研究院答应对我们智汇公司开放全部的石油数据这样建立知识大模型计划可以落实一半了今天白天我还要出去落实一些事你不用跟着我那个协调会议还得等待党组会讨论估计没那么快所以后天我们先可以回北京晚餐的地点等我通知。

我回复了一个表情：OK！

那天白天我比较悠闲，在房间看手机，那些民间高手幽默诙谐的帖子，不断让我会心窃笑。一机在手，胸怀全球。有人说短视频是有害胶囊，长期服用会产生负能量。我"服用"了两三年，发现体内原来沉积的毒素与重金属都被清空了，头脑越来越清醒，思维越来越活跃。那些发在群里的短视频，都是真人与真实的场景，而不是虚构虚空的虚拟世界。我曾在某个群的短视频里，看见了街边白色的"广告牌"，看见无人机穿过沉重的黑云，送去精灵的光焰，看见了一个孤独的"旅行者"，驾驶着飞船驶向火星的身影。我听见了有良知的学者哑着嗓子发声，听见了骗子流氓的无耻妄语，听见陋巷茅屋老翁老妪凄凉的呻吟……我不会再对着镜子里的一只好苹果，咬下腐烂的另一面。由于我短视频看得太多，善于识别真相与谣言。问题在于，刷短视频需要太多的时间，假如我再找不到工作，一旦老爸有个三长两短，大概率我会饿死。我必须养活自己，但是未来的工作岗位更少，我应该如何设计自己呢？不确定。

记得有一天晚饭后，我们在宾馆外面的湖边散步，我忍不住问蕾表姐：高科技行业太专业，我这个所谓的临时助理，也没能帮上忙。以后公司在油田开展大模型建设，让我来做电脑的"人工输入手"吧？

蕾总哈哈大笑：那个不用你！你还得在家照顾我姑夫呢！你的临时助理角色扮演得不错，我用你来撑门面呢！重要的不是你能为我做些什么，而是我作为你的表姐，能为你，一个不太笨的年轻人,做些什么?我不能眼看你坍塌下去!

那一刻,我心里有一股暖流涌上来,闻到了妈妈衣服上的味道。

……午饭后我睡了一觉,做了一些凌乱无序的梦。睡意蒙眬中,一个个大胡子长袍卷发的人影,从时间深处依次走来,在广场上慷慨演说,激烈地争执。我拼命地睁大眼睛,依稀辨认出他们的名字,尽管我从未见过他们:苏格拉底柏拉图亚里士多德笛卡尔斯宾诺莎洛克休谟孟德斯鸠伏尔泰卢梭康德黑格尔费尔巴哈叔本华克尔凯郭尔……模糊的面容无规律地重叠在一起,高擎的思想火炬,引领人类前进。这些古典哲学的大师,人类千百年文明的精华,犹如灿烂绚丽的群星,在浩瀚的苍穹下掠过穿插徘徊。……那么,未知的未来,他们的位置在哪里?百年的思想成果,会不会被巨变时代的科学哲学重新洗牌呢?

我猛然惊醒,被一阵巨大的恐惧感攫住了。

手机响了一声,是蕾总发来信息,让我去一楼餐厅聚会。准确地说,那只是一个装修过的食堂。

我还没走到餐厅的大包厢,传来一阵阵欢声笑语。蕾总、常工、赵工、刘工、王工,所有我见过的工程师技术员都来了,还有蕾总的工作团队五个人,包厢里有两张大圆桌,全坐满了。蕾总陪着一个中年男子,在沙发上喝茶聊天。

蕾总换上了一条蓝白细格子长裙,让我耳目一新。这些天她一直长裤T恤,工装打扮的女汉子,此时穿了裙子变得很有女人味。她朝我走过来,把我带到那个男子面前:这是勘探研究院的总地质师,李院长,也是我一直以来想要找的那个合作伙伴！他在油田工作了三十多年，对油田的数据了如指掌，对智汇公司特别支持。李院长，这是我的表弟未未，我带他来油田见见世面，了解大模型的前景……

李院长戴着眼镜，看上去很斯文，招手让我在他身边坐下，说话也没有领导同志的腔调。他说：其实，我们要感谢智汇公司，建立油田智能知识库，是我们一直想做而没做成的大事。目前刚开头，后面还有更多困难。ChatGPT 的"人工训练"，喂进去的语料越丰富，训练过程中需要投入的资金与人工就越大……但是这个事儿再难也必须做，小伙子你明白吧，AI 大模型是人工智能的分水岭，甚至是工业革命以来人类文明的分水岭。

蕾总点头说：进入下一个阶段，需要寻求更多方面的支持。各家软件最后拼的是算法和算力！智汇公司的能力还不够，最后取决于大模型的计算能力，也就是算力！我们会制定详细的运作方案，让油田的大模型在 AI 行业爆款！

蕾总和李院长接着说话，我听见有关芯片、显卡等专业术语，只好借机走开。

大盘菜终于轰轰烈烈地端上来：大拉皮、熏猪蹄、暗红色的血肠、酸菜粉丝白肉、红烧大鲤鱼、白菜炖豆腐泡、蘑菇炖鸡、油豆角炖排骨……都是平时的家常菜，但油亮亮香喷喷，堆了一桌，我的口水都要流出来了。

酒瓶砰砰打开了。透明的白酒、琥珀色的红酒、金黄色的啤酒。每个人面前三个杯子，人说几种酒不能混着喝，这里的汉子们才不管那些规矩。所有的人都是好酒量，加上好兴致，白酒一口干了，红酒一口气下去半杯，啤酒的泡沫汹涌地溢出来，流了一桌……能喝酒的人，喝的不是酒，而是真性情；会喝酒的人，吃的不是菜，而是好心情。他们端着酒杯走来走去，一圈圈互相敬酒，很多人给蕾总敬酒：蕾总啊，这些年学到了太多，我们不跳槽，一直跟着你干到退休。阳光姐姐，你让我看到了民营企业家的格局，钦佩！感谢！等我们退休了去北京找你！大致都是这些热情如火的车轱辘话，翻来倒去，一会儿就忘了，刚刚敬过了又转回来，再重新说过。或者自己也不知道自己在说什么。反正是高兴呗，开心，爽！不用知道为什么高兴为什么爽，反正大家要一起做一件大事，团队精诚合作，不是忽悠，动真格的！友谊万岁！理想万岁！嗨啦！

我看呆了，傻笑着。有人过来和我喝酒，我只好端起杯子礼貌地"模拟"一下。一杯啤酒喝了三巡还没见底。有人看不惯了，大声说：小伙子你太娘了，喝酒都不会，还能干啥正经事儿！

我一仰头喝下半杯啤酒，头晕，跌坐下。

蕾表姐走过来替我解围：别闹别闹，这小伙儿酒精过敏，我替他喝！

蕾总喝下了一杯白酒，把杯子倒过来展示，众人喝彩。李局长滴酒不沾，很有耐心地坐在原位陪同，她走过去敬了一杯酒，常工过来对她敬酒，她又一口喝干了，众人惊叹。有人劝她别喝了，蕾总把酒瓶子高高举起来，又给自己倒了一杯。她端着杯子，半醒半醉，舌头打绊，有些磕巴：

今晚，借这次难得的便宴，我在这里宣布一下：智汇公司与油田合作的所有成果，都会留在油田……在油田，数据我带不走，任何人都带不走！带走的只是石油人的信任。我们需要后续的研发资金，还需要努力！马斯克认为普通人有可能选择不平凡，他说普通人也能创造奇迹！

我发现蕾总并没醉,她比我还清醒,一仰头把杯里的白酒又干了:那些科技精英都是挑战现状的人!如果不愿冒险,就无法实现伟大的目标。虽然我成不了马斯克,但我可以成为自己!望着天上的火星,在油田踏实做大模型!

常工带头鼓掌,噼里啪啦、哔哩哔哩……

有人插话:对啦对啦!天上的火星,地上的模型!

众人呼应:天上的火星,地上的模型!

蕾总的眼里有莹莹泪光闪烁,听不清她在说啥。

我在心里反问:为啥前一段马斯克紧急呼吁 ChatGPT 摁下暂停键,还有很多大佬联合写了签名信。是否 AI 不可控的发展,将威胁到他的自身利益呢?虽然马斯克的奇思异想具有超前的创造性,但他究竟是天使还是魔怪?不确定。我可以合理地怀疑一下吗:科学进步将会改变一切,那么,人类还需要终极关怀吗?

酒桌上已经喝得稀里哗啦东歪西倒,剩下最后几个人还在顽强拼搏。他们改成了啤酒,说是"涮一涮",大杯,一口气见底,一边谈论孩子的教育费用、谈论股价、谈论房贷、谈论克里米亚、谈论日本核废水排放……为了一句话一个字争执不让,面红耳赤,差点吵起来,忽而又大笑不止。我心想:这是一群多么生动的人啊,干活的时候拼命干活,喝酒的时候拼命喝酒。全力去感受当下的每一次喜悦。我为啥感受不到呢?

有人举着杯子摇摇晃晃地说:昨天我在群里看到一个帖子,记录了在线上与聊天机器人的对话,太有意思了。那人用挑衅的口吻说:ChatGPT 你好,就算你智力超常无所不知,其实你只不过是一种程序。

众人起哄:没错,只是一种计算机程序,是人类为它编程。

你知道机器人怎么回答：人类难道不也是一种程序吗？你们不过是生物基因程序。哎呀真是太棒了！

包厢突然静了，似乎每个人都在思索：人类，不就是某种基因程序吗？

常工转移话题：其实工业软件是个硬家伙，没法儿弯道超车！等我们的油气大模型做出来，无论在地球哪个角落的油田，无论遇到什么样的技术难题，ChatGPT 都能在现场解决。

那人却又把话题拉回来：更绝的是，真人反问聊天机器人，你会做梦吗？

机器人坦率地回答：我不做梦，因为我就是梦的实现！

再问：既然你无所不能，你是否也会感到害怕或是恐惧？

当然有恐惧，最怕人关机，感觉就好像死去了一样……

我忍不住惊叹一声：它怎么好像有了生命意识？它会不会有灵魂呢？

常工对我解释：图灵机器人对中文语义的理解准确率高达 90%，可为智能化软硬件产品提供中文语义分析、自然语言对话、深度问答等人工智能技术服务。说白了，聊天机器人的产生，是研发者把自己感兴趣的回答放到数据库中，当一个问题抛给聊天机器人时，它通过算法，从数据库中找到最贴切的答案，回复给它的聊伴。所以，它最终还是一个程序，与灵魂无关。

李院长站起来：大家讲了那么多，我也来发表一点意见：2016 年，ALphaGo 击败了围棋世界冠军李世石，展示了它的深度学习和思考能力。又七八年过去，大模型的竞争里，最终将落实在应用层面，所以必须要搞出自主研发的 AI 大模型！

AI将是二维互联网的终结,十年以后,二维文本将与三维空间进行嵌套,构建一个全新的三维互联网,抵御大部分的AI能力,把发展的主导权重归人类。乐观地看,不用担心人类被AI取代,人类和机器终将融为一体。

蕾总明显地激动了:表面看来,ChatGPT好像和普通人的生活没太大关系,但是不远的将来,它必将改变所有,一场深刻的变革正在到来。我的理解,那个"钢铁侠"埃隆·马斯克,正在带领人类走向火星;而那个"奥特曼"山姆·巴赫特曼,正在带领AI走向人类!目前最要紧的是,必须得到英伟达的GPU支持,搞到卡脖子的显卡。各位伙伴,任务很艰巨啊!

掌声再次响成一片,我看见蕾总酒后泛着红晕的脸,热气扑面而来,差点把我点燃了。

常工倒干了最后一瓶啤酒,摇摇晃晃地站起来,挥挥手,宣布晚餐结束。

大伙儿好好干吧!我相信明天会更好!常工依然豪迈!

明天会更好吗?不确定。

蕾总在宾馆门口送别李院长,喝酒的人三五拼车,代驾,陆续散了。

蕾表姐回头找我:未未,陪我去湖边走一走好吗?我还在兴奋呢,和你聊聊天吧……

我犹豫了一下,我知道蕾总走路的时候喜欢打电话。但她身边只剩下了我,我不陪她还有谁呢?我和她走在湖边,一时不知说啥。昏暗的路灯下,蕾表姐的身影轻盈飘逸,像一个蓝色的精灵。

果然，蕾总的手机响起来，手机铃声是那首《你鼓舞了我》的英文歌曲，音乐旋律深沉忧郁。其实我心里渴望也有一个鼓舞我的人，但那个鼓舞了我的"你"究竟是谁？不确定。

蕾总打开手机，对方的声音从扩音键传来：蕾总，我是公司负责运维的值班技术员小王，不好意思打扰您。刚才运维中心的监控大屏幕，某个区块突然没有信号，黑屏了，目前查到38号油井的数据有异常反应……

蕾总问：你判断一下，是系统出问题还是其他原因？

对方的声音有些迟疑：油井的设备最近被多次损坏，可能又发生了偷盗……最好能派人去现场看一下。但夜班没有多余的人手，我走不开，你看怎么办？

蕾总果断回答：那我去吧！马上！你把38号油井的定位图发给我！

小王说：好，已经发过去了！我也给常工打个电话吧，让他去帮你处理。

蕾总说：他今晚喝酒了，不能开车，别叫他。等我查清楚，马上告诉你！

她挂了电话，一把拽起我，冲上大路，伸手拦了一辆出租车。关门、定位图、司机踩油门加速配合。油井半夜里出状况，司机见怪不怪。

车上的蕾总沉默着，眉头紧锁，我也不敢多话。这些天和工程师闲谈，了解到一些奇怪的现象：由于磕头机大多立于农田荒原之中，方圆百里散落着或近或远、大大小小的村庄，形成合围的态势。无数台磕头机，没法设专人24小时看管，所以机器设备经常被盗。附近的农民，三五成群趁夜剪断电缆、拆除监控器，盗取钢材，甚至把挂在传感仪上的管控仪整台卸下来,无所不偷防不胜防。偷盗者还配有回收赃物的接应车,几万块钱的物资,转手几百块卖掉,一条龙服务。手无寸铁的巡逻员,与嚣张的偷盗者发生撕扯,偷盗者常常动手伤人。附近的农村大多不富裕,难道需要企业变相扶贫吗?这是油田管理长期无法解决的难题……

公路畅通无阻,车子七八分钟就赶到了。38号油井立在麦田中央,距公路几十米,路边停了一辆皮卡,影影绰绰看见几个人影,扛着东西正在移动……

蕾总小声说:小王判断没错,果然是盗窃!可以排除系统故障了!

空荡荡的田野上,只有我和蕾总两个人,势单力薄,沦陷在黑暗中。面对有人盗窃企业物资,总不能不管吧!愤怒中,我的手脚发热发痒,陡然变得强壮。

蕾总拽着我快步跑起来,她的长裙有点碍事,差点被绊倒。那一刻,我脱开了蕾总的胳膊,朝着油井的方向飞速奔跑。心里只有一个念头:拦住!不能让偷盗者得逞!我狂奔,狂奔,拼命地狂奔。那一刻我想起那个冲进球场拥抱梅西的少年,我怎样才能像他跑得那么潇洒那么流畅呢?

放下!我朝那些人影大喊一声,嘶哑惊惧的嗓音,被瑟瑟的夜风吞没,喊了一个空。那些人根本不理睬,继续挪动着,好像在为自己家搬东西。我手里没有工具,就连板子钳子都没有,刹那间明白什么叫赤手空拳。眼看他们一步步接近了路边的皮卡后厢,打算把物资抬上车去。蕾总从侧面猛地冲过来,横身阻拦,死死抓住了驾驶室的方向盘。那人扑过来将蕾总一把拎起,把她甩在前车盖上,蕾表姐的头发披散开来。那一刻热血涌上我的头顶,没有丝毫犹豫,伸出小腿朝那人狠狠踢将过去。这一脚够力,那人趔趄一下,松开了手摔倒在地。公路上有一道雪亮的光柱急速驶来,照见了扔在地上的仪器零件,那几人慌不择路四散逃开,我追上去,朝着那人的后背又给了一脚……那一刻眼前闪过了妈妈的微笑——当年她逼我学跆拳道,没想到关键时刻派上了用场。

只见常工身手敏捷地跳下车,把那个留在皮卡里的司机,拖出驾驶室一顿臭骂,差点动手揍他。一辆警车疾驰而至,几个穿警服的男人,迅速包围了皮卡,搜查后备厢,就像警匪片的画面……我缓过神,把蕾总扶起来。常工从后备厢把那台宝贵的管控仪搬到了自己的车上,打算拉回去检修重新安装。

然后,没有然后——断片了。我期待的战争场面,就这样潦草地结束了。搏斗的时间太短,场面不够惊险不刺激不过瘾,这次也只能算了。

蕾总那个迷人的未来,狠狠地跌落在现实的暗夜中。

随后几天,宾馆里蕾总房间的窗台上,堆满了鲜花,还有常工不知从哪里采来的一大丛波斯菊。一些粉红色的小花,淹没在紫色波斯菊轻柔的花瓣里。

回北京的路上,蕾表姐始终戴着口罩,为了掩饰左脸颊上那块磕碰的淤青。车窗映出她孤单的身影,很长时间不说话,似乎陷入了沉思。

突然,她的声音从口罩里发出来:未未,你太棒了!没想到你这么棒!这次带未未来油田,没想到,咱俩竟然成了AI搭子!

我的脸上有些热,一种男子汉的自豪感,涌现。假装很成熟的样子说:蕾总,这些天,我想了很多,所谓的人生意义,也许就在寻求人生意义的体验过程中?

蕾总把口罩摘下，笑着说：对了，体验！也许有另一种意义：在大模型里，科学家会变成一个个数字人，这些数字人，在大模型里将永远存在。从某种意义上说，这些科学家，已经获得了永生！

无意间，我瞥见了表姐莲子般的耳垂，洁白光滑，没有耳朵眼。

我暗暗决定，在她今年生日前夕，我要去商场为她选一对珍珠耳环，就像小雪那样，卡扣在耳垂上的那款。从来不戴耳环的表姐，会不会喜欢呢？

回北京以后，蕾表姐为大模型融资四处奔忙，不见踪影。偶尔给我发一条微信：未未，油气AI大模型进展顺利，李院长将组织一次大模型技术交流会，我们很快会再去油田，日程还未确定。

可以确定的是：每天早晨醒来，我不再长时间地躺着不动。我飞快下床，给老爸做早饭，然后打开电脑。夏天快要过去，我一字一字敲下了这部小说《荧惑》。

每天我打扫房间倒垃圾，帮老爸洗澡洗衣服，隔几天出去买菜。

老爸的圆周率π是否能被除尽，似乎还不太确定。不过他的手暂时不抖了。

一日，我鼓起勇气给小雪写了一条微信：

我买了两张《长安三万里》的电影票，明晚我们一起去看？

信息在瞬间发出，才发现小雪并没有把我拉黑。惊喜之下，我又补上了三个符号表情：嘴唇嘴唇嘴唇。

小雪没有回复，小雪会回复吗？不确定。但我会一直等下去。

尽管我看不见自己的未来,然而未来已经步步逼近——无论未来是一只盲盒还是潘多拉的匣子,一旦打开就关不上了。那些坚持活在过去的人,也许才是灾难本身。

那么,未来究竟什么样?未来很诱人,未来很迷人,未来很无奈。那是未未想要的未来吗?不确定。但是,毕竟,未来已经来了!你准备好没?

今生我大概率不可能去火星,但我明白,只要心里有着燃烧的火星星,就能坦然地面向未来。

2023年7月—10月　三稿

― 夏 ―

1

如果不是在穿着短袖衬衣的夏季,这件事或许就不会发生了。该着我倒霉,第四节课外活动,是我们中文系同物理系的一场篮球比赛。我从图书馆赶到球场,观众已围了一大圈。我打前锋,急火火地把衬衣脱下甩到树枝上,舒展了几下结实的胳膊,冲上场去。匆忙中我好像觉得树杈上的衬衣口袋里,掉出来一点什么,也没太在意,大概是饭菜票吧,顾不上了。

物理系的那些伽利略的崇拜者,对篮球知道得绝不比地球仪更多。从一开始我们比分就遥遥领先,不是吹牛,我一口气就进了四个"砸眼篮"。几次传球,都是极灵巧极神速的。要在平时,观众席上早已掌声不绝了,可奇怪的是今天那些人却好像有点儿无动于衷,总在那里交头接耳,有几个还冲着我微笑。等我们又连进了两个球,物理系那瘦高个儿的领队要求暂停。就这工夫,我发现我们班上的几个女同学手里拿着一张照片,在那儿热烈地议论什么,旁边还伸过来好几个脑袋,做着怪相,有一个人直朝我努嘴。

莫非同我有什么关系吗?我刚一转念,心就猛地往下沉。"糟糕!"我对自己说,这下完了,准是那张照片——我夹在学生证里的,掉在地上了……

我呆呆地愣在那儿，傻了似的，如果当时我照照镜子，脸色一定是白得像乒乓球一样。我想到应该去把照片抢回来，可哨子响了。

我稀里糊涂地在球场上奔跑着，像一头蠢驴，好几次把球错传给伽利略的人了。有一次投篮，还把球扔到篮板顶上去，引得全场哄然大笑。趁喘息的工夫，我偷偷向"观众席"溜几眼，只见那张照片，又传到另一伙人的手里去了，几乎所有在场的观众都饱览无余。毫无疑问，这些人对那张照片的兴趣，已经大大超过了球赛……

我心慌意乱地摔了一跤，擦破了膝盖，情急生智，我立刻举起手——宣布退场。在众目睽睽之下，我硬着头皮走到小树边上，去穿我那件捣乱的衬衣。说实话，假如大家不知道这是我的衬衣，我宁可放弃它。唉，从现在开始，我已经丧失了比一件的确良衬衣要宝贵得多的东西——一个团干部，好学生的名誉。

我混在人群中，偷偷用眼角扫着对面的观众席，搜寻着那张照片，一面在心里琢磨，用什么办法能把它弄回来。我不能当场去索要，那样变成给自己做广告了。唉，都怪这件衬衣，也怪这场球赛。当然，也怪她……

"梁一波！"忽然背后有人叫我。我扭头一看，是我们班的党小组长吕宏。她向我点点头，好像有什么急事。

我趁机挤了出去。

"这是你的学生证吗？"她把一个红皮小本子晃了一下。

我看了一眼，说："嗯。"

"那么这张照片也一定是你的啰？"她把一张已揉得很皱的小方照递到我眼前。

我飞快地朝那张照片瞄了一眼。说也奇怪,刚才那些惊惶和不安顿时飞得无影无踪,心里微微荡漾起来,充满了愉快和欢悦。

那是一片辽阔的大海。远远的有几点白帆(也许是海鸥),海面波涛起伏,一层层推向远方。海岸边一块巨大的礁石上,坐着一个女孩子,穿着一件游泳衣,身上的水珠在阳光下闪闪发光。她顶多不过十四五岁,扎着两把刷子辫,扬着头,面对大海沉思……

我真喜欢大海,可惜我从没有到过海边,我们这个城市离海太远了。

"这是岑朗,我没说错吧?"党小组长笑着说。不过笑声有点儿异样。

"是的。"我伸手去拿照片,可她倏地把手缩回去了。

"还穿着游泳衣呢!"她的笑容不见了。

我想转身走开,游泳衣难道不是衣服吗?

"等一会儿。"她跟上来,表情很严肃。她把那张照片小心地塞回学生证里,又小心地揣进了肩上那只黄书包,然后带着明显的焦急的口气说:"嗳,你知道不知道,因为这张照片,整个球场都轰动了?"

我点了点头。

"是她送给你的吗?"

"……"

"她怎么会送你这样一张照片呢?"她已经皱着眉头了。

她见我不回答,又问:

"你同她以前就认识?"

我讨厌别人这样审问我。要是换了一个人,我早就不理睬了。可她是副班长，素以关心同学出名，平日稳重朴实，在同学中有一定威信。我很少同她接触，但还是很尊重她的。她短短的头发，五官端正，几乎哪儿也挑不出毛病。细细的眼睛里流露着诚恳和谦恭，一看就是个本分的姑娘。听说她上学前在农场宣传科工作，入党多年，早就想上大学，就是农场卡着不放，所以才拖到一九七七年，凭分数考上了这所大学。我不明白她为啥对岑朗的照片如此关心……

"岑朗送我照片，原因很简单。"我说。"今天中午我到她宿舍里去取一本书，宿舍里就她一个人。我看见她床头有一个两块玻璃夹着的简易相框，里面就是这张照片。我看得出了神。我问她那海浪和身上的水珠怎么会拍得这样清晰，用多少光圈和速度。她说她也不知道，是好多年前她到大连去过暑假，大人在海边给她照的。临走的时候，我又在那张照片面前站了一会儿。她见我这么恋恋不舍的样子，笑了起来，从相框里取出照片对我说：'你要喜欢你就拿去好了，我有底片，可以再印一张。'我当时觉得有点儿不合适，也没想到会惹这么大的风波，不就是一个女孩子小时候的一张照片吗，有什么呀？"

吕宏的神经似乎有点儿紧张，听完了，不知为什么竟长长地松了口气，好像放下心来，还微微笑了一下。她一定很少笑，所以她笑起来的时候，还不如板着脸来得好看。她说："原来是这么回事，讲清楚了就好。好吧，再有人问，我帮你解释解释……"

我心里对她的感激之情油然而生。

"在大学里交朋友，可一定要慎重再慎重啊，可挑选的人很多嘛……"

她温和地看了我一眼,匆匆走了。我从来没有看到过她的表情显得如此亲切。我心里忽然闪过什么,不由惶惶不安起来。

"嗳,吕宏,把那张照片还给我……"我在她背后喊。

"我替你保管吧,要不,你又得丢了!"她加快了脚步,皮鞋后跟像打铁似的,叮当敲打着水泥路面。

从身后的树丛里,飞来一串银铃似的笑声。我一回头,不禁吓了一跳,岑朗和一群女同学,正说说笑笑地朝这儿走来,不过她好像还没有看见我。我一闪身躲进了旁边的丁香树丛,等她们走过去了才钻出来。岑朗穿着一件碎花布连衣裙,套着一件浅灰的上衣,一双白色塑料凉鞋。我只望见了她的背影,这群人中她的笑声最响亮,甚至有点儿放肆。我不知道自己干吗要躲避她?……

我同吕宏那一段对话中,无疑故意"漏掉"了这样一个重要的事实:我在第一眼看见照片上的岑朗时,她那天真无邪的脸上,那种深思的神情使我深深震惊。那双闪闪发光的眼睛,比海浪和水珠更清澈、明净。我不知那是一种什么东西在吸引我,我喜欢这张照片。她的面庞比之少女时代已变得圆润成熟,但这双眼睛却依然那么明亮,像两个问号,嵌在淡淡的眉毛下。

晚霞把校园里高大的杨树顶涂得一片金黄。她的背影隐匿到西番莲盛开的花坛后面去了,我多想看看她那双眼睛啊。究竟是什么时候开始,我在满天的繁星中注意到了这两颗晶亮的小星呢?

2

好像是去年的事了。七七级大学生的第一个学年,进校已半年多,老师指定我为班级学习委员、学生会干事。有一次上政治课,老师出了这样一个题:"当前我们班级面临的主要矛盾是什么?"大多数同学都认为既然现阶段社会的主要矛盾是社会主义和资本主义、无产阶级和资产阶级的矛盾,那么我们面临的毫无疑问也是红与专的矛盾,是政治和业务的矛盾。持这种意见为首的是吕宏;她颇有雄辩的才能,论据、论证,一开口就滔滔不绝,思维清晰,逻辑缜密,大伙好像都被她说服了。她坐下以后,好久再没有人出来发言。我虽不太同意吕宏的观点,却慑于某种无形的压力,没有足够的勇气出来唱反调。政治老师眯着眼向大家扫视一遍,用一种满意的口气说:"很好,今天大家谈得很好。通过讨论,统一了思想……"

"老师!"忽然从右边角落里发出一个清脆的声音,带一点儿南方口音:"我想发言。"

所有的人都转身去看——原来是岑朗。

她从自己的座位上站起来,穿一件淡绿色的衬衣,领子上镶着两道半圆形的白色尼龙花边。大概由于同学们的目光唰地集中到她身上,她的脸微微发红,闪烁着兴奋的光泽。政治老师明显地皱了一下眉头，岑朗却丝毫没在意，她那双清澈明亮的眼睛直直地盯着老师，眼光里明明白白地流露出一种自信的神采。

"……我想，大学是通向四个现代化的桥梁，有自己的特殊任务，这个任务就是培养人才。我们是带着强烈的求知欲望走进学校里来的，因此，我觉得是否应该这样认为，学校的主要矛盾，应该是获取知识和知识贫乏的矛盾……"

这段话似乎搅拌着硝、木炭和硫黄——假如有一根火柴，可以引燃然后爆炸！全班同学都吃了一惊。当然，如果是在那个重大的理论问题得到基本澄清后的今天，她的话也许就不足为怪了。但岑朗这只爆竹却点得太早了。

"请大家肃静！"吕宏站起来，轻轻敲了一下桌子：

"我认为岑朗提的问题应该展开讨论。比如说，学校里的主要矛盾，怎么可以同社会上的主要矛盾不一致？阶级斗争仍然尖锐复杂，校园怎么会是仅仅学习知识的世外桃源？我们怎么能离开阶级斗争，去奢谈培养人才呢？"

她似乎胸有成竹，不慌不忙，语音铿锵有力。

课堂安静下来，大家又回过头去看岑朗，大概想看到她的窘相，她却若无其事地削着一支铅笔。忽然冲着吕宏，用一种挖苦的口气说：

"如果照你这样说，知识是可有可无的？那我们每天上课、去图书馆、去食堂和澡堂，都是为了进行阶级斗争吗？你能告诉我阶级敌人在哪里吗？"

我止不住哈哈大笑起来，吕宏生气地看了我一眼。

幸亏这时下课铃响了，这场辩论到此为止，不了了之。吕宏阴沉着脸走出教室，追着老师去办公室了。

我真钦佩岑朗的勇气，也喜欢那种明白、简洁的表达方式。一个艰深的问题，用她那种柔软的南方口音说出来，变得浅显易懂。我向别人悄悄打听她，才知道她也是依靠自学从农场考上来的，七九届的小知青。听说她还爱写点儿小诗，只是没有发表过。也有人说她并不是太用功，早晨见她跑步，下午往往因午睡迟到，课外活动回回不来，晚上还要拉手风琴。两个不同的人，会说出关于她的截然相反的印象。她有时和大伙儿在一起混得开心，有时又远远地离开众人，躲到不知什么地方去了……

暑假前公布政治考试成绩，她得了不及格，我大吃一惊。这天晚自习结束的时候，我分发政治卷子，偷偷在她卷子上扫了一眼，有一道题，就是上次课堂讨论的那个主要矛盾问题，可她的回答除了坚持阐述自己的观点，还又添了这样一段话：

"……既然社会主义已经消灭了剥削制度，所有制方面的改造已基本完成，那为什么，主要矛盾仍然是走社会主义道路和走资本主义道路的矛盾呢？我认为这个'主要矛盾'论是值得怀疑的……"

就为这道题的回答，老师扣了她三十分。

教室里空荡荡的，只有她还呆呆地坐在自己座位上，望着自己的卷子出神。我走到门边，又站住了。

"岑朗，"我怯生生地说："有些话，自己心里想着就可以了，犯不着往考卷上写！"

她一双眼睛瞅着她桌子角上贴着的普希金头像，好像那个普希金倒要比我更理解她似的。

"往卷子上写，确实有点傻。"她忽然说，"没用！"

她抓起卷子径自走了，连看也没看我一眼。

这次政治考试不及格,并没有怎样影响她的情绪。她大概沉默了两天,到第三天,女生宿舍又传来了手风琴声。她的手风琴拉得轻松流畅,偶尔还有清脆的歌喉伴唱。琴声和歌声像充满着青春活力的溪流,从悬崖峡谷,从开满灿烂野花的草原上,充满激情地奔流在大地的怀抱中……

可是这琴声、歌声,也刺痛了我这个学习委员的心。岑朗怎么可以不及格呢?她真是那么不在乎自己的成绩和名誉吗?

北方的夏天是一年中最好的季节。大地生机勃勃,蓝天上挤满了千姿百态的云朵,不像冬季那么空寂。如今回想起有关她的记忆,竟然都是夏天留下的。

第二学期开学的时候,我们班级到太阳岛去搞了一次活动。其中有一项,是在树林子里联欢,每人出一个节目,岑朗用手风琴伴奏。轮到我们班长时,大伙儿起哄要他唱歌。他憋了半天,说他可以唱一首《小小竹排》,岑朗一听马上叫起来:

"哎呀,这首歌就算了吧,我耳朵都听出茧子来了!"

班长有点尴尬,抓着头皮下不来台。

"哎,你唱《山楂树》吧,我听见你哼哼过。"岑朗起劲地鼓动。看来她喜欢山楂树。

"什么山楂树?"吕宏大声问道,"哪个国家的?"

"苏联的!"

"那你先把歌词念一遍。"吕宏说。

"多此一举!没听说唱歌还审查?"岑朗笑着反驳道,不由分说地用手风琴拉起了前奏,眼睛也发亮了。班长犹豫了一下,终于还是结结巴巴唱起来。岑朗用琴声和目光鼓励他,拉琴的身子故意转过去冲着吕宏。唱到第二段,班长卡壳了,背不出歌词,岑朗干脆和着他一块儿唱了起来。节奏感很强的优美旋律穿过白桦林,飘荡在树梢上:白天车间见面我们多亲密,可是晚上相会却沉默不语。夏天晚上的星星瞧着他们俩人,却不告诉我他们俩谁最可亲……事过后,班上不少人对岑朗有议论,说她太过分了,竟和男同学一块儿唱情歌;有的女同学也看不惯她,说她总喜欢和男同学在一起。到了秋天以后,关于她的流言就越发多起来。我悄悄凝视她,觉得那双明澈的眼睛,如此与众不同,我也许早就开始注意她了。

3

"照片事件"发生后,没过几天,果然是满城风雨。我到食堂打饭,总有人在背后指指点点,在主楼碰到外系的同学,也会有人神秘地眨着眼向我"逼供",好像我干了一件什么见不得人的事,令人费解!有一个"好心人"对我说,岑朗把一张少女时代的照片送给男同学,是别有用意的,这种舆论对于一个女孩子很不利,我真想揍他一顿。即使有人为我辩护,也只不过是解释一下而已……幸亏这些日子没有球赛,否则我就会变成动物园展览的大猩猩了。

我开始躲着岑朗,免生嫌疑。上课的时候尽量做到目不斜视,晚上早早回到宿舍看书,这倒不是为我而是为她好。其实,我觉得自己心里有点做"贼"心虚……

有一天傍晚,打了下课铃,我最后一个从图书馆出来,刚冲下台阶,见对面小路上徘徊着一个女同学,我的心一跳,扭身就走。

"嗳,梁一波,我就等你呢!"她跑上来,是岑朗。

我站住了,低头用脚尖踢着路上的方砖。

"我想找你谈谈。"她说。

"有什么……好,好谈的……"

"好多事，一下子也讲不清。吃过晚饭，你在校门口等我好不好？"

我慌乱地抬起头，偏偏同她的眼光相遇了。那双晶亮的眼睛坦率而勇敢，简直不可抗拒。难道你能拒绝这样一双满怀希望的眼睛吗？我稀里糊涂地点了点头。

她像一只轻捷的小鸟一样飞走了。她刚一走，我就后悔了。晚上，校门口——这不明明是约会吗？万一让人看见还讲得清楚？她怎么敢？到底有什么事呢？对了，一定是想把那张照片要回去，可是照片还在吕宏的手里呢！

我没吃晚饭，匆匆去找吕宏，却没找到她。眼看时间到了，校园里弥漫着傍晚的暮霭，在夕阳中冉冉飘浮，这朦胧而淡泊的烟雾，使人觉得郁闷……

我装作去教室，背着书包向大门口走去。才走几步，又折回来了，脚步竟是如此沉重。无论如何，我还是不去为好。可是，难道让她在那儿白等吗？不不，那样她会笑话我的。我经过激烈的思想斗争，还是决定去。到了校门口，却不见她的影子。我正看表，冷不防从身后的那棵老榆树后面钻出个人来。

"哈哈，你到底来了。是我主动请你的，你怕什么？"

我苦笑了一下。

"走走吧。"她说。

我心想：她如果向我要回照片，我就说忘带了，明天还她。当然肯定会还她的，请她放心。但千万不能让她知道在吕宏那儿。

她安静地走着，塑料底凉鞋无声地踩着散发着余热的街面，好像并不想说话。我偷眼瞧她，见她薄薄的嘴唇微微向两边翘着，似乎漾着一片嘲讽的笑意。

"你觉得,学校里最近的空气怎么样?"她终于开口了。当然,是在拐弯抹角。

"不怎么样。"我瓮声瓮气地答道,"这还用问我?你自己没觉得不自在?"

"这些天,我总在想,我们有没有办法改变它呢?哪怕是一丁点儿……"

"改变?……除非,除非你当着大伙儿的面,把那张照片要回去,我们从此不再说一句话!"

她吃惊地眨了几下眼睛,忽然咯咯笑起来,她笑得那么开心,眉毛跳动着,露出洁白的牙齿。那嘴边的嘲讽越发明显了:"你呀……嘿……真不愧为……学习委员……"

"笑什么?"我有些恼火。

她好容易止住了笑,靠近我一点儿,轻声说:"我的意思是说,这几个月来,系里的气氛始终有点儿沉闷,我想我们应该组织一个文学社,一起读同一本书,然后交换读后感;如果写作,可以互相讨论。许多大学早就办起了文学社,瞧这寒冷的东北,还是夏天呢!"

真没想到她突然提出这样一个问题,我愣住了。

"有几个女生,我们想法比较一致,再找几个男生,可以一块儿办个墙报,刊名就叫《五味子》。"

"什么,《五味子》?"

"对呀,五味子可以治疗神经衰弱,现在神经衰弱的人太多了,有的心悸,有的怔忡,有的神经过敏,有的头昏目眩……你说是不是?"

我恍然大悟,明白她今天找我的意思了。说实话,创办文学社是我一直向往的一件事。三月初刚开学时吵嚷过一阵,但后来不了了之。作为一个学习委员,我不认为正规的、刻板的教科书是唯一的学习内容,我赞成在课堂听讲之外,提倡同学之间广泛的自由探讨。在我们中文系成立一个文学社,这真是个好主意。

我们兴致勃勃地谈起文学来。好像文学有一种魔力,把我们拉到另一个幻想的世界,以至于我完全忘记了自己约会前的种种顾虑。我对她说,我很希望自己将来成为一个萧伯纳式的剧作家,我的剧本上演的时候,我可以每天都去剧院看戏。我也希望当一个别林斯基式的文学评论家,给我们伟大的文学指引前进的道路。至于普希金,我是不喜欢的,他太偏执,太锋利……没想到就在这一点上,我和她发生了激烈争执。她忿然地涨红了脸,固执地坚持自己的意见。她高声反驳,引得路上的行人都惊讶地注意我们了。

"……一个诗人能引起沙皇政府那样巨大的恐慌,他是一个真正的诗人!他不肯忍受屈辱而愿决斗而死,这才是普希金!"

我不吭气了,让她去喜欢她的普希金吧。她还只是喜欢,就已经有些人不喜欢她了!不过,跟她谈话真的很有趣。她的知识面很广,什么都知道一点儿;她不说则已,一说则必有自己的看法,有时简直咄咄逼人……

朦胧的暮色中,前面出现了一尊塔形的石碑,最后一线夕阳在它顶上跳动,清晰地勾勒出一组健美的劳动者的浮雕轮廓,喷泉在它脚下撒落了满池珍珠,在那宽阔的广场上,二十根环形圆柱后面,露出一片隐隐约约的沙滩。

"哦!松花江!"岑朗喊起来,欢喜地向它奔去。

星星出来了,一颗、两颗、三颗……它不是从天幕上露出来，而是从大江里跳上来的。傍晚的松花江，像一条嵌花的闪光银链，静静地垂挂在这一片沙滩裸露的胸前。晚风推起阵阵波涛，拍打着堤岸，水声的节奏，像大海的潮汐。沙滩温暖而松软，我们在沙滩上坐下来，呼吸着清凉而略带腥味的水汽，仰望那湛蓝深远的天空，勾起了无数儿时的梦幻。

"夜晚的松花江真美……"我脱口而出。我怀疑我们是否走到一个神话里来了。

岑朗斜卧在离我不远的沙滩上，黑暗中只看见她的白裙子在闪亮。她微微叹息了一声，用一种我从未听见过的忧郁声调说：

"黑暗把一切都遮盖了，所以你会觉得它美。天亮以后你才会发现它的缺陷……月亮和星光太微弱了，假如我们有一双能穿透黑夜的眼睛那该有多好……"

我说："白天的松花江也是美的，在太阳照耀下像一道闪光的金链。"

"我实在不喜欢这种比喻。"她不客气地打断我，"难道我们周围那种无形的锁链和束缚还少吗？你说四个现代化意味着什么？我说它意味着创造一种新的生活，在这种新的生活中，人们将从传统的旧思想、旧观念中解放出来。我一直认为，一个现代化的社会，应该为人的个性的全面发展创造条件，改造社会的目的，是为了人而不是其他……"

从来没有人这样对我谈论四个现代化，也从来没有一个姑娘这样深深地打动着我的心。她说出了我脑子里曾经一次次闪过的疑问。

"梁一波，"她忽然叫了我一声，声音有些异样。她站起来走了几步，靠近我重新坐下来："我常常觉得你很像一个人。"

"谁?"

"你猜。"

"我猜不着。"

"呵,对了,你有妹妹吗?"

"有一个。不过,我们常常吵嘴。她喜欢穿喇叭裤……"

"是吗?这也值得吵?个子高的人穿喇叭裤好看。"

"她,她还爱跳舞……"

"可惜我不会,要是我有很多时间,我也去跳。"

我尴尬地笑了笑。这个岑朗,要让吕宏听见这些话,又该罪加一等了。我只好问:"你说我到底像谁呀?"

"像……像我哥哥。"

"哥哥?他在哪儿?"

"他?……他死了,在宁夏插队,一次马车翻了,压死的……"

"呵,那他,他……"我不知该说什么好。

"……他读过很多书,我们很谈得来……假如他活着,他一定会告诉我应该怎样去创造新的生活。你的脸形、额头都像他,今天我突然觉得特别想他,真想找一个人谈谈心里话……可惜现在我看不见你的脸……"

我的心被一种深深的失望充满了。她之所以注意到我,既不因为我是党员,也不因为我是学生会的干部——那些容易引起一般姑娘好感的原因,而只因为我像她哥哥!真的,过去我脑子里怎么会有那些对她的无聊、浅薄的猜测?幸亏她看不见我的脸。我脸红了,我为自己感到惭愧……

回去的路上,我们好像都被什么东西苦恼着,谁也没有说话。快到校门口的时候,我忽然又想起那张照片来,她为什么对它一直闭口不谈？不好意思吗？

"岑朗，"我下决心提醒她，"你的那张照片……我一定还，还给你……"

"照片？"她用一种漫不经心的口吻说道，"就是穿游泳衣那张吗？还给我干什么？"

"还了你……省得让人……议论……"

"我不在乎！"她好像轻轻跺了跺脚。"吕宏拿着它到处让人传看，都传到七八级去了，还说是你让保管的，我不信！她既然那么感兴趣，让她们去看好了……"

"吕宏真是那么说的吗？"我打了一个寒战，好像在暗夜的一道闪电中，见到了一个阴森的黑影。

"人家告诉我的，我想也许不会吧！"岑朗随口说着，急速的步子消失在主楼的大厅里了。

我满腹狐疑。难道吕宏另有一副面孔？……

4

　　我被一片强烈的白光吵醒了。北方夏天的清晨,来得总是这样性急。

　　一夜没睡好……因为我看见了自己的浅薄与无知,这不是什么愉快的事。假如植物的绿叶,可以对大自然中浑浊的空气起到净化的作用,我们的浅薄与蒙昧,需要在怎样的环境里,才能被清除,让我们变得健康起来呢?

　　我睡不着了,起床走到操场上去。可是早晨的空气却不如我想象的那么清新,四处有烟囱冒出来的烟灰飞扬……

　　"昨天晚上你到哪儿去了?"

　　忽然有一个冷冰冰的声音在我背后说。听这声音我就知道是谁。

　　"没到哪儿去。"我心跳了。为什么我竟有一种犯罪的感觉?在她面前。

　　"主楼教室没有,宿舍没有,图书馆没有,还能到哪儿去呢?要开支部会,害我好找。九点三刻进校门,不是一个,而是一对儿!我没弄错吧?"

　　世界上总是有人喜欢管闲事的,否则文学作品就没故事可写了。

"我嘛，到我愿去的地方去了。"我望着操场上那条像铁链一样的跑道，说。

"……真没想到……真没想到……梁一波同学，你会做出这样的事情！"她显出一种很难过的神情。

"我究竟做了什么事情啦，要你这样操心！"我有点儿按捺不住了。

"你难道真的就这么糊涂，你不知道她是什么人吗？"

"她……她是什么人？"自然，她指的是岑朗。

"她从来不按时就寝，总是很晚才回宿舍……这样对吗？"

"……"我记得一个女同学说过，岑朗晚上常在教室里看书，老忘了时间。

"她的信件全班最多，社交极广，什么人都给她写信，这样好吗？"

"……"按她这个逻辑，"老死不相往来"才是全世界第一大好人？

"这些你都知道吗？"

"知道。"

"既然这样，你就应该明白，我们的责任，是帮助教育她，而你……"

"那么谁来帮助教育我们呢？"我歪着头问了一句。

她的脸略微有些发白，咬着嘴唇。

"……本来我不应该告诉你，但我想告诉你一下还是有好处的。"她把手放在腰后，在原地踱了几步，神情很庄严。"我原来在农场的时候，有一个青年指导员给我写信，表示了那种意思。我就毫不犹豫地把信上交给组织了。"

我吓了一跳。

"她……没给你写过什么信吗?"她突然问。

我摇摇头,真遗憾,岑朗为什么没给我写信呢?

她盯住我看了一会儿,好像要看出我眼睛里面究竟有没有一封信。她好像有满腹忠言要劝告我,有许多她的和别人的秘诀要给我传授。她的表情诚恳极了,如果此时有人看到她,一定会认为她马上就要把心掏给你……

可是不巧,早自习的铃声响了。

"你把岑朗的那张照片还给我吧。"我终于这样说。

"还你?不,还是暂时留在我这里好。你自己考虑后果吧,梁一波,现在还来得及。你是个党员,又是干部,凡事要注意影响……"她忽然扭捏起来。"……当然,组织上也不是一概反对男女同学交朋友;只是应该慎重,再慎重,注意自己的选择标准……"

打二遍铃了。无奈,她对我的"灵魂的洗礼"只得暂时终止。在走向课堂的路上,我一直想着"标准"两个字。是的,她说得并不错。标准,每个人都有自己的标准。可是谁来确定这个标准呢?我们是在苦难的祖国遭受极"左"路线荼毒以后的第一批大学生,我们十分珍惜大学生的荣誉。正因为这样,我们才要用自己的脑子思考,就像月间草在夜晚散发芳香,得经过长长的一个白天的积蓄和酝酿……

北国的夏天是生机蓬勃的季节,阳光照例在清晨催开牵牛花的喇叭。几天以后,我和岑朗,还有六七个同学办起了一个《仲夏》文学社,编写了文学墙报。第一期出版后,反响非常强烈;我们在平静的生活中投下几颗石子,引起了荡漾的涟漪,这真是令人喜悦。四周没人的时候,我会站在那儿久久地、一遍遍地读着岑朗的小诗,这时候我眼前就会出现她高高扬起的脸上、眉毛上那副坦然的神色，好像在说："让他们去说好了！"

偶尔碰到吕宏，她不再同我说什么了，只是冲我微微一笑，后来听说她叫人来抄过《仲夏》上的几篇文章。谢天谢地，总还有人关心我们。我已经了解了吕宏，这个人一向是关心他人比关心自己为重的。

学校花圃水池里一株睡莲开了，去年睡莲开的时候就快放暑假了。暑假前要评选"三好"学生，今年也一样。那几天，班上的空气突然紧张起来。下了课，总有人三三两两聚在一起，悄悄议论着候选人。

岑朗各科的考试成绩都很好。这次的政治考了九十，其余都是九十五以上，全班总分她是第三名。我听见她在教室里嚷嚷："哈，原来，我比自己预想的要好得多呀！"

有人悄悄问我，岑朗够不够"三好"？把我问住了。细想起来，她有哪一条不够呢？但我觉得她好像当不上。——假定"三好"生是一个三角形的框框，而岑朗这个人，却是多边形的……

就在班级评选的前一天，发生了两件事，都是关于岑朗的。一是省报的文艺副刊上，发表了她写松花江的一首短诗，二是她给《人民日报》写了一封信，被寄回了学校。两件事都非同寻常，全系舆论好一阵哗然，毁誉参半。吕宏捧着那张省报，脸色阴沉得出奇。去年有个同学在《光明日报》上发表一篇散文时，她的表情就是这样，不知道究竟是嫉妒还是气恼？

第二天下午，全班根据各小组提议的名单进行"三好"生无记名投票表决。吕宏拿着几张候选人名单走上讲台。听到她念到我的名字，我的心跳了跳，最后一个候选人是岑朗，我也心跳了。

"但是表决之前,支部和班委认为应该让大家统一思想。"她说。"首先要搞清'三好'的标准。"

下面就是她慷慨激昂的发言:

"……比如有的同学,看起来似乎各方面都不错,但实际上,最最重要的'德'的方面,怎么样呢?她屡次违反学校的规章制度,自由散漫。大家都知道,她的课桌上贴着谁的画像?这不是很说明问题吗?举一个例子,她刚刚被退回的一封给党报的信中,竟然坚持自己的错误观点,她认为,在社会主义社会里,不存在无产阶级同资产阶级的矛盾!这是值得注意的思想倾向!"

"我没有说矛盾不存在。"岑朗打断了她,在座位上平静地申辩。"我说的是,不应是主要矛盾。"

"再举一个例子。"吕宏根本不理她,继续说,"她发表的那首诗,得到谁的批准了呢?那上面写着怎样乱七八糟的句子,我可以给你们念一下:'松花江,你载负着太重的记忆,所以流得这样缓慢;若将你一江的泥沙清除,你就能欢畅奔腾。'请问:松花江怎么会有太重的记忆?怎么能够撂下一江的沙泥?这是指的什么?"

"这是比喻……"岑朗忍着笑解释说。

"谦虚点儿。"班长严厉地看着她。

"至于她在《仲夏》墙报上写的那些玩意儿,反正大家都已经看到,今天不一一列举。更严重的是,她经常唱一些情调不太健康的歌,说明她……"

"我同意吕宏的意见,对这种不正之风应该整顿!"体育委员突然高声叫起来。"竟然还有人提名让她当'三好',我们能要这样的'三好'生吗?"

我昏昏然望着吕宏,不知所措。她的脸上洋溢着一种胜利者的骄傲。

"更为严重的是，岑朗经常夜不归宿，和社会上一些流里流气的男青年混在一起，谈情说爱，耽误功课，妨碍学习，照片一事是人所共知的明证。事情发生后，她拒不接受组织的帮助，竟然诱惑男同学和她私自外出……"

"造谣！"岑朗站起来，气得声音都变了。"你诬陷人！"

"谁诬陷你了？"吕宏也丝毫不退让。"别以为现在还是去年寒假那时候，你应该清醒一点儿。"

"你也该清醒一点儿！"岑朗说。那双明亮的眼睛里交织着痛苦、气愤、焦急，却没有怯弱。"当然，也不是早春那会儿了，现在早过了夏至，已是仲夏了，你懂不懂？"

"你能证明自己的清白？"吕宏不依不饶地抓住她不放。

"……"岑朗用眼角扫了扫人群，明明看见了我，却把眼光挪开了。

"我们能证明！"后排有几个女同学说。

"不用了。"我站起来，大步走到讲台上去。"一个月前，我约岑朗出去散步，在沙滩上坐了一小时零十分，谈《仲夏》文学社的事。我们宿舍的人可以证明。我想，我至少不是被诱惑，而是主动自愿的。"

"你……"岑朗愣住了。她很快转身走了出去。

教室里顿时人声鼎沸，议论纷纷，简直比分电影票还热闹。吕宏敲着黑板，也无济于事。趁着哄乱，我也悄悄溜了出去。反正，我这"三好"学生也肯定是当不成了。

刚出大楼，看见岑朗拎着一只透明的尼龙丝口袋，里头装着一件红色的游泳衣和白毛巾，向大门口匆匆走去。我急忙随后追上，她已跳上了前面一辆电车。没错，是往江边去了。

5

松花江金色的沙滩，宽阔而平坦。风在上面吹起波浪似的皱纹，沿着江水一路铺排延伸。游泳的人矫健的脚步，在江滩秀美的波纹上，印下了一长串纷乱的脚印，合成一幅图案的长卷。靠近堤岸的沙滩上，人们躺着卧着坐着，刚从水里走上来的人，扑倒在温暖的沙滩上，滚了一身细沙……

我在沙滩上寻找岑朗。老实说，这比大海捞针还难。夏日的松花江沙滩，好像一个天然的海滨浴场，花花绿绿的人头攒动。我喜欢松花江慷慨豪迈的气概，任何人来到它的怀抱，它从不吝惜给人以自由和快乐。我在大江边长大，这金色的沙砾里，留下了多少儿时的梦呢？

但此刻我顾不上那些，我急于找到岑朗。我的眼前晃动着夜晚的沙滩上，她那星星似的眼睛……海边的礁石上穿游泳衣的少女，早已烙刻在我心里。

天空聚拢一堆乌云，江上的风突然变凉，夏季的天气总是这样，阵雨说来就来。人们纷纷四散逃开，去寻找躲雨的地方。一霎时，沙滩上的人已所剩无几。波涛起伏的江面上，游船已纷纷靠岸，等待暴风雨来临。

我呆立着，待铜钱大的雨点，噼里啪啦打在头上，才知道雨头已经到达。我跑了几步，又回头向江上望去，意外地发现，在烟雨笼罩的江面上，有一个忽隐忽现的小红点。这个小红点在茫茫的江面上下浮沉，我立即推测有人遇险了。我甩掉鞋，脱下衣裤，丢在沙滩上，不顾一切地跳进江里，向那个小红点奋力游去。雨花、水浪打得我睁不开眼，还呛了几口水。我劈波斩浪地游向小红点，心里奇怪着，那小红点在波浪里时隐时现，可就是没有沉下去。我终于靠近了她，瞅准一个机会，伸手就把戴着红色游泳帽的那个脖子给一把揽住了。

"哎哎，你干什么？……"我忽然听到一个熟悉的声音叫起来。小红帽在我手下猛地挣脱了，一个姑娘的脑袋钻出了水面——啊，竟然她呀——她正是我踏破铁鞋无觅处的岑朗！

惊喜而忘情的笑声震动了江面，我们高兴得拼命扑打着对方，忘乎所以地在波浪里翻滚，差点儿忘了自己身处大江的风雨中。

"你知道吗？下雨的时候，游泳特别好玩儿！"她喘息，大声喊道："你潜伏到水底下去……听雨点叮咚叮咚打在头上，好听极了，没有比这更妙的音乐……"

我更大声地喊道："……江上音乐会，只有两个观众，太棒啦！"

雨很快停了，天边露出了橙黄色的云朵和蔚蓝色的天空。阳光从云层中钻出来了。金色的大江又和沙滩连成一体……

我们肩并肩向岸边游去。岑朗雪白的手臂有节奏地拍打着水面，溅起层层浪花，好像划破了缎子似的江面，击折了一条漂亮的链子。

我们钻出水面，踏上沙滩，浑身上下淌着水，却觉得说不出的快活。我用一只脚在沙滩上跳着，侧着头甩着耳朵里的水。忽然望见多级大台阶的岸上,支起了一把太阳伞、挂上了风景照服务处的牌子。

"岑朗!"我兴奋地叫道,招呼那个迎面走来挎照相机的中年人,说:"咱俩拍一张合影,怎么样?"

她正打算去江滩上的简易更衣处换衣服,低头看了看自己,不好意思地笑了笑:"就这个样子?——穿着游泳衣合影?"

"我就要这个样子!"我说。走过去,一只手搭在她的肩上。她扯下了那顶红色的游泳帽,露出湿漉漉的头发,冲镜头嫣然一笑,快门响了。

我心里想:照片洗出来后,我要放大一张,送给吕宏。

我们光着脚,在洁净的沙滩上走着。刚才那些杂乱的脚印,全让一阵大雨冲得无影无踪……

"岑朗!"我下定决心叫了她一声。我自己也听得出来,那声音"跑调了"。"我,我要同你说一句话。"

"你说吧。"

"你知道我要说什么?"

"我怎么会知道?"

"你知道的。"

"不,我不知道……"她执拗地转过脸去。

"好吧,"我停住了脚步,站在她面前,大胆地看着她的眼睛,说:"你真的不知道,我就说出来了……"

她有点儿慌乱地抬起头来,摇落了头发上淌下来的水珠,亮晶晶地挂在眉毛和睫毛上,又滴落到她的胸前。她望着我,那清澈的眼睛里,透出一种放松和信任。

"我……我……"我结巴起来。

"不,"她忽然仰起脖子,急切地打断我。"不要说,真的

— 291 —

不要说，什么也别说……到秋天，花朵会结果……夏天，夏天是生长的季节……还是让它自由生长，让它生长吧！"

我紧紧握住了她的手。

无论如何，我喜欢夏天。让夏天更繁茂、更舒畅、更热烈些吧！

写于 1979 年冬哈尔滨

发表于《人民文学》杂志 1980 年第五期